思维无限无边无际的人生

华岳文艺
丛书

神州志异
熙宁异闻录

南山旧雨 著

重庆出版集团 重庆出版社

图书在版编目（CIP）数据

神州志异：熙宁异闻录 / 南山旧雨著. — 重庆：重庆出版社，2024.5

ISBN 978-7-229-18240-3

Ⅰ. ①神… Ⅱ. ①南… Ⅲ. ①推理小说－中国－当代 Ⅳ. ①I247.5

中国国家版本馆CIP数据核字（2023）第249495号

神州志异：熙宁异闻录
SHENZHOU ZHIYI : XINING YIWEN LU

南山旧雨 著

出　　品：	华章同人
出版监制：	徐宪江
特约策划：	羊小姐（一墨倾城）　路　瑶（超好看）
责任编辑：	王昌凤
营销编辑：	史青苗　刘晓艳
责任校对：	彭圆琦
责任印制：	梁善池
封面设计：	魏　敏
封面插画：	本噜八

重庆出版集团 重庆出版社 出版

（重庆市南岸区南滨路162号1幢）
北京毅峰迅捷印刷有限公司　印刷
重庆出版集团图书发行有限公司　发行
邮购电话：010-85869375
全国新华书店经销

开本：880mm×1230mm　1/32　印张：13.5　字数：308千
2024年5月第1版　2024年5月第1次印刷
定价：52.80元

如有印装质量问题，请致电023-61520678

版权所有，侵权必究

序

魏风华

新世纪以来，在图书出版界，流行着两个小说类型的概念，一个是"西方奇幻"，一个是"日本怪谈"，加之相关影视的推波助澜，不少读者产生了一种错觉，那就是这种幻想文学好像只是国外的产物，而并非中国的文学传统。

其实，恰恰相反。

在中华古典文学的宝库中，始终有一颗闪耀的明珠，即志怪；换句话说，西方的奇幻和日本的怪谈，在中国的古典文学中被称为志怪，且有着比西方和日本更为悠久的历史，至于日本的怪谈，更是直接受到中国志怪的影响而诞生。

正如我们所知道的那样，中国是这世界上独一无二的史学大国。如果说连绵不断的正史是一条宽阔的官道，那么志怪就是两旁幽暗的密林。

中国的志怪最早见于先秦，《山海经》可以被认为是主要源头之一。到了魏晋时代，丛残小语式的志怪勃兴，出现了《搜神记》这样的作品。入唐后，志怪一路发展，想象力极尽奇诡的

《酉阳杂俎》随之诞生，它不但囊括了唐代的宫廷秘史、奇人异事、仙佛鬼怪、异兽奇花、域外传说，还记载了不少后世失传的隐僻的知识；与此同时，衍生出篇幅更长、情节更曲折的新体裁——唐传奇。宋、明时，志怪传奇的数量虽庞大，也产生了《夷坚志》和《剪灯新话》这样的作品，但在想象力上却不及于唐。至于清代的志怪和传奇，数量和质量都超过宋、明，但由于已是近世，丢了这种类型所需的古意，读来少了一些意蕴。不过，由于《聊斋志异》太过优秀，《阅微草堂笔记》在一定程度上也继承了唐人传统，所以仍大有可观。后来至民国，仍出现了被称为"民国的聊斋，最后的搜神"的《洞灵小志》。及至今日，带有中式志怪和东方奇幻色彩的幻想长篇，仍是中国类型小说的重要组成部分，并越来越受到读者的欢迎。

因为志怪传奇，本就是我们的文学传统。

在志怪传奇的密林里，目之所及尽是"奇诡"二字。这，说的是作品的样貌；但若从文学史的角度看，志怪传奇更是一个令人叹服的存在，因为中国的悬疑、惊悚、恐怖、冒险小说，以及武侠小说和公案小说，都可以在志怪传奇中找到各自的秘密源头。比如，当我们寻源武侠和悬疑小说时，如何能越过《酉阳杂俎》中的"飞飞""韦行规"和"兰陵坊老人"，以及《原化记》中的"车中女子"，更无法绕开《虬髯客》《聂隐娘》和《红线》。后两篇，出自晚唐袁郊的《甘泽谣》，故事曲折离奇，文学魅力真致不穷。以《红线》为例，盗盒报恩后，红线将别主人。主人设宴，命人赋诗相赠，结尾是："红线反袂且泣，因伪醉离席，遂亡其所在……"金庸评此段文字，认为既豪迈又缠绵，有英雄之气，儿女之意，明灭隐约，余韵不尽。

这，就是中国古典志怪传奇的美与魅力。

在古代神州，一批批志怪作家用他们的热情，乐此不疲地垒建着志怪的迷宫。在这迷宫中，有时还会发现通往历史真相的小径，很多被正史拒载的事件正是在这些笔记中被发现了蛛丝马迹；而另一些时候，志怪和秘史又是交融在一起的，于是作品中的一个个故事也就更具有了传奇的意味。遗憾的是，在诗词文赋的时代，志怪传奇的作者们——那些中国最初的小说家，并不为人所重。这是来自时代的孤独。尽管如此，古神州的志怪作家们，仍像忠实的守夜人一样，默默捕捉着神州幻夜里的一切秘密，进而用自己最璀璨的想象力，打造着我们今日得以享用的文学传统，并将自己的灵感挥洒于顺流而下的星空中，滋养和惠泽着后世至今的一代代幻想小说家。

在新的时代，"神州志异"系列便是要继承这样的传奇与韵味，展现原汁原味的中国志怪故事，引领新的风尚。

目录

第一章 将离	1
第二章 狐火	35
第三章 借仙	61
第四章 海井	97
第五章 药引	133
第六章 惑心	165
第七章 雨师	201
第八章 还骨	237
第九章 燃灯	271
第十章 鹤归	305
番外一 长风引	345
番外二 沧海冥	383

他回想起此生生平：

孟泽，字长河，是江宁府长白街的一个木匠。

第一章

将离

熙宁元年八月初一,也就是三天前,江宁府城东太平街张员外家里,厅堂石廊柱上竟活生生长出来两朵芍药。

01

中秋节快到了,按江宁旧俗,家家都要张灯结彩。长河是个木匠,平日里忙得慌,这两天得闲,打算去西市买两盏灯笼回家挂着。

西市因为靠近燕子矶,水上交通便利,没几年就发展为江宁府最大的集市。现在,这里脂粉铺、绸缎庄、药房、肉铺、酒楼、茶楼鳞次栉比。有些茶楼甚至还在门口挂盏红栀子灯,做些皮肉生意,官府对这些都是睁一只眼闭一只眼。街上还会有货郎挑着担子,卖些妇女用的珠花、小孩儿爱的拨浪鼓和磨喝乐,以及家家都用得上的剪刀、榔头等小件物什。

长河到了西市,往里头走上百二十步就来到一座三层高的酒楼前。这是江宁府最大的酒楼来燕楼,都过响午了,里头还是人头攒动,喝酒划拳声不绝于耳。酒楼过去不远就是钱英的肉铺,远远他就看见钱英在那里剁骨切肉。

长河一向是不爱逛集市的,摩肩接踵的感觉让他难受。钱英问他来干吗,他说过来买灯笼,反而把钱英逗笑了。待要取笑他一番,肉铺前面又站了个人,一身玄色便衣,居然是江宁府的通判李大人——李秋潭。

"来一斤精瘦的猪肉,剁成臊子。"李秋潭道。他身后跟着个水灵灵的小姑娘,一只手拽着他的衣角,另一只手里攥着块马蹄糕。

两人叫了声李大人,李秋潭点点头,又指着蹄髈让钱英包起来。钱英没多时便剁好了臊子,和蹄髈一起包得严严实实递给他。李秋潭拿出一角银子道声谢,领着小姑娘走了。

"李大人,您慢走啊,有空儿常来!"钱英冲着李秋潭的背影喊道。

待李秋潭走远后,钱英冲长河努努嘴,感叹道:"你看看人家,年纪也才三十,官职、家室都有了,看看你自己。"

长河心里却不做比较。他之前也读过书,十五岁那年参加了江宁府举办的发解试,得了第一名,来年二月却没有去汴京参加春闱。那年春天,他祖母过世了。

黄昏时分,长河终于如愿买了两盏灯笼,但他想到点儿旧事,心里郁结。钱英和他一起走着,看出了他的心事却又不好安慰,只拍了拍他的肩膀,陪他一起慢慢地往回走。

没走多远,集市东头突然一阵骚乱,几声尖叫后,百姓轰然散开。人太多了,长河他们一时看不清那边发生了什么。众人都往旁边躲,腾出了一块空地。钱英是爱凑热闹的,拉着长河趁势钻空子挤进去看,发现空地中心瘫坐着一个人,神情呆滞,像是吓傻了。有人认出了那人,说是张大官人家的二儿子张握瑜。

张握瑜的面前摊着一块红布,旁边竟是一只断手!

当场就有小姑娘吓哭了,其他人也都躁动不安。终于有个伶俐的跑开了,说要去报官。长河皱着眉头正想这是怎么回事时,人群忽然让出来一条路,李秋潭抱着女儿走了过来,待看清地上的东西后,飞快地用手蒙住了女儿的眼睛。李秋潭对蹲在张握瑜旁边的钱英说:"把他扶到前面茶楼。"又看了一眼长河。长河会意,把地上的红布捡起,重新包好断手,跟着钱英他们往茶楼走去。

一行人到了茶楼,老板看到李大人赶紧迎了上来,李秋潭摆摆手让他不用多话,赶紧找间僻静的厢房。进了房间,孟、钱两人自觉坐在一边,听李大人对张握瑜问话。张握瑜这时候明显是缓过来了,他调整了一下情绪,慢慢地跟李大人说起这只断手的来历。

02

熙宁元年八月初一,也就是三天前,江宁府城东太平街张员外家里,厅堂石廊柱上竟活生生长出来两朵芍药。

长河从好友钱英那里听说这事的时候,正坐在桃叶渡头的茶摊上喝茶。他穿一身茶白色交领长衫,像这附近学府里的学生。不想茶喝到一半,就被人抢了去,钱英托着茶碗问他:"这石头柱子竟生出花来,你说是凶兆还是吉兆?"

长河想也不想回了个"凶"。钱英料到是这个回答,把茶碗放下哼了一声,说:"我也不指望你说个吉,虽则'天反时为灾,地反物为妖'吧,可这张员外是出了名的大善人,他夫人又是个吃斋念佛的主儿,这样都能惹老天降罪,也忒不合情理。"又说道:"现在整个江宁的人都赶去他们家看那芍药了,人人都说是天赐祥瑞。张员外不是老遗憾自个儿是个贾人,黄白盈库却不能封官加爵吗?说来也怪,他们家三代以来读书的也不少,却愣是连个中秀才的都没有。现下张员外唯一的孙子,他们家小官人不是在汴京备考吗？街坊都说，张员外家这回怕是要出个进士喽！"

钱英口中的张员外本名张瑞成，祖上住在太湖边的镇江，并非江宁本地人。早年他跟着父亲在太湖上捕鱼过活，父亲死后，从庆历年间开始跟人学做木材生意，靠着在广陵和江宁之间来往贩卖木材发了家，之后定居江宁。那年他将弱冠，而今年七月底刚过了七十大寿，五十年间早已挣得家财万贯，外人都称他一声"张大官人"。

芍药从石头柱子里长出来之后，张员外家并没有发生外人皆言的祥瑞。倒是张老夫人这两天老念叨远在汴京念书的孙儿，以往孙儿每月都会往家里修书一封，现下八月了，六月的家书还没有到。老夫人放心不下，闹着非要亲自去汴京看看。张员外自己也担心，但自然是不允的，从江宁到汴京，行船少说也得一个月，两人身子骨一天不如一天，禁不起这么折腾。他想着孙儿明年八月还得回乡参加秋贡，索性让长子张怀瑾修书一封把孙儿喊回来。

这时恰逢族里有人要去汴京省亲，张员外便让老夫人收拾些细软，让二儿子张握瑜找那人给孙儿带去，顺便让他打听打听孙儿在京城的近况如何。

三天后，张握瑜跟那人约了在这西市茶楼见面，刚把包裹和信给了人家，交代完事情正要出门，却被一个少年拍了下肩膀，一看还是旧相识。

03

张握瑜早年经常跟着父亲来往于广陵和江宁之间运送木材，有一回他们父子在广陵看到一批特别优良的柏木，当即全部订了下来，打算运来江宁卖个好价钱。船从广陵行到江宁，途经京口的时候江面上突然刮起大风，父子俩只好把船靠岸泊了，下船躲到岸边，想等风浪停了再继续行船。不料这狂风愈演愈烈，海浪遮天蔽日，父子俩想这次的货怕是要全折了。没想到这时候江面上行来另一艘大船，在风浪里稳稳当当，好像走在平地上一样。张握瑜眼睛一亮，仔细看了看，发现那艘船附近其实没有风浪，同一条江，风浪却独独只朝张氏父子的船打来。

张握瑜很害怕，跟父亲说了他看到的，父亲也说不清缘由，从小在江边长大，可从来没遇过这种情况。正在他们一筹莫展之际，那艘大船上有个少年朝这边看了过来，经过张氏船只的时候一跃而起，抓住这边船上的桅杆，待到他双脚落在甲板上，风浪霎时就平息了。

张氏父子急忙从岸边跑到船上去，感谢那个少年。少年朝他们笑笑，说不用害怕，江底有只老鼍，它欺生呢。

张氏父子因此得以平安回到江宁，那船柏木果然卖了好价钱。

这件事情发生在十年前，这十年里他们再也没遇到过那个少年。今天下午，张握瑜在这人来人往的集市上，居然又碰到他了。

张握瑜看到那个少年时立刻就认出来了，他很高兴，完全没注意到那少年还是十年前的模样。两人边走边聊，少年问他生意做得怎么样，他说还不错，少年说："商人获利是应该的，但是别太贪心了，不然会被掠剩怪找上门的。"

张握瑜是商人，听到这里就紧张了，问什么是掠剩怪。少年笑了笑说:"你们人要是得利太多的话,总会惹别家眼红,货物市易之间有一定的限数,价钱超过限数的话,就会被掠剩怪拿走。"

张握瑜想起前些年确实有几笔不明不白的亏损,听少年一讲就明白了。少年说:"我教你看什么是掠剩怪,这世间很多掠剩怪看起来跟平常人是一样的。"他指着一位卖花的大娘,说:"喏,你看,那位就是。"他跑过去跟大娘买了一朵芍药,转身送给张握瑜说:"你拿着这花在集市上走,如果有人看见你笑了,那他就是掠剩怪,你以后小心避开就是了。"

芍药红艳艳的,煞是好看,张握瑜再次谢过少年,拿了花就往回走。一路上确实遇到几个对他微笑的人,张握瑜一一记了下来。

走到集市东头,张握瑜突然被人绊了一下,身子没稳住扑倒在地。顿时,手里那朵芍药的花瓣全部脱落。再仔细一看,哪里是什么芍药,分明是以红布包裹的一只断手!

他一讲完,长河便朝李大人看去,见他眉头皱了皱,显然是不太相信张握瑜的话。

李秋潭放下怀里的女儿,让她去屏风那头隔间里候着,自己拿起筷子掀开桌上的红布。里头的断手露了出来,有些干瘪,但是没腐烂。他看着张握瑜,突然问了一句:"你认识这只手吗?"

张握瑜先是一愣,接着瞪大眼睛,连说话的声音都变调了:"怎么可能?!"

李秋潭不置可否,又把红布盖上。他朝窗外觑了一眼,看见官差已经到楼下了,就对张握瑜说:"先跟我去衙门走一趟吧。"

04

接下来几天，长河无事，就等着过节了。

这一天早上，他把两盏灯笼挂在门楼横梁上，还往里面多添了点儿松油。

晌午，太阳出来了，长河把立在墙角的那张大油布掀开，露出里面的屏风架子。他要放的屏风是邻街教书的崔相公订的，已经刷了漆，味道还没散去，前两天下了点儿雨，今天好不容易天晴了，长河把它拿出来晾晾。搬着屏风走到墙角时，他发现墙根下新长出了一株芍药花苗。

他想也没想，架好屏风，回头就把芍药挖了，丢到门头的水沟里。

到了晚上睡觉时，长河看到床脚站着一排影子。他记得白天只扔了一株花，不知道她们这一群都杵在这里是什么意思。

长河起身披了外衣，就着月光问道："你们这群花精来我这儿干吗？"

为首的一个红衣女子道："我们跟你无冤无仇，为何要把我妹妹扔进水沟里？"

长河说："既无冤仇，你们就不该这般缠着我。"女子不认可。长河说："几日前西市上，你们不是一个个都钻进了灯笼里，跟我回的家吗？"

长河那天回家时觉得灯笼特别沉，心下有几分明白，回来后就给灯笼芯里添了很多松油，这样居然都没把她们熏出来。

红衣女子只好告罪说:"我们跟着你,不是要害你的。"

旁边一个黄衣女子接茬儿说道:"我们是想请你帮忙。"

长河纳闷:"你们不是已经找江里那小子帮忙了吗?"

黄衣女子又插话了:"他叫阿七,我们托他送去了断手,可他现在已被抓走了,帮不了我们了。"

长河问她们需要帮什么忙,黄衣女子解释说:"西市那只断手的主人叫乔叟,原是鹤归山下种花的匠人,是被人害死的。阿七已经帮我们让官府找到了那只手,不过我们怕官府办事不牢靠,找不到乔叟的尸骨,你跟通判大人相识,可以帮我们这个忙吗?"

长河听明白了,这个乔叟的死大概跟张握瑜有关,于是便问她们:"张员外家那两朵芍药也是你们弄出来的?"

黄衣女子说是,之前张员外家里好像一直有神明庇佑,她们进不去。等七月底张员外大寿之后,那神明不知怎么不见了,她们才得以进入张府,让张员外家的石头柱子开了花,想着张握瑜看到这花想起以前的罪过,也许会去官府自首。没想到张握瑜像是完全忘了,根本没反应。她们这才想到要找阿七和长河帮忙。

黄衣女子看长河的表情有所松动,趁热打铁说道:"我们都是从乔叟养的花里生出来的精灵。他一生爱花,从没做过恶事,现在却死得这般不明不白,我们不能就这样放过张握瑜。江宁知府宋大人虽然尸位素餐,可新近两个月调来的通判听闻却很有才干,据说还是皇祐三年的甲科进士。明日未时,请你务必带通判大人去城郊鹤归山山脚第三棵梧桐下,乔叟的尸骨就在那里。"说完又对着长河行了跪拜礼。长河受不起,赶紧起身回绝,几个姑娘却都飘忽不见了。

05

长河虽然不情愿，但受人所托，忠人之事，于是想好了一套说辞，第二天一早就上衙门报案。进门后他发现，当值的衙役少了很多，知府宋大人也不在。他心下奇怪，正犹豫要不要跟官差打听打听，碰巧看到李通判急着出门。

他喊住人，李秋潭看了他一眼，见他手上并没有状书，便问他来干什么。

长河推说三山街的冯婆婆家里漏雨，他昨天去鹤归山想看看有没有合适的木材，打算伐回去帮冯婆婆把屋顶望板重新铺一下，结果在鹤归山的一棵梧桐树下，发现了一只断手，跟西市上那只用红布包的很相像。

李秋潭听完他的话，想了想说："你的意思是，那梧桐附近说不定就有尸体，是吧？"

长河恭维了一句大人英明。

李秋潭哼了一声，说他已经想到了，早上宋大人已经带官差过去挖了，又说："我的消息渠道跟你不一样，那只断手上有泥土，我这几日到处找人去附近挖土取样，终于找到了鹤归山下。"

长河觉得李大人话里有话。果然，李秋潭接着说："我就住在三山街，这两日没看到你往冯婆子家跑啊？"

长河心里"咯噔"一下。

却不知李秋潭某天恰好听人议论长河，说这小子能看见奇奇怪怪的东西。那些人絮絮叨叨说了许久，李秋潭便跟着听了很多有关

11

长河的事。

孟长河本名孟泽，字长河。他原本还有个孪生弟弟叫孟菏。听人讲，他刚出生那年，一个带黄狗的老道士从门口经过，说这一家的长子活不过三岁。三岁那年，长河果然生了一场大病，高烧不退，但没想到隔天他的病居然自己好了。就在他病好之后没几天，弟弟孟菏又病了，而且当晚就死了。邻人都知道道士给这家人算的命，于是便有流言说长河是夺了他弟弟的寿。再加上他行止怪异，常常对着虚空自语，家家户户都不让孩子跟他玩。十岁时，他爹娘意外死于一场大火，他便只剩下祖母一个亲人。十五岁时，祖母过世，长河彻底成了孤儿。

李秋潭撂下这句话后再没理长河，甩甩袖子出门了。

06

回家吃过午饭后，长河又早早来衙门里候着，宋大人还没有回来，倒是当置司的两个推官已经在公堂里等着了。直到巳时，宋大人终于回来了，让人先把挖出来的尸体摆在公堂上，同时差人去牢房提张握瑜。

一个推官取出西市那只手，跟尸体的断手处一比对，发现皮肤萎缩程度一致，又依照牙齿等细节推出死者年纪大概五十岁。仵作对尸体做进一步查验后，提供了一条线索，这人是被钝器击中胸口而死。宋大人差府吏把这断手接在尸身上，几乎完全吻合，看来西市上那只断手确实就是鹤归山下这具尸体的。

那推官把张握瑜领到尸体前,让他仔细看看认不认得。张握瑜看了一眼,神色微变。李秋潭静静观察,皱眉不语。紧接着,张握瑜面色如常地说尸体年代久远,面目模糊不清,实在认不出来。

他说得从容,那推官却瞥见他手指攥紧了几分,心下就有了判断,于是说官府在挖出尸体时,在尸体上还发现了点儿别的东西。

见张握瑜嘴唇微翕了一下,另一个推官说:"我听说张二公子身上有一块玉佩,现在还在吗?"

张握瑜一怔,说:"几年前去广陵收货,路上风浪太大,掉江里了。"顿了一下又说:"那玉佩样式平凡,寻常玉石店里就能找到相像的。"

那推官又说:"样式确实平凡,可是我又听说了,张员外当年因为喜获两个麟儿,特意差人去玉器店里定制了两块玉佩,虽然是寻常的平安扣样式,但是每块玉佩里面都刻了小字,需在早上滴上晨露方才得见。张大公子那块刻了'瑾'字,二公子你的是'瑜',对吗?"

见张握瑜还是没有反应,堂上的宋大人耐不住了:"什么露水、井水,都一样!"他差左右赶紧弄点儿水来,滴上去看看里头有字没有。

张握瑜见府吏真往后院打水去了,额头沁出冷汗。

不多时衙役提了桶水回来,舀了一瓢就要把玉佩放进去,李秋潭拦了一下,说:"错了,找根筷子,滴一滴上去就行。"府吏忙去找筷子。

水一滴上去,玉佩里的一个斑点瞬间就被放大了,仔细一看,居然真的是一个"瑜"字。

宋大人把惊堂木一拍:"大胆刁民,你还不认罪!"

本来玉佩上的文字一现,张握瑜就已吓得脱了力气,宋大人惊堂木再一拍,他更是魂都丢了一条,急忙趴在地上连连告罪,说出这人是之前鹤归山下种花的乔叟。

"我是认识他,但是真没有杀他啊!"张握瑜说,"那玉佩真的掉到江里了,我不知道怎么又跑到乔叟身上了,一定是有人陷害我!陷害我啊!我是冤枉的,我真的没有杀他!"

07

偏偏围观百姓里有晓事的,恍然大悟:"原来是乔叟!"就跟身边的人解释说:"这老头儿一生没什么爱好,就是喜欢养花,不管什么姚黄魏紫他都能养好,对周围邻居也亲和,经常请人去他的花园赏花,只有一样,坚决不许别人摘他的花。有一年初夏,他培育的芍药名品金缠腰居然开花了,特别高兴,就设宴邀请邻人来他园子里赏花。"

众人听到这儿就明白了,金缠腰跟别的花可不一样。相传庆历二年,淮南太守韩琦家中开了四朵金缠腰,太守差人把花摘下,分别戴在自己和来赴宴的几位下属头上,现下这几位都是朝中大员,个个大权在握。这金缠腰被人觊觎也属正常。

那晓事的人继续说道:"宴会那天的事,大家都看到了,这张小员外和城西苟员外不请自到,最后要强买金缠腰。乔叟爱花如命,哪里舍得卖给他?争执了一番,张握瑜当时就掀桌子走人了,想是后来气不过,又回来杀了乔叟,还把人家的花园给烧了个精光。定是这样的!"

张握瑜听到这里大声叫道:"我没有!人不是我杀的!"

宋大人重重拍了一下惊堂木:"大胆刁民,人证物证俱在,还不认罪?"

张握瑜额头上全是汗,瘫在那里说:"我没有杀他!我没想过杀他,我不是故意的!我要买花,我说将整袋银子都给他,可那犟老头儿就是不肯卖给我!我把银子丢下,抢了花就走,他追上来,我踹了他一脚,我不知道他会死啊!我没想过要杀他的!"

宋大人摆摆手叫人把他按着收监了。过失杀人,按照大宋律法也是要判死刑的,不过他这情况,兴许可以留个全尸。

长河却觉得事情没这么简单。按张握瑜所说,他是过失杀人,他在踢了乔叟胸口那一脚之后,并不知道乔叟会死。既然不知道人会死,又怎么会想到返回来埋尸体呢?

长河心下疑惑,隔天又去衙门转了一圈,到粉壁前仔细看了看,并未发现官府张贴的这次案件的榜文。他不由奇怪,难道官府中也有人觉得这案子判错了?

其实宋大人早已写好了卷宗,李秋潭却认为此案有疑点,不肯在上头签字,反而觉得当时一同赴宴的苟员外也有嫌疑,差了人去他家里探听情况。宋大人却不想蔓生枝节,见案犯都招了,想顺势把案子推到上头江南东路提点刑狱司那里,又担心李秋潭新官上任,第一把火就烧到自己这儿了,只好压住火气退一步,先把卷宗放衙门里压着。

李秋潭派人去请苟员外,不料衙役只带回了苟府的管家。管家上前告罪,说员外生了重病,卧床不起已有些时日,别说应付公差,就连开口说话都难。管家说完又小心翼翼地问:"不知我家老爷所犯何事?"

李秋潭没有回答,只觉得苟员外这时候生病未免太过蹊跷。幸而府里衙役灵光,暗暗对李秋潭说,他见苟员外突然卧床不起,担心有诈,特意问管家要了药方,一并带回来了。李秋潭夸了他一句接过药方,见上头列着黄芪、当归、赤芍、地龙、川牛膝等药名及其剂量,就问管家:"苟员外这是中风了?"管家说是。李秋潭又问药是在哪里抓的,回答说是回春药局。李秋潭点点头,旁边衙役听完立马取了药方去回春药局问。

过了半晌,衙役回来了,却没带回李秋潭想要的消息。药局的老先生把一沓药方翻检了一番,说这药方确实是他开的,苟员外月初就病了,这病生得蹊跷,他这药方到不了病灶,只够给苟员外续命。

衙役见李秋潭眉头蹙起,又说打听到了一件别的事:"我在药局听人议论,苟员外昨日好像差人往长白街孟木匠家去了。"

08

昨日是八月初七,还未到午时,钱英摊子上的肉就差不多卖完了,只剩两副猪大肠。他便直接收了摊,把大肠拿油纸包好,打算给三山街的冯婆子送去。

冯婆子在张员外府上当过厨娘，现在瞎了只眼，又没个老伴儿，孤苦无依的，钱英他们平常对她多有照顾。

回去的时候路过集仙桥，几个乞丐围着向他讨钱，钱英呵呵一笑："各位大爷饶了我吧，手脚比我都利索呢，还跟我这儿讨钱？"

回到长白街，他意外发现长河家里有客人，心下好奇，便走过去看看，只见甜水巷的刘婆子正站在院子里头跟长河说话。钱英靠着门扉在那儿听，原来是说城西苟员外家的女儿年已十八，长得花容月貌，却没有媒人上门，苟员外就急着托人在江宁城里挨家挨户打听哪家有合适的公子。

按说这苟员外家财万贯，女儿又生得美，根本不用托人说媒，媒婆早就把门槛踏平了。可是这里头有一层缘故，这苟员外是做团头生意的。江宁城里现在大半乞丐都被他收罗着，钱英在集仙桥下看到的那几个也是。这些乞丐平日里讨的钱，苟员外都要按四分抽成，要是遇上雨雪天气或者灾年歉收讨不到钱的时候，苟员外也会给他们施粥，保证他们不被饿死。干这一行当然为人所不齿，所以纵使苟员外家财万贯，江宁城里也没有哪个正经人家愿意跟他家结亲。

长河院里这个刘婆子当然也不是什么正经媒人，她是个牙婆，平常帮人做些拐儿卖女的生意，听闻集仙桥附近谢家的小娘子，月前刚被她引得跟镇江卖珍珠的客商跑了。现在这种人站在长河面前，长河却依旧谦恭地听着，脸上看不出什么喜怒。

刘婆子看来是费了好大一番口舌，见实在说不动只好罢了，走的时候连连说："可惜了，可惜了，大好姻缘呢。"

刘婆子走后，钱英指着她的背影问这人怎么找到你这儿来了，长河扶了扶额说，苟员外自己也知道做这一行不光彩，就想着让女儿嫁个有才学的，将来封官晋爵了，他也跟着面上有光。

街坊邻居都知道长河虽然是个木匠，但也是读过书的，现在年纪又不大，重新准备准备，考个进士还是有希望的。何况长河模样标致，家里头考妣也都去了，没甚牵挂，正好收过来做上门女婿。

还有一层，长河自小生了病，之后眼睛能看到"不干净"的东西，刘婆子自然也打听到这事，寻常人家也不敢拿女儿嫁他，便认为这门婚事是大大便宜这小子了。岂料孟长河对他们家的财产和女儿都不动心。

09

长河只是推了一桩婚事，可被衙役说得怎么听都像长河跟苟员外有勾结。李秋潭这边正好陷入僵局，便打算把长河找来问问情况。不料还没等衙役把长河带来，经常跟着长河的那个卖肉的小子倒是先跪在公堂上了。

李秋潭见公堂上满满当当地跪了一群人，便问衙役是怎么回事。录事参军一边记录一边禀报说，据犯人钱英交代，早上他到西市的时候，城西苟员外家的家丁把西市的肉铺一间间围起来，勒令他们把狗肉全部撤下来不准卖。西头郑屠家案台上一只待宰的狗也被那些家丁没收了，郑屠跟人理论了几句，被打得满脸是血，有个家丁还朝郑屠脸上唾了一口，他气不过，拽起那家丁先给了一拳，然后就发生了一场乱斗,再然后他们这群人就被带到公堂上了。

长河莫名其妙地被官府喊去问话,到了衙门却看到钱英坐在台阶上,左眼肿了,嘴角也破了。两人大眼瞪小眼地看了一眼,长河还来不及询问,就被衙役推进了公堂。

钱英一直在台阶上等长河,看见人出来急忙问:"怎么了?你犯了什么事?"

长河笑笑说:"我能犯什么事?昨天刘婆子找我的事被官府知道了,问了我几句话。"

钱英奇怪:"官府管这些干吗?"

长河想了想说:"我猜是几日前张握瑜那个案子。那天公堂上有人说,几年前跟张握瑜一起去乔叟花宴的还有苟员外,官府的人怕是觉得苟员外有嫌疑,又以为我跟苟员外有牵连,所以才找我问话。话说开了就没事了。"

长河解释完又反问钱英:"那你脸上这伤是怎么回事?"

一提这个,钱英脸又疼了。他龇着牙对长河讲了早上西市的事,又道:"你知道那些人为什么不让宰狗吗?真是可笑!姓苟的这些年坏事做多了,遭报应了,这月月初就生了病,一直不见好,所以才急着给他闺女找婆家,想办场红事冲喜。前天,他病情又恶化了,不知从哪儿听到的谣言,说他姓苟,江宁城里很多卖狗肉的杀狗,犯了他的太岁。真是荒唐!一个乞丐头子,谱摆得比皇帝还大。当今圣上属鼠,可也没见发布诏令说禁止天下养猫啊!"

长河知道他这是心里不痛快,就索性听他发泄完,待钱英气消得差不多了,才问他当街跟人斗殴,去了官府有没有挨板子。钱英

19

说:"你看我像挨了板子的样子吗?整个江宁府都知道那苟员外是个什么样的人,我去官府走了一圈,后来只是罚钱两贯了事,倒是苟家那些家丁,一个个被打了二十大板,带头闹事的那个还被抓进了牢里,听说要关几天。"

长河点点头。钱英说:"我这里还有一个跟苟员外有关的故事,你爱不爱听?"长河让他讲,钱英就神秘兮兮地说:"你知道苟员外当初是怎么发家的吗?"

长河老实回答说:"不知道。"

钱英说:"坊间流传啊,姓苟的当年偷了别人的金子……"

苟员外原本是临泾县人,有一回出门看到几块黄色的石头,觉得有用,就拿麻袋装了让驴给驮回去,回家一看,石头居然都变成了金子。他一夜暴富后就赶紧拿金子买田、买地、买小妾。结果有一天,一个老头子找上门,非说自己当年在路边放了一堆金子,上个厕所的工夫就被姓苟的给偷了,要他还回来,天天在苟家大门前闹。姓苟的被闹得没办法,索性就把临泾县的宅院卖了,躲到江宁府,这才总算安静了。

苟员外买田地聘佃户种田,但一到灾荒年那些佃户就哭爹喊娘交不上租,这生意容易亏本。于是他就干脆不圈庄园了,直接把江宁城里的乞丐都笼络起来,自己做起了团头,稳赚不赔。就是因为他,江宁城里才有这么多无所事事的乞丐。

原来还有这一出,长河心想,怪不得江宁府家家避苟员外跟避瘟疫似的,不过奇怪的是,张握瑜居然肯跟这人来往。

10

因为张握瑜的案子，李秋潭几日来派人去苟员外家旁敲侧击，愣是没问出什么把柄。他并不觉得张握瑜冤枉，只是他想不通，当初是谁替张握瑜埋的尸体呢？他这边还没理出头绪，那边衙役又匆匆向他禀告了另一件事：牢里的张握瑜畏罪自杀了。

李秋潭神色一变，赶紧进牢房一看，张握瑜果然已经死了，是咬舌自尽的。他喊来牢里看守，问这几日可有人来探监。

看守自知失职，战战兢兢地说："除了张家人来看过几次，并无外人。"见李秋潭面色不悦，看守又小心补了一句："不过，前日里张老夫人来探监的时候，他们大吵了一架。"

李秋潭问吵的什么，看守有些不好意思："妇人骂街而已，张老夫人一直叫嚷着让张握瑜赶紧去死，声音大得整个牢房的人都听见了，还说他是狐狸精养的……"

狐狸精养的？李秋潭想，张握瑜总不至于因为被人骂了几句就去寻死。他上任不久，对江宁人事还不熟，便问录户参军张握瑜是否是张老夫人所出。录户参军说："张握瑜肯定是张家的亲生儿子，不然张大官人当初也不会特意给他刻一块跟长子一模一样的玉佩。不过……"他斟酌了一下："坊间都流传，张握瑜不是张老夫人生的。"

李秋潭点点头，不管张握瑜是否是张老夫人亲生的，他都不相信张握瑜会因为这几句话去寻死。他突然又想到了一件事，问看守苟员外家那个家丁关在哪儿。看守说按律收了几日后，昨日期满，已经放出去了。李秋潭又问："放出去之前他关在哪间牢房？"看守不明白李秋潭为什么问这个，但还是照实答了，说就关在张握瑜那间的隔壁。

李秋潭霎时明白了，匆匆喊了人就要去苟员外家。他急走两步又折回来，对录户参军说："你去查户籍，五十岁以上的老人挨家挨户去问，务必把张握瑜的亲生母亲打听出来！还有西市那间茶楼，差人去问，张握瑜当天到底是跟谁见的面？"

他当时怎么就没有想到呢？江宁上下都知道张员外家两个儿子不合，张握瑜怎么可能去帮他大哥的儿子送东西？

一个时辰后，苟员外家那个家丁就又被李秋潭带回来了，一并带回来的还有茶楼的小二。宋大人不知道李秋潭为什么非得揪着这案子不放，气呼呼地指着李秋潭的鼻子骂道："犯人都死了你还查，区区一个通判，真以为自己比皇上还大？"

李秋潭不卑不亢地回了句："天大地大，道理最大。"他见宋大人一身酒气，知道这人肯定是去逛秦楼楚馆了，突然被喊回来没玩尽兴，才气性如此大。

李秋潭存了份心思，态度矮了两分，说："下官倒是真有一个问题向大人请教。"

宋大人鼻腔里哼了一声，觉得自己刚刚架势摆对了，作势道："当不起，李大人有什么不明白的，本官当倾囊相授。"

李秋潭心下好笑："那就先谢谢大人了。大人您知道，下官是上头直接下诏来江宁当这个通判的，对律法这一块不算太熟。下官听闻，大宋律法规定，在职官员非公事宴饮不得上酒楼，不得召私妓；违者，像知府大人这种职位，好像是要杖八十甚至黜官，对吗？"

李秋潭这番话说得轻巧，实际上却分量极重。他刚一说完，公堂内顿时鸦雀无声。宋大人一开始都没反应过来，待反应过来了气得拿手指着李秋潭半天，愣是一句话都讲不出来。

李秋潭只是想敲打敲打宋大人，也没想着真往上参他一本，于是便点到为止，把话题引到案子上，说："大人暂时不用忙着指点下官，先审案子吧。"

宋大人气急败坏，可这李秋潭油盐不进，他只好先收了火气坐在公堂上。推官在李秋潭的示意下，凑上前跟他如此这般耳语了一番。

家丁跪在堂上，宋大人照本宣科问张握瑜的死是否跟他有关。家丁嘴硬不承认，说他在牢里本本分分，又不认识张握瑜，根本不可能跟对方搭话。

李秋潭早就料到这家丁不会老老实实交代，在一旁说："张老夫人跟张握瑜说的话，整个牢里的人都听到了，你跟张握瑜说的话，就觉得没人能听到吗？"

那家丁仍是一副有恃无恐的模样。

李秋潭见吓不着他，说了声"带人"，两个穿囚衣的人被带进来跪下。李秋潭问："这人跟张握瑜说的话，你们听到了吗？"

其中一个先说"听到了"，又说"隔得远听不太清"。

李秋潭说："无妨，听见多少说多少。"

两人就你一嘴我一嘴地说了：那天苟府这个家丁听了张老夫人跟张握瑜吵架后，隔天就跟张握瑜说自己知道张握瑜不是张老夫人亲生的，也知道张握瑜的亲生母亲是谁。张握瑜起初不信，那家丁就说他娘是三山街的冯婆子，先前在张员外家当厨娘的时候被张老爷子瞧上了，这才有了张握瑜……

"原来那老婆子竟是他娘……"一个声音不合时宜地插了进来，是茶楼的小二，见宋大人觑他一眼，赶紧把头缩回去。

宋大人却未怪罪，让他继续说。小二挺起了身板，道："禀大人，是这样，张家二公子每月上旬都会来我们茶楼一趟，托小的给三山街的冯婆子送钱送粮。那老婆子孤寡，张大官人又乐善好施，起先小的以为二公子这是学他父亲积功德，不想却是在偷偷养他娘。"

宋大人又让两个囚犯继续。那两人刚刚被打断，想了会儿才说，当年张握瑜踹死乔叟后急急忙忙地逃了，不想这事却被冯婆子看见了，冯婆子见儿子杀了人，就想帮儿子遮掩，于是就地挖了个坑把乔叟埋了，还放了一把火将园子里的花全部烧光，想让人误以为是花园失火，乔叟没逃出来死在里面了。可实际上，乔叟被张握瑜踹了一脚后并没有死，反而是冯婆子误把乔叟活埋了。真正杀人的其实是冯婆子。张握瑜听完那家丁的话，当下就崩溃了，那家丁还在旁边煽风点火，说张握瑜既然已经坐了牢，应该有死的觉悟了，不管人是不是他杀的，事情总是因他而起。再说了，父债子偿，冯婆子本就是为了张握瑜才杀人，张握瑜替她还罪是应该的。

那家丁听到这儿跳起来："胡说八道！我什么时候说过这些？我只是告诉他乔叟不是他杀的，是他娘杀的！要死是他自己选的，关我什么事！"

他这话一出口事情立马就明朗了，宋大人拍了一下惊堂木："大胆刁民！还说你没跟张握瑜说话！张握瑜就是被你害死的！"

那家丁直喊冤枉："这两个囚犯都是将死之人，他们胡言乱语只是临死前想拉我下水，请大人明察啊！"

这时候两个囚犯站起来，说："真正将死的人是你，你还不认罪？"两人脱掉外面的囚衣，露出里面的差服，居然是衙门里的衙役。家丁瞬间呆住了。

李秋潭在一边悠悠说道："我朝太祖仁慈，不设重刑，想是你觉得大不了挨顿板子，回去还能领赏，才敢这么嘴硬。亏得宋大人英明，识透了你这把戏，找两个人一演就逼你说出了真相。你到底是受何人指使？"

宋大人见李秋潭长他威风，心中的那点儿芥蒂也消了大半，拍了一下惊堂木说："还不快招，到底是受何人指使？乔叟被埋时并没死，你是怎么知道的？还是说你当时就在现场，乔叟是你害的？！"

那家丁被李秋潭摆了一道吓怕了，连喊冤枉。他说他真的不知情，是管家吩咐他这么说的。管家让他刻意在西市挑事，以便被关进牢里。张握瑜和冯婆子的事情全是管家告知的，管家让他在牢里找个机会透露给张握瑜，逼张握瑜自杀，其他的他真不知情。

李秋潭听了这话，赶紧带衙役往苟员外家去，经过茶楼小二时拍拍他的肩膀，让他别把张握瑜已死的事透露给冯婆子。

等众人到了苟员外家，却见府上的一干人等都不见了，那个管家也没了踪影。屋里只剩刘婆子拉着小姐在那里抹眼泪。

刘婆子对李秋潭哭诉，苟员外连日重病，昨夜刚刚去了，那些乞丐不知从哪儿得来的消息，一个个跑进苟府把屋子里值钱的东西都抢去了。养的那些奴才也不顶事，开始还拦几下，后来跟乞丐一起把府里的东西都搜罗光了。

李秋潭环顾了一下，果真屋子里一件贵重的东西都没留下。几个衙役里里外外搜寻半天，只找出一沓借据。他拿来翻了翻，居然看到很多张都有张握瑜的名字，数目还不小。他心想，这便是张握瑜跟苟员外交往的原因了。

衙役又在屋外搜到一张黄符。这符李秋潭是认不出来的，他刚想说拿回去让录事参军查一下，一旁的刘婆子一把抢过去，说："我认得这个！这是清凉观道士画的符，他就住在城郊十五里外的天阙山。"

李秋潭不懂道术，但既然牵扯到了，便派人拿了黄符去天阙山上请人。他自己却存了份心思，前往三山街冯婆子家。

11

这天下午，长河收了工就去给三山街冯婆婆修整窗户，她那窗棂被蠹得厉害，整个木框都快散架了。长河把窗户卸下来，把坏掉的木条取下换上新的，钉好后又拿漆把整个窗棂细细刷了一遍。

他往漆里头掺了少许朱砂，可以减少些蠹虫。

长河和冯婆婆告别，收拾东西的时候，余光瞥见她家院子墙根那长了株花，居然又是一株芍药。现下是八月，那芍药竟然还结了花苞。长河心里讶异，面上却不表现出来，状似无意地跟冯婆婆打听这芍药的事。冯婆婆却不知情，像是完全不知道院子里还生了这么一株花。长河见状便跟她说，能否把这花移到自家去，冯婆婆连连点头答应了。

长河捧着芍药回到家，老远就望见钱英坐在他家门口石礅上候着。一见到长河，钱英就起身迎上来问，记不记得上回他说过，有个老头子说苟员外偷了自己的金子。

钱英是个不吐不快的性子，长河见他突然提这个，想来肯定是又撞见什么稀奇事了。果然钱英继续说："苟员外昨夜病死了，你知道吧？我今天特意过去瞧了瞧，想看看笑话，结果在他家门口看到一个特别古怪的老头子。"

古怪的老头子？长河问怎么个怪法。

钱英认真地说："丑，特别丑。"说完赶紧看着长河说："你可别以为我是在打趣，我活了大半辈子，就没见过这么丑的人。"

长河让他描述一下，钱英说："这人怎么说呢？脑袋特别大，不光是脑袋大，眼睛、鼻子、嘴巴都很大，脸上鸡皮皱起，牙齿也豁了好几颗。他要是凑到你眼前，你晚上绝对吃不下饭。"

长河认真想了想，问钱英："这人是不是牵了一只特别脏的黄狗？"

钱英很吃惊："你怎么知道？那人旁边真的跟了只特别脏的狗，是不是黄的不知道，那狗脏得颜色都看不出来了，瘦得骨头都突出来了。"

长河松了一口气，笑了："既然这事他出来管了，那就不用我们操心了。"

钱英看长河笑得一脸高深莫测，非让他讲出来。长河就只好跟他讲了："这人叫冯虚子，是城西十五里外天阙山清凉观的道士。他身边跟的那只狗，据说能见阴阳。"

钱英听到这里惊道："那照你这么说，苟员外突然病死这事不是人在捣鬼，他家里有妖怪？"

长河点点头，又问钱英："你这两天有去冯婆婆家吗？"

钱英说："最近忙没顾得上去。"又问长河："怎么突然提起冯婆子？"

长河推开门叫他一起进了院子，让钱英找个花盆，钱英这才发现长河怀里还有株芍药。

长河见钱英奇怪，就解释说这花是从冯婆婆家挖来的。他一边往花盆里填土一边对钱英说："记不记得你跟我说过，张家三代以来读书的不少，却没有一个考中秀才？"钱英点点头。

长河把土拍实了，说："张握瑜去乔叟那儿抢芍药，都说是为了他家里能出个秀才。但是他自己并无子嗣，金缠腰就算种在家里，便宜的也是他大哥的儿子，而外人都知道，他跟他大哥关系并不好。"钱英又点头。

长河接着说："他那芍药，其实是替苟员外抢的。"

长河见钱英不明白，便说："那日在公堂上，我听人说乔叟举办花宴时张握瑜和苟员外都去了。张握瑜那天在茶楼里也跟李大人交代过，他前些年有几笔不明不白的亏损，亏损的年份跟乔叟死亡的年份正好对上。张老爷子精明，张握瑜没法儿从自家库房提钱补上，只好找苟员外借钱，我猜这便是张握瑜跟苟员外来往过密的原因。张握瑜从他那儿借钱还不上，知道这人有官瘾，便投其所好四处打听金缠腰，想取来讨好苟员外，不想却失手杀了乔叟。不过……"

钱英见他犹豫，便问："不过什么？"

长河说："你说在苟员外家看到了冯虚子，冯虚子道行高深，平素不常下山，上一次下山还是十多年前。我现在想，弄不好张握瑜说的是真的，乔叟真不是他杀的。真正害人的，也许是苟员外家里那只妖怪。"

钱英把长河的话细细捋了一遍，表示有点儿没听明白。

长河说："我也只是猜测，冯婆婆家的窗户坏了我去修，却在她家里发现了这株芍药。"他示意钱英看看桌上，这芍药将开未开，却也能看出是一株金缠腰，这花出现在她家院子里，说明她跟当年那件事肯定有关系。

钱英一下子跳起来，指着三山街的方向说："那老婆子？"

长河点点头，把钱英胳膊拉下来叫他别那么大声。

钱英缓了口气，心里还有些讶异："我明天就去打听打听这老婆子的来历。"

长河摆摆手说："不用了，我们问她就行。"

钱英刚想问她是谁，就发现长河望着他身后，一个黄衣女子悄无声息地出现在院子里。钱英吓了一跳，刚要喊，被长河一把捂住了嘴，长河对他说："不用怕，她是芍药花精。"

黄衣女子在一旁听他们谈了许久，一现身不待询问，便直接说张握瑜不是张家老夫人所出，冯婆子才是他的亲生母亲。张家上下都知道这事，张怀瑾还经常拿这事取笑张握瑜，所以兄弟关系才一直不睦。

两人听了目光相接，露出了然的表情，坊间传言张家二公子不受张老夫人待见，原来还有这么一层内情。

黄衣女子继续说："当年张握瑜杀人后，老婆子替他把人埋了，还放了火把我们烧得干干净净，她倒是知道心疼儿子。"她话里带着恨意："就是因为她，乔叟这么多年都不能沉冤得雪！"

长河问："所以你便弄伤了她的眼睛？"

黄衣女子点点头，见长河又想问便说："放心，我们若真想取她性命也不必等到今天。弄伤她的眼睛，已经是给了报应了。我今天来只是告诉你她命不长了，她也终归是个可怜人，今日子时，她的寿数就尽了，身后又没个戴孝的，明日一早你们好好去给她安葬吧。"

她说完转身要走，却被长河拦住了："上回你托的事我办好了，我要的东西你什么时候给？"

黄衣女子先是愣了一下，继而似是想起来了，告罪说："公子莫怪，这几日为乔叟的事乱了神，明日子时一定给公子送来。"

长河笑笑说："那还真是为难你了。"黄衣女子刚要说应该的，就听长河说："我那日并未向你讨要什么回报，你明天要拿什么给我呢？"

黄衣女子神色一变，就见长河把手里的花盆朝她扔去，她惨叫一声，倒在地上。长河走过去，从地上捡起一撮黄鼠狼的毛。事情发生得突然，钱英还来不及反应，就被长河急急拉着说："快走，去三山街，那妖怪要杀冯婆婆！"

长河出门前又回头看了一眼门楼横梁，上头的两盏灯笼明亮了许多。他猜得果然不错，张握瑜一死，住在里面的花精见事情已成，早就走了。

12

两人匆匆赶到三山街，却见院门大开，长河心中一凛，怕冯婆婆已遭遇不测，结果却看到李秋潭在院子里。不只他，冯虚子道长也在，身边还跟着一个十来岁的小道士。小道士牵着一只脏兮兮的黄狗，那黄狗嘴里叼着一只黄鼠狼。

李秋潭见长河两人这时间过来，有些奇怪，正待询问，却见长河从他身边走过，先见了那老道士，拱拱手说："经年未见，老先生安好？"

冯虚子不多话，朝他点了点头。

李秋潭眉毛一挑，这两人竟然认识。

钱英却不奇怪，他猜到了，说长河活不过三岁的应该就是这老道士。他凑过去，问李秋潭是怎么请到这道人的。李秋潭说他也是碰巧，捡到那张黄符后觉得苟员外家里的东西不一般，想着张握瑜已经被这东西害死了，跟当年事情有关的冯婆子可能也不安全。天还未黑，他便来这院子里守着，不想居然等来了冯虚子，亲眼见天师收了一回妖怪。

钱英看着那边的黄鼠狼，问："最近的事情都是这家伙在捣鬼？"

李秋潭点点头,解释道:"苟员外是怎么发家的,江宁府的人都知道,听闻他是偷了别人的金子,其实被他偷金子的不是人,是这只黄鼠狼。这妖怪拿金子诱惑人,人上当后,他就以各种利欲相诱,最终夺了人的躯壳。苟员外年纪渐大,躯壳已经不顶用了,它便换到苟府管家身上。"说着他朝内堂指了指,长河这才看到,那管家躺在地上不省人事。

钱英跑过去探管家的鼻息,李秋潭说:"道长已经救过了,死不了。"

"至于他为什么要杀乔叟……"李秋潭还没说完,旁边的小道士却抢着接话了:"乔叟是苟员外的亲弟弟啊!他俩一个爱钱,一个爱花,多年不相往来。五年前那场花宴上,乔叟认出了苟员外,却也察觉出兄长不对劲,因为那时候苟员外的身体就已经被这妖怪占了。妖怪见事情败露,便杀死了乔叟。它正愁尸体不好处理,却碰到张握瑜回来抢花,便借机钻到乔叟身体里,跟张握瑜起了番争执,让人以为是张握瑜那一脚踹死了乔叟。这妖怪狡猾得很呢,靠这一招,把那园子里的花妖都骗过了。倒是可怜了张握瑜,那些花妖报仇心切,怕单凭断手还不足以让官府给张握瑜定罪,还特意请江底叫阿七的那小子把张握瑜的玉佩捞上来塞到乔叟怀里。"

"不过这妖怪当年还是算漏了一条,"小道士指着院里的东厢房说,"这婆婆当时在鹤归山下打猪草,意外碰见自己的儿子杀人。多年来她都只能远远望儿子一眼,出于愧疚和爱子心切,便想着帮儿子毁尸灭迹,埋了尸体又烧了园子。就这样,让张握瑜多活了五年。"

钱英不由感叹:"那这么说来,张握瑜死得冤枉啊!"

李秋潭等着衙役过来善后，孟、钱两人见无事便告辞先走了。两人走后，李秋潭跟冯虚子道谢："今日幸得道长相助，学生惭愧，囿于见闻，不想世间原来真有魑魅魍魉之事。"

　　"当然有了！"说话的又是那小道士，话一出口他又不好意思地摸摸头，"嘿，大人可别嫌我唐突，我师父不爱跟生人讲话的。"李秋潭摆摆手示意无妨。小道士这才继续说："我刚上山的时候师父就对我们说，万物皆有灵，能看见它们，其实也算是件幸事。"他朝冯虚子看了一眼，斟酌了一下又说："我再告诉你一件事，你们江宁府二十二年前，已经出现过一个那样的人了，他生下来便能看见所有的生灵。"说完他狡黠一笑："不知这个人大人认不认识？"

　　李秋潭想，他当然认识，他刚刚还和这人见过面。

　　他叫孟泽，字长河。

13

　　今日既望，明汪汪的月光溢满了江宁，落在张员外府里，却愈显得冷凄。

　　二儿子在狱中自尽，小孙儿的家书两个月都没到，夫人正哭哭啼啼让他想个办法，说不行她就亲自去汴京。张员外却一反常态，斥了她一声，说万事皆有定数，不理会夫人，让她自己哭去了。

　　张员外七十大寿的当晚做了个梦，梦里他还是个二十出头的小伙子，父亲死了，他一个人守着一条渔船。梦里一个青袍人站在岸边对他招手，央他帮忙把一批木材运到湖的那一边卖掉。他的船很小，但是竟然可以把那些木材全部装完。到了对岸，青袍人告诉他这些木材的价钱就离开了。他卖掉全部木材，得钱五十万贯。等到天黑，却不见青袍人过来拿钱，他就一直窝在船上等了五天，渴了喝湖水，饿了抠岩石下的螺蛳充饥。

五天后，青袍人乘船过来，船居然是从他来时的方向来的。看到他还在这里，青袍人很吃惊，对他说以后就靠贩卖木材为生吧，这五十万贯就是借给他的本钱。青袍人又从岩石底下摸了一把螺蛳让他猜，他不知道是什么意思，猜了个五。青袍人就笑了，说那便佑你五十年。

第二天一早，张员外是被窗外刺进的太阳光吵醒的，醒来后喊丫鬟进来帮他梳洗。喊了几声没人答应，他心下烦躁，又催了两声，才发现不是丫鬟不答话，是他自己喊不出声音。他心底生起一股凉意，慢慢地流向四肢百骸。他终于意识到，昨晚做的竟然不是梦，而是五十年前真实发生的事情。他想不起来青袍人的脸，只记得他说，佑你五十年，算起来，今年恰恰是第五十年。

第二章

狐火

老野狐活得忘了岁数,记不清是多少年前,只记得也是同样的春日,某天它在阁楼上浅眠,却被一阵上楼的急促脚步声吵醒。

01

熙宁二年元日刚过，江水的寒气还未退去，燕子矶头晃晃悠悠地走过来一个酒鬼。冬日里太阳升得晚，那酒鬼抖了抖空空如也的酒壶，撒气般将其朝前方的日影一甩，也不知砸到了什么，只听"咚"的一声，发出沉闷的响声。

燕子矶头有一条长长的栈桥，酒鬼脚步不稳，好几次差点掉进水里。突然，他感到脚下的栈桥在动，心下觉得好玩，便又使劲跺了两脚，惹得脚下栈桥也跟着一陷。

酒鬼大笑，虚举起酒杯对着前方日头高喊："如此良辰……嗝！当浮一大白！"这一嗓子喊完，他回头却发现江岸好似从自己面前飘远了。

他歪头愣神看了半天，又发现脚下栈桥也不稳了，没留神竟然掉进冰冷的江水里。

水寒刺骨，他冻得一哆嗦，酒立刻醒了一半，人也吓得一激灵，赶紧手脚并用地抓住旁边的栈桥爬了上去。待上去一瞧，哪里是什么"栈桥"？眼前这东西方方正正，漆黑厚重，分明是一口棺材！

官府的人接到报案赶过去的时候，燕子矶头已经围了一些人。陈捕头喝了一声，把人群轰开，差几个衙役下水把棺材抬到栈桥上。待日头升高了，才等到通判李大人。

李秋潭走过去看了一眼棺材,黑魆魆的,挺厚重,不像城北义庄那种随处可见的木料。他退开半步,指挥衙役把这口棺材起开。衙役上前,却发现棺材周身居然找不到一根钉子,整个棺材就像是用一整块木头掏空雕凿而成的,表面缝隙全无。

李秋潭皱了皱眉头,心里有了主意,唤了个衙役,让他去城东长白街把孟长河请过来。

长河跟着衙役过来的时候,远远就看到岸上放着一口棺材。李秋潭朝长河招了招手,将他引到棺材旁,道:"劳烦先生了,这东西严实得很,我猜里头是有些别的机巧。你是木匠,想必精通此中门道,能否帮我打开它?"

长河这才发现,原来棺材开合处是用榫卯制成的。榫卯这物件样式繁多,制式精巧,饶是长河懂得其中门道,真打开它还是费了一番工夫。

棺材打开后,让李秋潭和长河诧异的是,棺材里居然没有尸体。

棺材底部只有一层焦痕,依稀辨出一个人形模样,向着头部的那端还倒着一只香炉。炉子底座上沾了些黑灰,拖出条长长的滑行痕迹。大约是衙役抬上来的时候,力道不匀,让那香炉滑了过去。

一个衙役小心翼翼地将那香炉捧出来,举到日光下。李通判轻轻啧了一声,那居然是一只博山炉。

《西京杂记》记载:"长安巧匠丁缓者……作九层博山香炉,镂为奇禽怪兽,穷诸灵异,皆自然运动。"眼前这只香炉虽不如古书记载的那般极尽工巧,却也算得上精致了。

长河微眯起眼上下打量这只香炉，心里也是一叹，不知棺材主人是何人，随葬品竟用得起这般物件，这香炉怕是皇宫大内都没有几只。没等长河辨认仔细，李秋潭挥了挥手，便有衙役将那只香炉裹好带回衙门了。

长河见事情已了，便与李大人告辞，转身往西市而去。

西市是江宁府最大的市集。十几年前，这里却是一大片庄园。某年庄园主人金员外破家竭产，这片庄园便被官府收缴，实封投状进行买扑。可坊间传言，金家庄园底下是乱葬坑，买扑没有顺利进行，庄园就这样荒了很多年。直到前任知府王大人上任，允诺免去买者半年赋税，这片闲置多年的土地才陆续被人拾起，又因靠近燕子矶，水上交通便利，没几年就发展为江宁府最大的市集。

02

这时辰已过了晌午，钱英趁着摊位前没人，去隔壁李大娘面馆里捧了碗阳春面。长河过去的时候，他正哧溜哧溜地吸面条。

钱英消息灵通，长河甫一坐下，他就问道："大早上的，官府唤你去干吗？"

长河告诉他缘由后，钱英摇摇头："这李秋潭真不是个好人，今儿个新年头一天开张，却让你沾晦气去看那棺材！"

长河挑着面条道："倒也未必，棺材棺材，升官发财嘛。"

钱英哈哈一笑，没去理会。

长河又说："晦气也没沾多少，河里的那口棺材，是空的。"

钱英长长地咦了一声:"怎么又是空棺材?"

长河一愣,停下筷子问他:"难不成,你还在别处见过?"

钱英挠着头回忆道:"倒不是见过,年前在酒肆听人说起过。"

临近除夕那几天,江宁城里下了场大雪,钱英便想去酒肆喝壶酒暖暖身子。酒至半酣,四五个穿着粗衣的汉子走进酒肆,坐在钱英邻桌。最先落座的汉子嗓门极大,在跟同伴吹嘘下五洋捉鳖,等再喝两口,那边就有人说自己杀过狐妖山魅了。

钱英听着他们高谈阔论,心下好笑,想着若是长河在这里,听到这番话,不知是个什么想法。

他的好友孟长河三岁生了场大病,病愈之后似乎开了天眼,能看见世间所有的生灵,有时还会聚气成灵,蓄在他刻的那些木头小玩意儿上,那些没有生气的东西便一个个活了过来。

他这厢想着,那边耳朵里却钻进一个熟悉的名字——蕉娘。

钱英赶紧把耳朵支起来听。他记得梅川县有个铁匠,夫人就叫蕉娘。他跟那铁匠有些往来,早年见过蕉娘一面,是个十足的美人,荆钗布裙也难掩其风韵。坊间流传蕉娘的母亲是吴越国的宫女,太宗时期吴越纳土归宋之后,她从宫里逃出来,当时不光带了许多宝贝,还怀了身孕,肚子里的孩子便是蕉娘。

钱英瞥见提起蕉娘的是个身形瘦长的人,颧骨都凹了进去,看面色像是沉疴不愈。瘦长人道:"蕉娘过世已经三年,三年来那铁匠还是天天打铁挣点家用,看来是没有把那些宝贝卖掉。兄弟就想,是不是都给蕉娘陪葬了?于是前日夜里,我就偷偷掘了她的坟，结果把棺材撬开一看，里头竟然是空的，别说金银首饰，连尸体都没有！"

这时旁边就有人笑："这个绝对是唬人了，莫不是兄弟你眼神不好使，大半夜的起错了棺材？"这话说完，又引得众人大笑。

瘦长人见被人取笑，气得拍着桌子说："饶是我眼神不好使，耳朵却是分明的。那棺材撬开的时候，里头不光没人，我还听见一个声音！"

旁边那人故意捏起嗓子喊："相公！相公！是不是这个声音？"这下连钱英都笑喷了。瘦长人气得脸色发白，也不抖包袱了，高高地亮起嗓门道："我还听见了狐狸叫！"气氛瞬间僵住了，众人齐齐地看着他。

钱英讲到这里也停了，长河却不催促，捞了口面条，等着他继续讲。

"你没听过？"钱英问。

"听过什么？"长河被问得莫名其妙。

钱英叹了口气："坊间都说，宫女那事是铁匠自己编的，他那老婆，其实是只狐狸精！算起来那铁匠也五十多岁了，蕉娘年龄与他相差无几，可我见蕉娘那回，也不过四五年前，她那皮相却最多不过双十，站在铁匠身旁，说是父女也不奇怪。"

长河道："这么说真是狐狸精了？"

"不是狐狸精，也会是别的精。"钱英笃定地说。

长河轻轻笑了："你大概是跟我相识久了，什么都往妖怪头上想。我问你，那铁匠一个粗人，没读过书，怎么能编出前朝宫女这样的话，还编得有理有据？"

"那依你之见呢？"

长河道："亡者为大，蕉娘过世已经三年，不管她是人是妖，都别妄议了。"

钱英只好住了嘴。

长河心里却关心别的，问道："那人真掘了蕉娘的墓？官府怎么没人来过问？"

钱英道："怎么没人？真是天日昭昭！那个瘦长人还在振振有词地说他确实挖过墓，为了让人信服，什么时辰、拿了什么工具、路上碰见些什么，全都一篓子交代了。结果没承想，年底了，酒肆门口来来往往总有衙役经过，他嗓门又亮，这边刚讲完，那边衙役进来，镣铐一拿，就把人请进衙门吃茶了。"

"解气！真是解气！"钱英话音刚落，却听有声音从后头传来。他扭身一看，墙根坐了个老头子，竟不知是什么时辰坐在那儿的。老头衣衫褴褛，怀里揽着根竹竿，身边却不见讨饭用的碗。

钱英乐了，道："你这老头，白白听我说了一节书。看你这样子，还是先顾自身吧，听别人的故事能解什么气？你要是讨饭，就该拿个碗来，不然我朝哪里给你银钱？"

老头斜着身子，懒洋洋地歪在墙根，眯着眼睛道："谁说我是叫花子？'夫阳春召我以烟景'，西市路面这么宽，老夫躺这里晒会儿太阳不行？"

03

李秋潭把棺材连着博山炉带回衙门，宋大人出来，看到公堂上摆着个黑魆魆的大东西，吓了一跳。两个推官倒是镇定，棺材一落地，就赶紧凑上前打量。衙役把博山炉捧上前，左推官让人拿了支狼毫笔过来，小心地刷去炉上的黑灰。

录事参军从库房里搬来一大捆卷宗，在桌案上整整齐齐码了三层。这一查就查到了掌灯时分。李秋潭假寐了一会儿，醒来发现宋大人居然还在公堂上，心下略略吃惊。府上这位宋大人是出了名的怕麻烦的主儿，历来案子都是能甩手就甩手，此次居然这么上心？

李秋潭不知道的是，京西南路新上任一位太守，是宋大人的老师，据说早早透露了要提点这位学生的意思。既然升官是早晚的事，眼下这案子没死人，就查个主儿，宋大人便想亲力亲为，多少捞点政绩。

李秋潭不知这一层，只听他们谈论的内容越来越集中在一个名字上，好像是什么城西的金员外。这时候录户参军派出去的人也回来了，原来是右推官让人去打听制作这棺材的木匠。回来的人带了一个可喜的消息，有人认出了那口棺材。

宋大人让衙役把人带上来问话。那木匠年纪有些大，两鬓已经斑白了。他说这棺材跟别的棺材不一样，周身没有用一根铁钉，全身都用机巧制成，故而他印象深刻，来订棺材的是一个道士。

"道士？"右推官探头看了眼棺材底下的焦痕，"那道士的身形你还记得吗？"

木匠道:"记得,大约有七尺二寸。"

宋大人斥了一句:"公堂之上,不得妄言!怎会有如此高的人?你又如何记得这么清楚?"

木匠赶紧答道:"禀告大人,小人不敢。小人家的门楣刚好七尺整,那人进来的时候还碰到头了,小人又是做木工活儿的,算术自然略胜于常人。"

右推官眉头却又蹙了起来,衙役量的焦痕不过中人尺寸,想来必不是那道人的了。

李秋潭沉思道:"如今看来,这棺材不是从上游漂下来的,怕是从江底浮起来的。"

第二天,李秋潭刚进衙门,就看到一个妇人在衙门口哭闹。衙役被那妇人缠得一点耐性都没有了,就对李秋潭告饶说:"她相公年前发掘私墓被抓了进来,一直不认罪……"

话还没说完就被那妇人抢了白,妇人跪在李秋潭面前,扯住他的衣角喊道:"青天大老爷,我男人没有盗墓啊!那棺材里头是空的,什么也没有,我们什么也没偷啊!"

衙役朝他努了努嘴:"大人您可瞧见了,都能知道棺材是空的了,还说没有盗墓?"

李秋潭听到这里问了一句:"空棺材?"他不由得想到衙门大堂里摆的那只,里头也是空的。

衙役点点头,就把年前西市那间小酒肆的事给李秋潭说了一遍。这衙役叫沈季,十六七岁的样子,是个十分伶俐的少年。

李秋潭听完后略一思索,便招呼这衙役跟他跑一趟。待两人赶到兴源乡长兴里找到欧阳铁匠时,已经过了吃饭的时辰。

04

欧阳铁匠看起来五十岁上下,形容清癯,颊边略有些杂乱髭须,眼神却清明。妻子病逝三年,他一人把这满院子的花草收拾得还算齐整。

李秋潭没有挑明身份,说路过此地有些口渴,能否讨口水喝。

铁匠打量了一眼他们,点点头,把人让了进来,自己先去后面灶台上烧水,半晌又过来跟李秋潭说:"茶叶没了,官人将就喝点白水?"

李秋潭拿余光觑了眼屋中摆设,知道匠人清贫,便道了声:"无妨。"

铁匠让两人随意坐坐,便又去灶台照应炉火了。李秋潭兀自等着,突然听到右边屋里有什么声响。沈季本就坐不住,立马跳起身跑过去看,原来是一只老鼠,大约是跑过的时候撞到什么,把桌上的东西碰了下来。沈季拾起来拿给李秋潭看,是一件女子用的银盒,海棠形的,上头刻着鹦鹉纹。

李秋潭瞧过了,掸掸盒子上的灰把它放回去,走到桌前才发现,除这一件外,桌上还有其他首饰。步摇、花钿、玉搔头,几乎是女子整套头面,每一件都干干净净,全无杂尘。

沈季的脑袋从后面探过来,惊讶地"哇"了一声,又朝铁匠的方向努努嘴。李秋潭明白他的意思,想起外头说的,铁匠妻子是前朝逃难宫女所出，那么家里有这些物件倒也合情合理。

李秋潭放好东西走出来，正好看到铁匠捧着陶碗过来，这才觉得擅入内室不合礼法。他告了声罪，跟人解释屋里有老鼠，把东西碰掉了。

铁匠却不在意，把陶碗放到李秋潭面前，说自己乡野粗人，没这许多条条框框，又把碗朝李秋潭轻轻推了推："家里就这些粗水，官人别嫌怠慢。"

李秋潭双手端过来道了声谢。喝了几口水，他问铁匠屋里东西的事，铁匠说那是妻子的遗物，生前爱得很，舍不得戴，妻子亡故后，他每天都擦干净摆在梳妆台上，也算是个念想。

李秋潭并不渴，待喝完了水，客套话也已经说完，索性跟铁匠挑明身份，说："我今天来，其实是想问问你妻子的事，听说年前尊夫人的棺材被盗了？"

铁匠一怔，手不自觉地攥紧了陶碗，眼神里有几丝痛楚，答非所问地说："拙荆身染恶疾，怕传染给旁人，小人遵她遗言，找了处僻静地方，将遗体一把火烧了去，怕乡里人不解引起慌乱，只好依旧瞒着把那空棺材葬下去了。"

李秋潭意味深长地看了他一眼，点点头告辞，出门没走几步，就听沈季在身后喊："大人，错了！回去的路走这边。"李秋潭却没有回头，招招手叫人跟上。

李秋潭问他："坊间关于铁匠夫人的传闻，你听了多少？能信的有多少？"沈季没明白什么意思，李秋潭道："那些流言，恐怕是铁匠自己散布出去的。"

沈季圆溜溜的眼睛瞪大了一圈，问道："大人是说他自己散布流言？流言这种东西，旁人避还避不及呢，他这不是刻意惹麻烦上身吗？"

李秋潭停下脚步想了想，可能是为了掩饰某些真相，不过这真相是什么呢？他凝神思考的当口，瞥见沈季还在一脸期待地看着他，便开口说："铁匠说妻子是得恶疾而死，可他夫人的东西，除去那些贵重首饰不提，连那衣柜里头的衣物都好好地收着，若真染了恶疾，早就一起烧了。所以我猜，他夫人的来历大约比流言里更加扑朔迷离。"

沈季"啊"了一声，道："难不成，他夫人真是狐狸精？"

李秋潭觑他一眼，沈季以为自己说错了，缩缩脖子，却又辩解道："我前面忘了对大人说，牢里那人还交代，掘墓那天晚上他还听到了狐狸叫！"

李秋潭听了嘴角弯了一下："没准儿还真是。"

两人继续往村子里走，见到门扉洞开的李秋潭就让沈季过去打听，好在这小子灵光，打听了几家，终于探出些名堂来。村里人说铁匠是本地人，他夫人是他在路边捡来的。铁匠跟人说，某天他看到一个女人带着个姑娘，那女人病得快死了，求他救救她女儿，他就把姑娘带回了家，那年年底两人便成了亲。沈季兀自琢磨道："但并没有人亲眼见过铁匠说的女人。"

李秋潭问道："铁匠有没有说是在哪里捡到他夫人的？"

"我问过了，村里有个猎户说知道，他是第一个看到铁匠跟那姑娘的，就在十里外的清凉山下。"沈季道。

李秋潭让沈季带路，两人一并去往猎户家。

05

猎户姓薛，名祥，沈季先向其介绍了李秋潭的身份，薛祥惊讶地一拊掌，赶紧呼老婆打点茶水奉上。

李秋潭懒得讲这些虚礼，拉着人坐下来，问薛祥："听闻你跟欧阳铁匠十分熟识？"

薛祥嘴巴一咧："回大人，咱这村里有几户人家，您一眼就瞧得见。都是乡里乡亲的，您说熟识不熟识？"

李秋潭点点头："这铁匠平常有什么爱好、习惯，之前有什么经历？"

猎户老婆摆出了茶水，薛祥先把茶碗给李秋潭奉上："欧阳铁匠啊，挺和善的人，就是有点倔脾气。早年我那兽夹总是欧阳帮忙打，有一回那玩意儿突然不牢固了，捕不到猎物，欧阳当时态度还挺好，答应再帮我打一副。可没想到几天后我去取，欧阳却只赔了我两吊钱，还说以后再不帮我打兽夹了。"薛祥重重地拍了一下大腿，道："欧阳那老头，脾气比驴还倔！从那之后到现在，三十年了，他就真再没帮我打过一副兽夹了。"

三十年？李秋潭微微抿了口茶，他记得铁匠今年不过五十岁，便问薛祥："你那兽夹坏了之后没多久，欧阳是不是就带回了他夫人？"

薛祥回想了一下，道："还真是！自那以后，欧阳就不打兽夹了。大人，您说该不会是他夫人天生心善，不让他杀生了吧？"

李秋潭不置可否，谢过猎户的招待，起身就出了村子。沈季问他："大人，咱们都来这儿了，不上铁匠夫人的墓前看看吗？"

李秋潭道："不去了，去长白街。"

长河这天收工回家，刚走到长白街口突然被人撞了一下，原来是几个孩子从他身边跑过。长河看到两个孩子一人一手抬着裹了红布的木架，那木架做成了戏台的样子，旁边小孩手里都拿着寸长的傀儡小人。几个小孩吵吵嚷嚷的，原来是要去城外的花神娘娘庙演傀儡戏。

这群孩子动静太大，惹得钱英赶紧从屋中出来瞧瞧。他恰巧看见长河，问清楚怎么回事后，心下奇怪："江宁城里什么时候有这种风俗了？"

长河道："一直都有，不过前些年年景不好，百姓手头没多少余裕，自然就冷落这花神庙了。"

钱英看着孩子们嬉嬉闹闹地跑远了，却一直没有回屋的打算。长河一笑，调侃道："怎么，也想去看一场傀儡戏？"

钱英道："你知道我在瞧什么，刚刚怎么让你那只蠢鸟跟在那群小屁孩儿后头了呢？"

长河心思被人猜着，脸上有些讪讪的。

钱英接着问道："跟我说说，你让那只蠢鸟跟过去干吗？花神庙里是不是有妖怪？告诉我，我帮你分忧啊！咱们现在赶紧跟过去，现在的小孩性子野得很，小心你那鸟儿被他们捉住烤着吃了。"

钱英说的蠢鸟是长河前几日新刻成的一只戴胜。那几日快过新年了，他孤身坐在院子里一边刻着木头，一边听着邻院孩童嬉乐。长河刀工卓绝，刻出的鸟儿跟真的别无二致。幸得天地造化之功，那木头鸟从刻刀上一下来，就能飞了。

长河的至交也就一个钱英，知道瞒不过，长河便跟他坦白了："那群小孩中间，有一个孩子尾巴都快藏不住了。"

钱英神情一变："狐狸精？"

长河点点头："孩子只是它的化形，不过它能掩去身形，却掩不了气味。那气味，我在西市上已经闻过一次了。"

长河跟钱英赶到花神庙的时候，发现那群孩子已经在庙前演开了，木头做的戏台上端端正正地写了"今日头场"四个大字。

两人不动声色地观察着演戏的孩子，发现少了长河说的那个有毛绒尾巴的小孩。于是，他们避开看戏的人群，偷偷来到寺庙后面，进庙里一看，只见正中供着一尊娴静端庄的菩萨像，大约就是花神娘娘了。

长河吹了声口哨喊他的鸟儿，却不见戴胜飞过来，心里有些不安，莫非真被钱英说中了，这是只蠢鸟？忽然，他又听到翅膀扇动的声音，十分急促，像是从神像后面传来的。

长河不顾礼法跳上神坛，把钱英吓了一跳。他们绕到神像后一看，那只戴胜正在一只野狐的爪子下挣扎。

钱英正要上前，却见长河拦住他，对野狐说："还我。"

钱英刚要说你跟一只野狐废什么话，就听那只野狐竟然开口了："不还。"

钱英顿时怔在那儿了。

06

长河和老野狐一来一往交涉了好久,最后老野狐勉强同意把鸟儿还给长河,却要长河伺候它吃一顿好的。待野狐跟着长河两人到了长白街,钱英才慢慢地缓过神来,他跟长河相识多年,见过长河跟不少生灵说话,但是人家好歹都有个人形,面前这只,却是实打实的野狐。

两人带着变回孩子的野狐回到家,却发现院门口已经站了一人,是官府的衙役。

小衙役估计是等得久了,看到长河和一人一孩回来,一脸如释重负的样子,说通判大人有事找他,等不到人,已经先走了,还交代让长河明天去一趟衙门。长河答应着,还道了声辛苦。

这野狐在花神庙里住了那么多年,听惯了世人闲话,长河想它没准儿知道许多事情,如此也可以帮李秋潭多打听点儿江里棺材的事。不料老野狐却不好骗,吃饱喝足后并不开口。

长河忽又想起前年埋在梨花树下的一坛酒,便跑去挖了出来,老野狐喝了几口便什么话都说了。

让长河没想到的是,他刚开口问江底那棺材,老野狐就承认是它捣的鬼。"十六年前,我请人帮忙把那口棺材沉在了江底,现下织藤蔓的人走了,那口棺材自然就从江底浮起来了。"老野狐醉醺醺地说道。

钱英惊讶道:"你这老狐狸,修炼得有千年了吧?这么点事,还要请人帮忙?"

老野狐鼻腔里哼了一声。

长河试探着问了句："帮你的人难不成是蕉娘？"

老野狐一副懒得搭理人的样子，却也点了点头。

钱英一惊："怎么是她？"

长河转头对钱英道："这得谢你。记不记得在西市上，你跟我讲过蕉娘棺材被盗的事？这狐狸就是当时在你身边晒太阳的老头子。"

钱英跳起来，指着老野狐问："历来狐狸精都是美人，你怎么变成一个那么丑的糟老头子？"

长河笑着摇摇头："那不是变的，他修炼的人形就是那样。"

钱英一脸见鬼的表情，又想起那天的事，道："我说掘墓的人被衙役带走了，这老狐狸怎么在一边连连说解气。所以，你就想老狐狸大约认识蕉娘，那蕉娘也是狐狸？"

老野狐灌了一大口酒："错了，蕉娘不是狐狸。你们想知道江底棺材的事，得从很多年前说起。那棺材里的人原本叫金偃，跟我是多年的旧识。"

老野狐活得忘了岁数，记不清是多少年前，只记得也是同样的春日，某天它在阁楼上浅眠，却被一阵上楼的急促脚步声吵醒。

"啊——"来到楼上的孩童看见它，惊讶地瞪大眼睛，又把嘴巴紧紧捂住，小心地爬到它身边伏下。阁楼底下有人走动，在屋里喊了几声谁的名字，不见人应答又出去了。

孩童听见门被带上的声音才长长呼出一口气，像是在跟狐狸说话："先生又要抓我去念书了，那些书我自小便会读，哪里用得着他再教？"

狐狸伸了个懒腰，心想现在的小孩都那么会偷懒吗？

孩童见狐狸没理他，不为所动，又说："先生常说要把三坟五典、四书五经都学会了方能考中进士，你们修成神仙，也是要念书的吗？"

狐狸肩膀耸了一下，跳到墙边的博古架上。孩童朝它狡黠地一笑，道："我知道你是妖怪，能听懂我说话。我才不看什么三坟五典，先生不在的时候，我早就把《玄怪录》看完了。"

这孩子就是金偃，从此他们便熟识了。金偃自小聪慧，却不爱功名，只图经商，没几年便圈了城西的一大片庄园。他自幼慕魏晋高士之风，待成了家，妻贤子孝，没什么挂碍，便常邀三五好友饮酒啸歌，效仿古人清谈高论。

"某回金偃约人在谢公墩雅集，遇上个癞道人。那道人投其所好献给他一幅高士图，金偃心头大喜。道士见摸对了门路，从此便使些小伎俩一步一步诱惑金偃。结果好好一个人被那癞道人唬得家产妻小都不顾，跑去学什么修仙问道！"老野狐说到这儿嗤了一声，"我老狐修行几百年也才修成人形，这些人肉眼凡胎，却妄想三五年就修成仙身，真是天真！君不见'刘彻茂陵多滞骨，嬴政梓棺费鲍鱼'？"

老野狐说往后多年就没见过金偃了，待它再次回到江宁却听闻金偃已死，尸骨葬在鹤归山下。它便去了鹤归山，想与故人道个别，到那儿才惊觉金偃竟是活生生被人害死的，棺材周身被道士施了阵法，它竟完全近不了身。那癞道人图财害命，先一步步取得金偃的信任，骗他修道，再用药石将他害死。那道人还亲自给金偃挑了棺材，演足了戏，骗金偃妻小说金大官人这是要蜕去凡身，得道升仙了。

老野狐不想故人竟落得如此下场，当即怒火中烧，抓了癞道人，把他揪到金偃墓前撕碎吃了。老野狐说着拍拍肚子，对长河道："那种玩意儿，就只配入五谷轮回之所！"

长河听了，也只能闭目长叹一声。

07

"金偃的肉身已被药石败坏了，这十几年来，我四处收集珍稀药草想医治他，找到一点什么，就藏在那棺材里的博山炉中。"老野狐道，"万幸那癞道人为消金偃妻小的疑心，讲究'燃香引官人升仙'，给金偃置备的是博山炉。这香炉是西汉遗物，汉亡之后一度流转到鸡鸣寺，被安放在佛堂，听了几万遍《妙法莲华经》，故而能保存他的身形。"

长河猜测道："十六年前江水决口，鹤归山被冲垮了一半，那事怕也是你干的吧？你担心棺材被人发现，所以就把它冲到江里，藏在江底？"

老野狐灌了口酒说："你小子还算聪明，那场大水折了我五百年修为。我自知能力不济，便求一头白鹿帮忙，让它在江底生出藤蔓，把金偃的棺材缠好悬在江底，下不接黄泉，上不接青冥。可惜，三年前白鹿因触犯天条被天神发配去了西域。万物荣枯有数,江底的藤蔓渐渐枯萎腐烂,它走之后,又不得新的藤蔓生长出来。直到前几日,那棺材终于挣脱藤蔓浮出江面,被官府的人发现。"

钱英奇道:"三年?蕉娘过世至今也是三年。"他望着身边的人,接着道:"所以长河没有猜错,当年帮你的人确实是蕉娘,不过她不是狐狸,是只白鹿?"

老野狐眯起眼睛:"那是几百年前的事了。"

初见白鹿的时候,它还不会化形,跟在狐狸身边用几百年的时间刚学会化形,变作少女的模样,不想却遇上了一个人。

那天夜晚,满月当空,清凉山上来了一个清瘦的年轻人,手里拿着几副兽夹,衣着却不像寻常猎户。夜已深,山里起了露水,年轻人拿着被露水濡湿的草叶将兽夹上的血腥味一遍遍揩干净。他布好兽夹耐心地等着,不多时,一只兔子便撞了上来。年轻人上前察看,兽夹咬合得特别严实,捕获的猎物逃脱不了。那兔子挣扎半天挣脱不去,伤口越撕越大。他心下不忍,叹了一声,支起兽夹放走了它。

年轻人举起兽夹就着月光端视半天,俊秀的眉眼在月光下拧成一团。他是梅川县的一个铁匠,这几副兽夹都由他锻造而成,他不明白为何白天同村的猎户跟他说这兽夹捕不了猎物。他心里想着,那头山林里突然"咔嚓"一声响,布在另一处的兽夹又夹到了猎物。他忙过去看,居然是一个少女。救人心切,他把少女背下山治疗,却偶然发现那少女的伤口已经愈合了。那少女走后,他额头沁出层薄汗,心想自己怕是遇上妖物了。

那少女便是蕉娘。

铁匠后来便经常来清凉山，渐渐明白先前放走那些猎物的都是蕉娘。自那以后，他的铁铺里再未打过一副兽夹。他跟蕉娘情愫暗生，却遗憾蕉娘不是人，不能跟他结为寻常夫妻。恰在这时，他在山下发现了从宫里逃出来病得奄奄一息的妇人，于是将妇人带回家救治，可妇人没能挺过去，月底就死了。他便好好地将那妇人埋了，将她全身物件收拾好，然后将蕉娘带回了村里，借那妇人编造了蕉娘的身世，说是那死去的宫女的孩子。

而这头白鹿，终因跟凡人通婚，犯了天条。老野狐说："天上一日，人间十年，你们人的三十年，也不过是他们天人的一眨眼。她被罚去西域沙海渡人了，要渡满九九八十一人，劫数方尽。"

传说西域沙漠中有一片海，海中全是热沙，没有活物可以通过。所以，来往客商都是远远绕开，宁愿多走上几月，也祈祷不要碰见那片沙海。白鹿被罚去那里渡人，其实终年见不到一个人。

老野狐叹了口气："我也是犯了天条，怕神怪罪，才在花神庙里躲这么多年。好在那庙里虽没什么真仙姑，倒香火鼎盛，也没人找到我这儿来，留我十几年给那小子做点儿事情。"

钱英突然道："这金偎该不会就是人们口中的那个金员外吧？他之前圈的那片庄园，现如今已经成了江宁府的西市。我在西市做点小买卖，常听人说那儿原本是个乱葬岗。"

老野狐嗤了一声，道："虽说现在是集市，可那里不是还有个废旧院子，长期没人住吗？这里面的道道儿，你自己去瞧瞧就知道了。"

事情都说清楚了，老野狐还坐在那儿没有要走的意思。

它对长河说："我这次来，有件事要请你帮忙。修复金偓需要的东西我已基本找齐，没想到最后需要的一物竟一直藏在他家那旧宅阁楼里。这会儿衙门的人已经查明了棺材的主人是谁，要将它重新下葬，下葬前我要把事情办完。待棺材落了土，可就一点儿法子都没了。偏偏棺材摆在公堂上，刑狱之地，鬼神都要避开三分。再过几日是新月，你跟衙门里说说，让他们在新月子时下葬，以便我了了这朋友之谊。"

长河心道，怪不得这老野狐要化形从他门口经过。他想了想，点头应了。

老野狐朝他拱了拱手："老夫混沌一生，徒有这一件憾事，有劳先生了。"说完，化成一团火不见了。

08

长河记着昨日李秋潭找他的事，刚好他也有事要李大人帮忙，第二天一早就去了衙门。进了衙门他发现里面没什么人，只有李秋潭和两个衙役在。

李秋潭同长河说了自己昨天去铁匠家探听的事情，吹了口茶，道："虽然焦娘那口棺材是空的，但掘墓一事证据确凿，那人虽然什么都没捞着，但罪责是跑不了的。我起先以为铁匠家的棺材跟这河里的棺材有什么联系，才过去看了看，不想探听到了一点有趣的东西。"

长河明白他的意思，既然自己也有事相求，便索性把自己知道的事跟李秋潭说了一遍。李秋潭听完反应却不大，只叹了口气，又替欧阳铁匠说了声可惜，妖寿千年，人寿几何？等那白鹿渡人归来，铁匠怕都化作白骨了。

李秋潭这边也通过博山炉查找卷宗，知晓死的人就是金员外，后又听说了狐狸的请求，便出主意说："让那狐狸托个梦给宋大人的夫人宋林氏就行了。宋大人惧内，这事肯定没问题。"

钱英这边一早就往西市去了，终于打听到老狐狸说的那个院子，过去一看官府已经派人在那挖掘了。他正惊讶这官府的行动怎么比他们还快，结果就在人群中看到有个衙役向他招手。这人昨晚他还在长河家门口见过，好像是叫沈季。

沈季看到钱英，赶紧跳过来："钱大哥，你怎么过来了？"

钱英看他过来连着大吐了几口气的样子，那边不知道在挖什么，一股子恶臭。

沈季也不管钱英有没有回答他，拿下巴指指宋大人的方向说："咱们这位大人，连着两日坐镇公堂，终于查明了江里棺材的主人叫金偃，当时就想着挑个良辰吉日把这空棺材重新下葬。李大人仔细查看发现在金员外过世、金家破家竭产那一年，这片庄园的土地就已经有人买过了，不过只买了很小一块，在上面盖了个宅院。"

买这块地的是兄弟俩，不是本地人。两人盖好宅院后就不出门了，之后有邻居开始抱怨，说他们半夜聒噪，吵得人难受。次年，邻居发现屋内有恶臭，官府破门而入后发现室内一片狼藉，却没有人。于是，两人不明不白死在家中、尸体不翼而飞的流言迅速在百姓中传开了，人人自危，最后竟演变成西市底下是个乱葬岗。时隔多年，直到此时盗洞被挖出来，这流言终于肃清了。

宋大人摸了摸胡子说："本官早已料到，两个外乡人无缘无故来这里买块地，不出门、不务工，想来也只有盗墓这一种可能。为了掩人耳目，他们买地盖宅院，白天休息，夜晚挖墓。"旁边立马有人接了句："大人英明！"

钱英看着好笑，宋大人自己本也没有想到，一口无主棺材居然牵扯出十几年前的一桩盗墓案。不过年代久远，犯事的两人估计早逃了，还在不在人世都不好说。宋大人便另写了一份卷宗，上交给江南东路提点刑狱司了事。

金员外的那口空棺材还是要入土为安的，宋大人原本挑了个黄道吉日，想把它埋在鹤归山下。结果自家夫人说这金员外给她托梦，要某日某时于某处下葬，宋大人无奈，最后还是以"死者为大"了。

新月当空，鹤归山下几名衙役抬着口棺材往山上走，沿途不时听到一两声狐狸的叫声。突然，一个东西跳到棺材上，新来的衙役被吓得出了一身冷汗，嘴唇都在发抖。沈季举着火把紧赶几步，往那边一照，发现刚刚跳过棺材跑进山林的不过是一只狐狸。

虚惊一场，一行人紧走慢走，好不容易终于把棺材抬到了鹤归山脚下。衙役们放下棺材正打算歇歇，突然一阵山火直直往这边冲来，沈季还没反应过来，已经被身旁人拉了往来路上奔逃。

他没有回头，不知道在他们身后，棺材被这山火迅速烧成了齑粉，被风一吹消失不见了。

第三章

借仙

七月气和,外城延庆里一方院子里,香樟树郁郁葱葱。长河此时弹好了墨线,正准备刨木头。一个着绀碧色衣衫的少女忽然从树上跃下来,轻轻停在他身边,她指尖上还栖着一只鸟。

01

七月半,鬼门开。

月光沉沉照在街上,一个白衣身影浸在月色里,似魅似狐。

白衣近了,是个年轻女子,神色恓惶,像丢了魂似的。她脚步虚浮,行几步回头看一下,似在等人,又似在寻什么东西。

忽然不知哪里传来一声婴儿啼哭,女子身体一抖,急急朝那方向跑去。

月光浓稠似雾,长街尽头有东西在爬。女子跑了许久,扑到那东西面前,原来是个被襁褓裹着的婴儿,一只小手挣了出来,在地面慢慢爬动。

女子瞬间红了眼眶,猛地将婴儿抱起,声音哽咽地道:"我的孩子!不怕,娘亲在这里,不怕不怕。"

婴儿得了温暖,在她怀里咯咯地笑。

女子也哭着笑着,拿手背擦干泪水,伸手要替婴儿抹去脸上的灰尘。

突然她心口一疼,神情蓦地一变。怕面色不善吓到孩子,她缓声安慰道:"宝宝别怕,娘亲这是……这是……"她边哄边摸上自己心口,居然碰到了一只手。

那是只婴儿的手,软软的,小小的。这手穿过她的皮肉刺入身体里,探进去把她的心脏抓了出来。

女子仿佛感觉不到痛,又似不信眼前所见,这么小的手,怎会有如此力道?

她听到婴儿还在咯咯笑。突然,笑声停了,婴儿面色霎时变得狰狞,把心脏举到眼前,当着女子的面吞了下去。

女子"哇"的一声捂住嘴吓得大哭,痛觉这时候才回到她的身体,心口空了一块,夜风灌进去,疼得快要昏厥。恐惧本能地让她远离那孩子,她开始绝望地挣扎,月光下影子闪动,身后的婴儿却一步步跟了过来。

她最后回头看了一眼,这哪里是她的孩子?婴儿青皮赤瞳,竟像是地狱里索命的恶鬼!

02

赵浅予哭着从噩梦中惊醒,浑身大汗淋漓。她面色惨白如纸,似经历了一场大病。

床边守着一个年轻男子,见她醒来,急急抓了她的手握在掌心。旁边丫鬟见了,欣喜地叫了声,又飞快地转身唤太医去了。

赵浅予神志逐渐恢复,见身处自家闺房,才慢慢觉得安心。她虚弱地喘了几口气,看着眼前的人,叫了声哥哥。

这里是蜀国长公主府,赵浅予是这里的主人,被她喊哥哥的自然是当今圣上。

赵浅予这病已有月余,彻夜梦魇,通宵难眠,这让她只敢在白天小憩一会儿,不想今日,竟连白天也做起了噩梦。太医来往多次，针灸药石都试过，依旧治不好。皇帝上月便听太后娘娘说了这事，无奈国事繁忙脱不开身，今日前来，才知妹妹已消减成这般模样，顿时一阵自责。

丫鬟领了太医进来，皇帝免去礼节，让他赶紧替公主看病。

谢太医在太医局里资格最老，已历经三朝。他给公主把完脉后仍是摇摇头，照例开了些滋补安神的方子。皇帝看过后皱了皱眉，却也未加怪罪，让老先生先走了。

太医走后，皇帝询问左右："公主最近饮食起居可有异常？"

丫鬟答道："回官家，饮食都是按太医局的方子一样样备着，不敢有差池。药也一日日喝，一餐不曾落下，可公主这病就是不见好。"

皇帝又问："近来可有外出？"

丫鬟道："公主未生病前，只是偶尔出门探望婆婆，并未接见什么外人。驸马爷不在时，只是去佛堂念经。"

妹妹信佛他是知道的。他想阿浅每日去佛堂念经，难保有些仆役不会怀有二心，在佛堂做什么手脚，便起身替妹妹掖好被角，让丫鬟领着去佛堂看看。

佛堂设在西院，他远远闻到一阵檀香。檀香凝神静气，不应是导致妹妹噩梦的根源。他进去略略扫了一眼，发现佛堂摆设较之前似有不同，原先那尊佛像不见了，堂上如今摆着一尊送子观音。

他问丫鬟："这尊菩萨是何时请来的？"

丫鬟思索着道："回官家，是上月十二，绿柳街的匠人送来的，姓孟。"

他一蹙眉："府里有外人来过？"

丫鬟赶紧接道："上元灯节，奴婢陪公主在绿柳街买了个九转玲珑球。公主心下欢喜，让那匠人来府里一趟，请他刻一尊送子观音像，他应了，直到上月才刻好送过来。"

他略一思索，前日里娘娘跟他说的是阿浅病了有些时日，现在想想，那时节不恰好是月初？他吩咐丫鬟："去把那匠人找来，还有他刻的什么玲珑球，取来给朕看看。"

丫鬟应声出去了。

03

孟长河到公主府的时候，就见院子水榭中坐着个人，一身竹青色长衫，外罩一件同色褙子，未着幞头，手里把玩着一只木球。

府里丫鬟引着他往水榭那头走。长河走近才看清年轻人的脸，面容十分英气，丹凤眼微微上挑，鼻翼边点着颗不明显的痣，年岁看上去比他还要小。

长河蓦然觉得眼熟，只不知作何称呼，便唤了声："官人。"

年轻人放下手里的九转玲珑球，长河这才发现是他雕的那只。年轻人把木球摆在长河眼前，问道："这东西是你雕的？"

长河回答说是。

年轻人端详着眼前这人："听府里人讲，你是绿柳街的木匠？"

长河答道："鄙人并非住在绿柳街，住绿柳街的是鄙人同年。

鄙人容他收留，东西只是放他那里寄卖。"

年轻人又将木球拿在手里转了转，上面雕着九条虬龙，纤毫毕现，更精绝的是木球镂空，里头还套了一层，球面上雕了簇簇牡丹。"好手艺，汴京城藏龙卧虎，几时出了先生这般人物？"

长河轻笑："官人谬赞，奇技淫巧，以悦妇孺罢了。鄙人并非汴京本地人，姓孟名泽，祖籍江宁，来这里不过半年。"

对方认真打量了他一眼，问道："我弟媳佛堂里那尊送子观音，听闻也是你雕的？"

长河听他说弟媳，愣了一下。

年轻人一笑："忘了说，我叫王铖，驸马王诜是我堂弟，我说的弟媳，自然是公主殿下。"

长河听明白了，便回答说是的，又恭谨地说了句谢公主青眼。

年轻人代公主受了这一声谢，又问长河木料是从哪里来的、刻这菩萨花了多少时间等诸多问题，长河一一答了。

年轻人点头，似是宽慰："先生莫要疑心，我家大人也是礼佛之人，先生这手艺确实精湛，回头家里也请一尊，到时候要叨扰先生了。"

长河客气应了声，便离开了。

这年轻人自然就是皇帝了。待他离去，皇帝挥手让身边人跟上去看看，又唤了个人在耳边轻声道："去开封府知会陈审一声，让他查查孟泽这个人。"

次日一早，参知政事进宫讲论经义，见年轻的帝王不太用心，也不催促，只是放下书册待他回神。

皇帝走神了也不好意思，命宫女给他奉上新茶，提笔轻轻蘸了墨，对他道："昨天碰到个人，也是江宁来的。"

江宁算是参知政事的半个故乡，他起了兴趣，随口问官家那人叫什么名字。

皇帝说叫孟泽，就听他咦了一声。

皇帝搁下朱笔，道："怎么，卿知道这个人？"

他想了一会儿，说："这人嘉祐六年参加江宁府的秋贡，得了第一名，那年恰巧是臣阅的卷。可惜不知家中有何变故，他来年却未上京参加春闱，官家就此少了位辅佐之才。"

皇帝惊讶："原来还是个读书人？"

他合上书册，问圣上何出此问。皇帝便将昨日之事说了，又道："阿浅久病，一直未好，朕担心有人蓄意谋害，便亲自探望了一番。目前来看，只觉得这人可疑。"

他点点头，低头翻检书册。皇帝以为他要献什么良计，不想他却翻出一卷《说难》递过来："这些是开封府的职责，官家贵为天子，不必事事躬亲。"

皇帝笑着接过那卷书稿："开封府已经在查了。"

04

七月气和，外城延庆里一方院子里，香樟树郁郁葱葱。

长河此时弹好了墨线，正准备刨木头。一个着绀碧色衣衫的少女忽然从树上落下来，轻轻停在他身边，她指尖上还栖着一只鸟。

长河像是没看到她,少女却故意蹲在他面前跟他说话:"你是不是惹什么麻烦了?"

长河心想我能有什么麻烦,将刨掉的一卷木屑抖落,反问她:"这么好的天,怎么不出去转转?"

少女道:"昨日你回家时,就已经有两条尾巴跟着了,阿楸发现告诉了我,我帮你引开了。不想今天还是找到这儿来了,害得我连勾栏都没去,一直帮你盯梢呢。"

阿楸是他刻的一只戴胜。那鸟儿得造化之功,从长河刻刀下一出来便有了灵性,虽是木头鸟儿,看着却与天地间的禽鸟无异——这会儿已离开少女指尖,飞回树上了。

长河轻轻蹙眉:"什么尾巴?"

少女自顾自玩儿着头发道:"两个穿着皂靴的家丁,从衣裳来看,不太像你穿得起的。"

长河推测,应该是公主府里的人。公主久病,症状莫名,看来他在昨日那年轻人眼里还是落下嫌疑了。

少女瞧了一会儿,觉得无趣,便又缠着树干,绕到香樟树上睡觉去了。

少女叫银筝,是条银环蛇。长河来汴京的路上遇到她,正巧她在蜕皮,长河怕吓到路人,便撑开伞替她挡了去。不料这少女却就此缠上他了,沿路一直跟着,现在整日睡在他家房梁上。

开封府不出半日就查清了孟泽的来历,陈审看了,并未觉得此人有何嫌疑,反倒是生出了兴趣。孟泽字长河,幼年父母早逝,嘉祐年间文章誉满江宁,却因祖母过世而未参加春闱。陈审替他可惜，便连着他生平一起细细写了份奏疏，呈给圣上。

皇帝接到奏疏眉头轻蹙，倏尔又展开了，笑着对参知政事道："卿说对了，这孟泽是个人才，连开封府尹都替他讨功名呢！"

"可惜此人只参加了发解试，未知策论如何，不然或可为新政所用。"他提到新政，却听皇帝叹了一声。

治平四年，新帝即位。

彼时国库亏空，军事薄弱，官员冗杂。年轻帝王便想大刀阔斧施行新政，自熙宁二年推行至今，已有一年多时间。新政以来举步维艰，朝廷反对之声迭起，连两宫太后也不能理解。皇帝昨日批完奏折去给两宫问安，不想照例因青苗一事被两位娘娘训斥了。

他受了训，不免身心俱疲，问候了几句，就要回宫休息。不想皇太后却喊住他："阿浅的病，老身让官家去探望，如何了？"

他回道："回娘娘，儿臣前几日看过了，已派了太医日夜照料。娘娘大可放心。"

皇太后却说："阿浅病了这些时日，官家就派几个太医，寻到病根了吗？什么时候能好？会不会是些小人作祟？官家就知道整日谈论新政，你把对青苗的心思放一点在你妹妹身上可好？"

他知道皇太后这是迁怒，叹了口气："儿臣知道了。儿臣已吩咐陈审，全力彻查此事。"

05

陈审此时端坐开封府，堂下却跪着孟长河。

长河这天刚把新做好的画框送去绿柳街，回来却大吃一惊。

京城万物皆贵，他租赁的地方叫延庆里，原本是个僻静之所，周围并无几户人家。不巧夏收时节，麦梗高堆过人，不知哪里火星一起，被风一吹，这片住户便都遭了殃。

长河头疼的不是这个，而是一片烧焦的房屋之间，唯有他租住的房子完好无损。他回去时门环还有点儿烫，拿袖子裹着推开门，就看到银筝盘桓在屋梁上，一脸得意。长河心里却丝毫高兴不起来，前面的嫌疑还没撇清，这下更难跟官府解释了。

果不其然，下午长河就被请到了开封府。

陈审直截了当地问他，周围几家住户的房屋都烧焦了，为何就他的房子没事？

长河恭谨地道："草民赁屋而居，房屋为何无恙，着实不清楚。大人不信，可派人去我屋里搜查。草民初来汴京，遇上这等怪事，也着实惊骇，还望大人彻查清楚，让草民安心。"

陈审重新审视着这个年轻人，哼了一句："反倒是你有理了。"

陈审跟那些金榜题名、一直出将入相的官员不同，是因在地方上政绩突出被调到京城权知开封府的。他心里虽生疑，但在没有实证之前不会妄下判断，只叫人把长河暂时收监，听候发落，同时派人去延庆里查探。

长河在牢房里只待了一宿，隔天一早就被领了出来。衙役说有人来探望，居然还备了凉水让他洗脸。

长河在汴京并无亲友，心里虽对来人有些猜测，但看到公堂上那个身影时还是有点意外。

他走到那人跟前，跪下行礼："草民参见陛下。"

这下反倒是皇帝意外了，他今日依旧是一身便衣，低头顾了下自身，问长河："你是何时认出朕的？"

长河道："草民进出公主府几次，闲话听了一些，知道驸马爷并无堂兄。何况公主生病，自家夫君不操心却让堂兄来管，难免让人生疑。"

皇帝让他平身："仅是如此？"

长河便只好招了："上元节灯会见过官家一面。那天公主府水榭里，开始没认出来，后来便想起来了。"

上元节规矩，官家与民同乐，故而国朝历任帝王都会在宣德楼前观赏灯火百戏，也让百姓瞻仰圣容。

皇帝没料到这一层，不由轻笑一声："看来是朕大意了。"又让人把延庆里火灾案卷递给长河："那么，这个你又做何解释？朕给你一刻钟，慢慢想。"

长河接过来，揉了揉额头，案卷上一一列出了长河赁居的东家、赁居年月、街坊乡邻、起火原因等，可翻到底也未说明为何独独他那屋子没着火。昨日公堂上他把难题抛给陈审，官家而今又抛回他这儿了。

长河思忖了一会儿，倒不是想继续隐瞒，只想若是全盘交代，不知官家肯信几分。

一刻钟未到，长河敛目叹了口气，问："官家相信这世上有妖吗？"

他问完心里有点忐忑，却听皇帝反问他："你目能视妖？"

看来是信了，长河心里踏实一些。他点点头："草民幼年大病一场，醒来不知何故，目能视妖。公主生病一事确实诡谲，官家为国事操劳，若是放心，可将此事交予草民。若真有妖邪，草民大约能替官家查明。"

皇帝此来便是等这句话，身为帝王，难能事事兼顾，娘娘又整日挂碍妹妹病情。思及此，他便解下腰间玉佩递给长河："此物如朕亲临，公主一事有劳了。"

长河接过，低头叩谢。

06

次日一早，长河又拜访公主府，这回身边多了个着绀碧色衣衫的少女。

丫鬟好奇："先生今日怎么不是一个人来了？"

长河笑了一下不作解释，把圣上玉佩给她看，说是奉官家旨意前来探病的，吓得她立马敛了神色，领着两人去见公主。

长河以前只在前厅停留，不知公主府邸原来如此之大。廊腰缦回，绕着太湖石堆成的假山行了很长时间，丫鬟才终于在一处园囿前停下。她悄声对长河道："此处僻静，公主现下在此歇养。"

他们等了一会儿，园囿里头有侍女过来，长河见两人小声交流了几句，听不仔细，大约是"官家派来的"等字眼。不一会儿领路丫鬟便回去了，园囿里的侍女狐疑地看了两人一眼，还是领人进了园。

长河不方便进公主闺房，便在外头紫藤花廊下候着。他从袖子里掏出只戴胜鸟递给银筝，跟侍女解释说拿去给公主解闷。

银筝伸手接过，朝他眨眨眼，便跟侍女进屋去了。

七月流火，院里起了些许凉风，满架藤萝迎风招展，长河却无心欣赏，心思只放在屋内。

银筝进了屋，就开始东看看西嗅嗅。侍女怪这少女没规矩，要上前制止，少女却似后背长了眼睛，立马转过身来，笑嘻嘻走到公主床前，递给她一只鸟。

长河候的时间不长，就见银筝脚下一旋轻快地走了出来，朝他一笑，临出门瞟了公主床上的枕头一眼。长河隔得远看不清，佯作不经意走近，透过屏风，好像看到了一只婴儿形状的瓷枕。

侍女送两人出来，直到出了园门，长河才开口道："恕在下冒昧，可否告知公主床上那只瓷枕的来历？"

侍女还在怪银筝没规矩，语气里藏了几丝不快："先生为何要问这个？那枕头是驸马特意寻来的。公主年前滑了一个孩子，心绪不宁，驸马爷寻来这只瓷枕，给公主定心。"

长河问："是何时寻来的，姑娘可还记得？"

侍女想了一下："好像是上月吧？对，上月十三，先生来府里送菩萨像的隔天，驸马爷就送了公主这只枕头。"

这倒是巧了。

长河来府里几次都没见到驸马，可是打听人家夫妻的关系未免唐突。幸而银筝懂他心思："那个什么驸马爷的，为什么不在府上啊？公主病成这个样子，也不见他在床边守着。"

侍女睥了她一眼："莫要胡说，驸马跟公主关系好着呢，公主滑胎之后，驸马为了哄她开心，试了好多小法子。这回公主病了，驸马爷到处问医求药，故而府上常不见人。"

长河替银筝赔了罪，对丫鬟道："有劳姑娘，烦请姑娘提醒公主一下，那只鸟，请她务必不要离身。"

侍女奇道："那鸟，难不成有什么神通？"

长河一笑："神通倒是没有，不过公主不是一心求子吗？那是只送子鸟。"实则是来庇护公主的，这话他藏了没说。

侍女了然，替公主谢过长河。

07

驸马王诜，诗画双绝。

长河来汴京时日虽短，却也听过王诜的名声。他从公主府出来没有回家，特意绕路去了绿柳街，这里有家字画店，长河的木器便是放在此处寄售的。他此番来，自然是想打听王诜的事。

店主人是他同年，长河来汴京本就是临时起意，又孤身一人没有妻室，自然随处都可为家。

熙宁二年九月，长河从江宁出发，在燕子矶头坐船，沿途行行走走，到汴京竟花了三个多月时间。好在上元灯节前赶到这里落了脚，他在京城举目无亲，幸得这位同年照顾。

同年也没问他打听王诜干什么，只误以为文人相惜。店里有些王诜送来装裱的字画，同年一一拿出来给长河看："这位驸马爷，跟你倒可以成为知己。"又解释道："那年春闱你没参加，我们都替你可惜。论才华，当时谁能及你？"

长河听了这句恭维，自哂了一下，继续翻看王诜的字画。突然他看到一幅山水画，青绿重彩绘就，意境萧疏清远，不由得轻叹了一声："好画！"又看了旁边王诜自题的《烟江叠嶂图》，由衷叹道："诗画双绝，倒是所言非虚。"

长河沉浸在图卷里，倏尔听同年喊道："哎呀，巧了！瞧那边，刚说到驸马爷，驸马爷就过来了。"

长河顺着他指的方向一看，一个身着银灰色缎袍的男人正朝这边走来。同年得意道："驸马爷对诗画在意得很，回回装裱新画，都亲自往我这小店送。"也不等长河答话，他就迈开步子迎出去了。

长河虽慕王诜才情，却也并无与之深交的打算。同年说话时，他只在一旁听着。看着同年跟驸马谈论诗画，偶有几句提到自己，他也只是笑着应了。

不多时王诜交代完装裱，同年应下抱着字画往里间忙去了，长河这才走到王诜旁边。

天气微燥，王诜摇了几下折扇，上下将长河打量了一番："孟公子似是有话对我说？"

长河不愿虚与委蛇，先跟人打了招呼便直接告了声罪："驸马爷莫怪，鄙人确实有事请教。我早间刚去了一趟公主府，听府里人讲，驸马爷送过公主一只瓷枕？"

王诜一听，愤然作色："你是何人？为何得知我夫人闺房物件？"

长河知道他要生气，便将圣上所赐玉佩拿给他看："听官家差遣，探望公主病情。"

王诜接过玉佩，看到上头一个"顼"字，只得把怒气隐去："劳官家费心了。那瓷枕确实是我送的，不过这跟阿浅的病情又有何干系？"

长河收了玉佩放进怀里："不知驸马爷从哪里寻得瓷枕？"

王诜一愣，拿扇子急扇了几下，眼睛瞟向旁边。

长河见他不答，有意言语相激："公主病重，驸马爷还有闲情写诗作画，不知是要赠予哪位佳人？这瓷枕，莫非也是哪个红袖所赠？"

王诜涨红了脸，一下子站起来："放肆！莫要胡乱猜测！这瓷枕……这瓷枕虽是他人所赠，但我与那女子，只是吟诗谈画，并未做过对不起阿浅之事！"

长河意不在此，只问他："可否告知那姑娘住处？"

王诜压住火气："这个无妨，连笙姑娘住处好找，沉香路尽头，门口有两棵楝树的便是。"又似自证清白："还有那些画，不管你信与不信，确实都是为阿浅画的。"

长河不关心这些："可否再劳烦驸马爷一趟，替我把府里那只瓷枕取来。"

王诜皱眉，他起先以为官家关心妹妹，特意差人探听他私交，不想此人却句句离不开枕头。他抖开扇子冷哼一声："那种孩儿枕，京城里达官贵人家眷大多有一只。我那只不过是定窑产的，形制上并无区别。看公子这意思，怎么好像是那枕头害阿浅生病了一样？"

长河此时不方便告知，只道："有劳驸马爷了。"

08

汴京城里，燕馆歌楼不下万数。

连笙住的沉香路，却不是寻常纨绔子弟能造访的。长河携了瓷枕，又得驸马爷修书一封，在长路尽头的回雪苑前轻轻叩了下门。

有老仆应声开了门，引他往院落深处走去。沿途竹影摇曳，花木掩映，间有一两声筝鸣，倒是别有意趣。

长河被老仆领着行至一处高亭，一位红衣女子正在亭前煎茶，想来便是这里的主人连笙了。

长河将王诜书信递给连笙，她却未启，搁置一边，道："既是王公子的朋友，就不必这般拘谨了。"她拿茶筅轻轻叩击茶汤，将一盏乳白色新茶奉给长河："书画琴棋诗酒花，不知先生钟爱哪样？"

长河双手接过："姑娘可会《梅花引》？"

连笙明眸一亮："先生好风雅。"侧身吩咐丫鬟道："衾儿，替我取笛来。"丫鬟去了，连笙又道："不过这笛非柯亭笛，妾身也比不得桓野王，吹得不好，先生莫要见怪。"

长河微抿了一口茶："姑娘谦虚，我也并非王子猷。"又不知有意无意，问道："姑娘这般谈吐，倒不像寻常人家。"

连笙倒茶的手停了一下，水溢出来，她神色如常拿绛帕将其擦去，抬头对长河笑道："先生说得是，妾身低贱，自然比不得寻常人家。"

长河不是这番意思，见她有意曲解，也就作罢。这世上，本就是各人下各人的雪罢了。

长河不是为听笛而来，一曲终了，连笙掩唇打趣他："先生意不在此，可是心底有事？"

长河一笑："姑娘果真解语。"说着便将身旁一物取出，捧到连笙面前。

连笙见了东西脸色一变："先生不知瓷枕是何意？初次见面就赠此物，未免轻浮了。"

长河看着她道："不是赠送，是归还。这东西，是连笙姑娘的吧？"

连笙似要争辩，又咬了下唇，沉默不语。

长河又道："枕边之物，确实不该随意赠送。姑娘将它赠予王诜，难道也是自荐枕席？"

连笙听完叹了一口气："让先生见笑了。只可惜神女有梦，襄王无心。"她低头看着茶汤上的泡沫："妾身思慕王公子已久，故而赠以此物。不过驸马爷跟公主琴瑟和谐，他以为这瓷枕只是我代他寻来赠予公主的，便收下了。先生此来若是为了此事，请大可放心，驸马爷并未做过愧对公主之事。"

长河却贸然上前，抓住了连笙的手，她躲闪不及，被吓了一跳。此时他腕上一只黑白镯子似活了一般朝她游来，她挣脱不得,眼见那东西缠上了她的手臂,竟然是一条小蛇!

连笙吓得大叫,坐倒在地,小蛇却爬到她颈边停了下来,嗅了嗅,又瞬忽一转不见了。她身边,不知何时出现了一个着绀碧色衣衫的少女。

连笙当即吓得话都说不清了:"妖……妖怪!"

长河站起身来,银笋朝他眨眨眼,他便知道这女子不是妖。长河目能视妖,却无法辨别夺人躯壳的妖怪。

他走过去将人扶起:"姑娘受惊了,银笋是妖怪不假,但姑娘你,怕也不是头一次见到妖怪吧?"他扶住连笙的肩膀:"瓷枕里头的那只是什么来历,你知道吗?"

连笙瑟瑟发抖,脸色煞白,不敢去看长河:"这……这妖怪……这东西原本是一位贵族夫人的物件,那夫人难产死了,产血浸满瓷枕,沁了进去,瓷枕故而化为妖。她枕了做噩梦还是浅的,日子久了,连……连命都要没的!"

长河一听,手下不期然加大了力气:"公主跟你并无冤仇,为何要加害于她?"

连笙大叫,甩开长河的手:"我爱王郎!她贵为公主,什么都不缺,为何还要跟我抢!我跟王诜相识在她之前,凭什么嫁他的不是我?!"

❾

皇帝得了密报,当下大怒,下令开封府抓人,他要亲自提审那女子。不料开封府派人来报，连笙已到堂前自首了。

长河跟皇帝俱是一愣，她为何这么着急认罪？

长河想，那瓷枕并非寻常物件，连笙一个久居深宅的女子，若非有人相助，哪里能寻来这东西？

皇帝想的却是，寻常女子何以能结交上驸马王诜？是驸马品行有亏，还是背后有更大的势力牵连？究竟为何，她胆敢以身犯险加害公主？

连笙对罪行供认不讳，皇帝却不让开封府结案，命人彻查，务必将她身后势力揪出来。

不料此时汴京却突然发生了一件大事。

南薰门外地震了。

消息传来，朝野皆惊。皇帝乍听此事，整个人似被定在了龙椅上。

一群老臣趁此纷纷上表奏章："上天警示，新政不可行！"

皇帝向来知变法不易，主持新政的参知政事还因此同他一起忍了很多诟病。纵使人言不足恤，祖宗不足法，可如今，城郊地震，连天都怒了，他还该继续吗？

他坐在龙椅上，敛目回神片刻，睁开眼睛，神色如常地上完了早朝。在朝臣看不到的衣袖下，年轻帝王的手指已被攥得发白。

下了早朝，皇帝就急急宣人觐见，参知政事神色却好很多，耐心劝慰道："天象而已。天行有常，不为尧存，不为桀亡。官家不必为此事忧心。"

见圣上还是头疼，他便又道："景祐四年，汴京地震，那时官家还未降生。臣在江宁虽未亲历，却略有耳闻，景象不似今天这般情况。地震向来连绵几百里，而今只南薰门外十里地陷，未必是天怒降灾。官家可先派人查明了。"

皇帝叹口气，揉着额头道："卿的话朕都明白，只是变法的事情，大概要缓一缓了。"

城郊这场地震来得蹊跷，地震那天，汴京城内别说震颤，就连树叶都未掉一片，唯有南薰门外整片土地塌陷了下去。可那么大片地洞，又不似人为。

开封府典治京师，地震当天，陈审立即派了大批衙役去往南薰门外。所幸南薰门地僻，未造成人员伤亡，只是官道被阻断了。这场地震，似乎没有惊动任何东西，唯有城郊群牧司的马匹察觉到了。据群牧司判官的消息，地震前夕，院里几千匹马都躁动不安，四散奔腾，有几匹甚至挣脱缰绳跑了出去，骚乱直到傍晚才平息下来。

皇帝看着奏章蹙眉，他凝神思考了一夜，大约察觉到其中的不寻常，便批示陈审不用再管这件事，当下召了皇城司的人来。

"近来进出汴京的外乡人可有记录？下至贩夫走卒，上至王孙公子，群集之地可有异常？另外，查查鬼樊楼。"

汴京城里有处酒楼，五座三层，名曰"樊楼"，又因南薰门后有条护城河，经年来已然废弃，河水干涸，被一些地痞无赖占领，时时拖些妇女进去饮酒嬉乐，彻夜不休，故名"鬼樊楼"。

那里三教九流什么人都有，从你身边走过的，甚至不清楚是人是妖。

皇帝密令皇城司探访一下鬼樊楼，必要时，可去延庆里请孟泽帮忙。

皇城司自太祖时期设立，不受两府管制，直接听命于皇帝，故而自然不会多问一句这孟泽是什么人。

10

长河平白多了件差事，不禁心头郁郁。汴京街道复杂，他从未听过什么鬼樊楼，就连京城第一酒楼——樊楼，也不是他去的地方。

皇城司的侍卫一身鸦青色便衣行在他身边，长河问不来名字，只好喊人大哥。

他还是先去了趟回雪苑，官家交代的事情，上一件他还没有查清楚。那只引起公主病重的瓷枕，究竟是谁给连笙的？

连笙被收监在开封府，回雪苑里总有别的人。

开门的依旧是一个老仆，长河打听了连笙的身世，原来她本是良相之后，不幸家道中落，被人掳去卖到青楼。初次接客那天，一位达官贵人将她赎了去，安置在回雪苑。

长河问那贵人名讳，老仆却是装聋作哑，左右不说，连对那瓷枕也似触霉头般急急摆手说不知道，没见过连笙姑娘屋里有那玩意儿。

侍卫请长河去屋外候着。长河在门外等了半晌，不知人家用了什么法子，那位大哥出来后对他说："赎连笙的是当今圣上的堂叔赵伯渊。"

长河有点惊讶，又听他道："孩儿枕是自鬼樊楼得来的。"

他交代长河："今夜三更鼓过，往井水旁第三个巷子去，走到尽头，敲三下门，有人应了，只说是秦五娘旧识。"

长河不知此话何意，许是进鬼樊楼的方法？待要问个明白，却见他已经走远了。长河见他右手伸出打了个手势，远处屋顶上几个黑影跃动一两下，一齐消失不见了。

三更未到，长河先候在巷子口，待更夫打过了更，才不疾不缓地往巷子里头去。

路的尽头并无宅院，只一堵旧墙。长河虽奇怪，还是伸手在墙上叩了三下，墙那边有人应了："是来借仙的吗？"

长河不知何意，却还是答了声是。

那头又问："谁介绍来的？"

长河回道："是秦五娘旧识。"

未几，墙面上窸窸窣窣一阵响动，长河这才看到，墙角搭了一块芦苇席子，席子被掀开，墙那头一只枯瘦的手伸了过来，递给他一方绛帕。

他就着月色看了看，仿佛在哪里见过，上面并无只字片语，也无暗纹。他低头作势要嗅，帕子却被人夺了去，白天那个皇城司的侍卫不知什么时候出现在他身边，将绛帕塞进怀里，让长河跟他走。

长河想起一首诗，念道："'有时挟弹暮云表，有时蹴鞠春风前。有时却自着绛帕，走入药市寻神仙。'我在江宁时，就听人说起过汴京风物。这绛帕，难道真能寻到神仙？"

侍卫开了口："什么神仙会住在鬼樊楼？"

长河听声音才知道他认错了人，细看下来，这人并不是白天那个："这诗流传已久，连官家都有耳闻。"

侍卫吹了声口哨，街角跑出两匹马："会骑吗？"

长河点头，侍卫将手里马鞭递一条给他："那就好，五更之前，我们要赶到鬼樊楼。"

长河接过就要上马，侍卫在马上问他："那个姑娘呢？带身上了吗？"

带……身上？

月光下长河见那人笑出了一口白牙："那条小蛇啊！昨日我上你那儿看了，她心思粗，没察觉到我，绕房梁上睡觉现了原形。"

长河心头一跳："你不害怕？"

侍卫又笑："你可知皇城司是何差使？勾栏瓦肆，茶楼酒馆，甚至鬼樊楼，凡群集之处均有皇城司暗卫。我们什么东西没见过！"

长河这才恍然，他跟官家交代自己目能视妖，却不见他有太大反应，原来皇城司早已密报此类事情，官家自然见多不怪了。

11

五更之前，两人赶到了南薰门。银筝坐在南薰门城楼上，见长河过来，轻飘飘落在他马上。见了他旁边那人，她秀眉一拧："奇怪，你跟白天那人长得好像啊？"

侍卫笑着问："姑娘是见过我大哥了？"

银筝嘴巴一撇，没去理他。

长河见她生气,便问她怎么了。

银筝坐在马背上晃悠双脚:"白天有人跟着你,一群黑衣,不像什么好人。后来他们走了,我便跟着,不想被发现了,那人还朝我泼了酒。"她又小声哼了一声:"幸好不是雄黄酒。"

长河未答话,那侍卫却接道:"我大哥他们是去赵伯渊府上查案子,谁让你鬼鬼祟祟跟着了?"

银筝圆脸一鼓,化成一条小蛇钻进长河袖口,不理他了。

两人骑马至一处城墙下,长河见城墙底部被人生生挖出了一条壕沟。在此处等着的侍卫告诉他,从这里过去就是鬼樊楼了。

皇城司的首领叫江蘅,就是白天长河遇见的那个;他弟弟叫江菽,自然就是引长河来鬼樊楼的人。两人相貌有几分相似,灯火不明时浑似双生。

江蘅让弟弟在上面候着,他跟长河一起跳下壕沟,下来时不忘跟人索要了绛帕。长河下到壕沟里才发现内里大有乾坤。里面阡陌纵横,他跟着江蘅左转右转,快要失去方向的时候终于看到前头有一星火光。

火光看着近,走过去却又花了整整一个时辰,长河在心里估算,这方向,竟像是往城东的。鬼樊楼入口看着在南边的南薰门,实际却在东边的新宋门外,也是煞费心思了。

越靠近灯火处,嬉闹声就越大了。鬼樊楼里灯火通明,照得地下有如白昼。

长河恍然以为这是自己初来汴京那天,恰巧碰上的上元灯会。只是摩肩接踵的并不是哪家香粉佳人,这里各色人等都有,蛮子、昆仑奴、回族人，甚至还有党项人。

银筝从他袖口里探出头，拿头拱了他手腕几下，长河便小心提醒江蘅："这里面有的可能不是人。"

江蘅点点头，继续往前走。

长河见江蘅轻车熟路，想来不是第一次来这儿。长河跟着他走，见他在一家青楼前停下来，顿时就想转身，却被江蘅一把拽住了手腕。

长河虽未逛过青楼，却也明白饶是青楼女子也不会穿得如此轻佻。这里头的女子个个身材玲珑有致，身上罩着的衣衫比鲛绡还薄。

长河索性垂下眼睛，非礼勿视。

老鸨出来，江蘅跟人打招呼，长河才知道原来这便是秦五娘。江蘅挨个儿打量姑娘一番，点了两个，让秦五娘送到楼上厢房。

银筝又偷偷拱了下长河手腕，长河心下好笑，知道她这是骂江蘅登徒子。

长河犹豫着要不要进厢房，江蘅的意思却明明白白让他跟上。长河一进门，见那两个女子连薄纱都脱了，身上只着吴绫束，顿时又想退出去，江蘅却从身后探出手把门给关了。

长河只好正襟危坐，江蘅从怀里掏出银袋："老规矩，一句话一两银子。"

12

长河第一次见这么财大气粗的审案方法，审完了那银袋还是鼓鼓的。

瓷枕沾血化而为妖倒是真的，只是连笙却隐瞒了原来她也是鬼樊楼的人这事。鬼楼妖市，自然能寻得这种不祥之物。长河这才想起他为什么觉得那绛帕眼熟了，回雪苑里连笙擦茶水的时候他就见过了。

待出了青楼，他按捺不住问道："你们皇城司查案都是这种风格吗？"

江蘅答道："也不是，分人。"他走得快，回头问长河："记得来时路吗？"

长河想了一下："大约记得。"

江蘅道："我还有事，你去入口等我。"不等长河回答，他就身形极快地隐入人群不见了。

银筝急急从长河袖口里钻出来："我跟去看看他要做什么。"

长河笑她："不怕被酒泼了？"

银筝小脸一红，飞快地跟着江蘅跑远了。

长河一转身，却发现自己竟然迷路了。

鬼樊楼里不知何时起了大雾，长河走几步便连两边摊贩的脸都看不清了。幸而他怀里揣着刻刀，便从摊位前买了盏兔子灯，小心地在轮子上刻了马蹄纹。他将兔子灯放在地上，悄声说了句什么，那灯竟开始自己慢慢走了。

雾越来越浓，长河眼里只剩下一盏灯的微光，突然灯前方出现了一个黑影，接着银筝的声音响起来："长河哥哥，你也迷路了？"

长河有兔子灯领着倒是可以找到来时的路，只是江蘅和银筝兜兜转转又走到他前头来了。

银筝跑过来牵住他衣角："那家伙说要去借仙，我陪他走了许久，都没看到哪里有神仙，神仙怎么会住在这种鬼地方嘛。"

长河觉得"借仙"二字耳熟，好像在哪儿听过，便问江蘅："借仙是何意？"

江蘅答道："进到鬼樊楼的外人，都是来借仙的。富贵有命，却偏偏有人不信，来这里妄想借仙开道，逆天改命。上元灯节，赵伯渊府里有人来过此地，皇城司暗中监视了几月，却不见什么异常。我昨日去他府上，是取这条绦帕的。"

长河这才看到他手里的绦帕有两条。

江蘅环顾四周："这雾来得蹊跷，左右无法，只好等它慢慢散了。"

银筝却道："我有办法，可以吃掉它。"

江蘅不知她这话何意，长河先安抚他，说待会儿可不要被吓到。

他话音刚落，就见银筝身形一变，浓雾中陡然间出现了一条一尺来粗的银环蛇。大蛇吐出信子咝咝几声，张开血盆大口把浓雾都吞了进去。

片刻之后，视野重现清明。长河见江蘅的神色似是受了惊吓。银筝化为人形，见江蘅这般反应，俏脸一红，不知为何就来了气："真是凡夫俗子！这样就被吓傻了？"

江蘅摇头："这雾大约有毒，姑娘贸然吞了，当心身体。"

银筝听这话才笑了："不怕！我身体好着呢。"

浓雾散开后,三人才发现街面换了光景。长街尽头不知怎么多了一座祠堂。

13

长河等人走了进去。祠堂里头的香火像是才点上,祭坛上坐着一个道人,鹤发长须,端的是仙风道骨。

长河见江蘅把绛帕放进祭坛里,那帕子得了火不光没被烧着,居然还现出了几行纹路。道人垂眼看了一下,缓声问道:"这位施主,今日前来,是想借哪路神仙开道?"

江蘅道:"哪路神仙你都能帮忙借到吗?"

道人挥了下拂尘:"人世皆苦,苦昼短,苦天寒,苦悬鹑百结,苦功名难全。我这里,自然什么神仙都能借到,只要跟施主有缘。"

江蘅问:"何谓有缘?"

道人道:"只要心诚,自是有缘。"

江蘅把银袋摆上祭坛,将里头的金银都倒了出来:"不知这样可算有缘?"

道长道:"施主心诚,自是有缘。敢问施主想请哪路神仙?"

江蘅问:"哪路神仙开路最广?"

道长面无表情,反问道:"施主想开何路?"

江蘅轻敛双眸:"为圣上开万世太平。"他话音未落剑已先朝前方刺了过去,道人猝不及防,一下从祭坛跌落,身形四下散开，原来是一群白老鼠。

"哈！"银筝守在旁边开心得跳起来，眨眼又化为原形，一圈圈盘起，将那群老鼠团团围住，白老鼠在长蛇围成的城墙里吱吱惨叫。

长河道："别吓它们了。"又朝里面喊道："你们里头有谁能化形的，出来一个，我问问话。"

银筝松了束缚，老鼠们却仍挤作一团不敢乱动。未几，一只老鼠被推搡了出来，哆哆嗦嗦滚在地上，变成一个十来岁少年的模样。

江蘅谢过长河，将赵伯渊的绛帕递过去："这条绛帕的主人，来此借了什么仙？"

少年低头不敢看他，江蘅将绛帕扔进火里，绛帕现出几条纹路，却与刚才那条不同。少年朝火里看去，辨认一番小声道："那人说的是要泰山崩塌，小的哪有这个本事？只虚虚应了，几个月来让南薰门外的地陷了一块。"

银筝疑惑："怎么不在汴京城底下挖洞呢？一下塌了，不是更好玩？"

长河捂住她嘴巴去看江蘅，却不见他有什么反应。

小老鼠战战兢兢："汴京城若是塌了，小的不知得少多少主顾，再说了……"它小心觑了江蘅一眼。

江蘅道："汴京城不会塌，筑城之初，城墙底下就灌了铁水，它们挖不进去。"又问道："连笙那孩儿枕，也是在此处求的？"

小老鼠扑通跪下："我们哪里敢害人命！是连笙知七月地陷，

她要帮那赵伯渊，故而六月寻瓷枕加害公主，以分散官府注意力。鬼楼妖市里您随便一问，什么都知道了，大人可不要把这个赖在我们头上！"

江蘅没说话，转身打了个手势，不知哪里飞下来一张密网，将那群老鼠全部覆住了。

14

入夜。

赵伯渊就寝，枕头底下冒出只死老鼠，他吓了一跳，大声喊人。人没来，屋里灯烛却灭了，只余一盏孤灯，将一个影子映在窗棂上。

灯火幽微，赵伯渊看不清他的脸。到底是自己府宅，他厉声喝道："你是何人？竟敢擅闯王府！"

江蔌从怀里掏出腰牌："皇城司。"

皇城司品相、家世、武功都是优中取优，为禁军之最。赵伯渊一见腰牌，立马软了脾气："不知皇城司光临，所为何事？"

江蔌道："开封府衙门关着一个姑娘，听闻是王爷旧相好？"

赵伯渊立马作色："什么旧相好！本王不认识什么牢狱之人！"

江蔌佯叹一声："可惜连笙姑娘……"他"落花有意"还没说出口却被一声尖叫打断。

"连笙？"赵夫人叫起来，"连笙被抓去开封府了？！"

赵伯渊这才发现自家夫人也在屋里，只是被暗卫扣住了。

赵夫人推开暗卫，挤到江菽跟前："大人此来是为连笙？我认识连笙，她母亲与我是故交，那姑娘可怜，父母早逝，我让老爷将她从青楼里赎出来。她犯了什么案，要被抓去开封府？"

江菽道："她蓄意谋害公主。"

赵夫人喊道："怎么可能？"

赵伯渊叫道："你们找错地方了！她跟王诜交好，故因憎恶加害公主，与我老夫妻俩无关！"

江菽冷笑："王诜？王爷知道得好生清楚，那连笙是怎么认识驸马爷的，王爷知道吗？"

赵伯渊语塞，争辩道："她一个青楼女子，有的是招数！本王……本王年岁已高，深居简出，如何能得知？"

江菽抖出一方绛帕："那王爷自然也不知道连笙是鬼樊楼的人了？"

赵夫人听到"鬼樊楼"三字一惊，她当然知道那是什么地方："怎么会？我家老爷明明是从媚香楼把她赎出来的！"

江菽眼睛转向赵夫人："赎出来不假，安置何处夫人可有过问？连笙是鬼樊楼的人，她在去媚香楼之前，一直生活在鬼樊楼里。"他有意转头看赵伯渊："王爷常去回雪苑做客，应当听连笙提起过，此事怎么就瞒着夫人呢？"

赵伯渊没答话，也不理会夫人质问，慢慢俯下身子将那方绛帕捡起，直直看着江菽："皇城司办案，本王素有耳闻。既然找上这里，再否认也无益了。不错，连笙加害公主是本王授意。本王无罪，本王是为了大宋江山！本王借仙是不假，可如今南薰门外地陷是真,上天降怒是真,你们这群乱臣贼子祸害朝纲是真!"

江荻冷笑:"乱臣贼子?祸害朝纲?就我所知,京西南路、荆湖北路两地常平仓司都是王爷举荐,这两处常平仓捞了多少油水,你我心知肚明,王爷可不要推说举荐不当!常平法一废除,王爷碗里掉了这么大块肉,自然心疼,所以才盼官家哪天回心,取缔青苗法,恢复常平法。"他厉声道:"安远王赵伯渊,熙宁三年元月十五,命人私访鬼樊楼,借妖降祸于大宋。熙宁三年六月十三,支使教坊女子连笙迫害蜀国长公主。熙宁三年七月十八,汴京城南薰门外地陷。"他斜睨赵伯渊一眼:"王爷,您知道这地陷为什么隔半年才出现吗?"

江荻盯着他笑:"那只白老鼠看到了吧?连笙引你去借的就是那样的'神仙',打洞都得打几个月呢!"

15

皇帝看了皇城司密报,嗤笑一声:"朕这皇叔,倒替朕操心起江山来了。"

一群白老鼠精,收了赵伯渊的钱财,几月前就开始在南薰门外打洞,地下千疮百孔。它们倒是聪明,还去群牧司骚扰了一番马匹,几千匹马一齐奔腾,离得不远的地面自然就被震塌了,哪里是什么地震?

皇帝心里的石头放下了,命开封府速速处置连笙。赵伯渊作为皇亲国戚,自然提交大理寺审理。两日后大理寺鞫谳完毕,皇帝下令将赵伯渊贬为庶人，刺字流放沙门岛。

两宫太后一齐求情，皇帝不肯。太皇太后道："赵伯渊犯事不为私心，沙门岛恶疾之地，官家把他贬去那儿已经是重罚了，又何必刺字？这般羞辱，无异于赐他自尽啊！"

皇帝心道，不为私心？他将赵伯渊"借仙"原委跟太皇太后说了，又道明其指使加害妹妹一事："国有常纲，罪人赵伯渊已伸手管起朕的天下，朕再退步，这天下岂不真成他的了？"

隔天真如太皇太后所言，赵伯渊不堪其辱，在狱中自尽了。

长河此时候在公主府，来接回阿楸。公主将息了几日，由驸马爷陪着，神色已经好了很多。她命侍女将鸟还给长河，目中似有不舍。长河想，银筝没了阿楸定要不高兴，便只当无视了。

那鸟停在长河指尖，轻轻啄了一下，许久不见青空，便穿过紫藤花架，一下子飞远了。

第四章

海井

风雨如晦,一个人影牵着头碧色驴子朝这边走来。长河眯眼去看,来人一身青袍,水雾氤氲,看不清相貌。待人近了,他才惊诧地发现,来人居然长了张跟他一模一样的脸。

01

中夜月明，残漏未尽。

长河睡得昏沉，恍惚听见有人说话，声音晃晃悠悠，像攀着风从城墙外飘来，一下子又荡到他耳边。他在梦里蹙了蹙眉，睡得极不安稳。

这声音却越来越清晰，越来越近了。

耳边有女孩子一迭声唤他名字，有什么凉凉的东西在他脸上扫过，有点发疼。长河眼睫颤了两下，终于醒了过来。

银筝趴在房梁上，下半身的蛇尾还未收回去："可算是醒了。"她晃晃自己的尾巴朝长河示威："你要再不醒啊，我就再使点儿力。"

长河神情疲惫，揉着额头直起身问银筝何事。

小蛇妖还未答话，门外更大的动静吸引了他，有人用力拍击木门："救命啊！开门！救……救命！"

长河一震，抬眼去看银筝，银筝朝他努努嘴："不然我喊醒你干吗？"

他急忙披了外衣起身。四月里轻寒未退，门一开，他刚打了个哆嗦，一个人就朝他怀里栽过来。他伸手去接，却吃不住重量被带着一起摔在地上。

外头月亮隐去，不知何时下了小雨，天还未明，长河看不清怀里人的相貌，只觉得来人浑身湿透，把自己胸前都濡湿了一片。

雨里有一丝咸气，像是冬月里谁家晾晒的腊味被雨水裹了去。长河撑起手肘自己先翻了个身，想把人搬进屋里。不料这一动，鼻腔里蹿进来一股铁锈味，他心里一凉，这人身上沾的，怕不全是雨水。

银筝擎灯走到长河身边，两人才认出这人是巷尾拉纤的严老伯。濡湿长河衣衫的果然不是雨水，老伯胸口肩背被人砍了十数刀，中衣都被染成了暗红色。

长河闭目长吁了一口气。他预感不祥，伸手去探严老伯鼻息，发现老伯沿途敲门过来耗了太多气力，此时已经咽气了。

次日雨水收了，天色澄明。长河提了木桶出门去河边打水，昨夜一桩命案，他家木门上都是严老伯的血迹。

长河提水回家，邻居宋大娘看见了喊住人："小伙子，昨夜是你开的门吧？"

长河称是。宋大娘骇道："大晚上的，那声音可把我吓坏了！我男人外出未归，我一个妇人，带着孩子，哪敢给人开门啊！"

长河放下木桶还未应声，见她转头又去诘问对门辛大叔了："老辛，你身强力壮的，昨晚上怎么也不敢开门？"

辛大叔还在箍桶，他是个老实人，被宋大娘一问立马涨红了脸："我那是没听见！我晚上睡得沉，要是听见，铁定给他开了，还能救条人命！"

巷尾苏小六跟着哂他一句："你睡得沉？你怕是被吓破胆了吧！还好我耳朵灵，看严老伯叫得凄惨，赶紧连夜跑去开封府报了官。"

长河昨夜里开了门，没多时小六就领着开封府衙役过来了，可惜严老伯终因失血过多，不治身亡。

而杀他的，竟是他的亲生儿子——严凛。

宋大娘摇头："真是作孽呀！哪有亲生儿子杀父亲的？"

苏小六道："你可别说，严凛这脾性，想杀他老爹也不是一天两天了，这次终于下手了。"

长河停止擦洗的动作，转头问他："为何？"

苏小六替他接着往木门上洒水："你搬来西河驿时日不长，怨不得不知道。严凛脾气倔，他老爷子却也不善，要不是忌惮国朝'不孝者弃市'的规定，他早就杀他爹了。前些日子他生病，给银钱让老爹买猪骨煲汤喝，没想到，那老头却买猪腿肉红烧了只管自己吃，他当时就气得说病好一定宰了那老贼。这病一好，居然真把他爹给杀了！"

宋大娘又摆头："作孽哟！"

苏小六道："严凛倒也痛快，衙门里官爷一问，他就利落承认了，说什么老而不死是为贼，那老东西活得太招人恨。开封府判了他弃市之刑，孟大哥，你待会儿上街可以去瞧瞧。"

长河可不想去围观，不过门板上的血迹总擦不净，他想索性买点红漆刷了去。

02

长河住的地方叫西河驿，离州桥夜市不远。现下是白天，摆摊的小贩少了很多，官府明令禁止占道经营，所以白日里来看，州桥这条路倒是十分宽敞。他走过州桥，沿朱雀大街走到底，远远就看到一处地方人头攒动，想必那里就是官府行刑之地、严凛弃市之所了。

长河脚步没有停留，往前再走上两箭地，就到了相国寺门口。往年的庙市分外热闹，今日却被严凛吸引去了大半，庙市里人流并不似平日熙攘。

从门口双拱桥开始，地上就次第摆开了各种珍奇古玩。长河走上石桥，穿过殿前卖熏香丹青、测字算卦的小摊，绕过脂粉铺子、花鸟棚，再绕过前殿，才看到后头零星卖日用杂货的小贩。

长河买好了生漆，趁着人少便在寺里转了一圈。他居汴京一年有余，还是头一回逛这相国寺。寺里两侧回廊都有郡望题字，长河边走边看，不时称赞，待进了大殿，发现殿内墙上也有。他到佛前进了香火，又踱到一边细细看了下来。

来此题字的都是饱学之士，长河忽然看到一句："三十六陂春水，白头想见江南。"当即心下一颤，算时日，自熙宁二年至今，他离开江宁竟已快两年了。

长河看着这诗出神，未觉身后有人靠近，一个声音道："这诗是相爷熙宁元年旧作，原诗题在城北西太一宫，被慕名者拓印至此。"

听着耳熟，长河急忙回头，一看果然是旧识。李秋潭，在长河的故乡江宁府做过几年通判。

李秋潭眼里有藏不住的兴奋："你一进门，我就觉得背影像你，跟了一会儿，没想到还真是。"他抬头去看墙上的诗——王大人去年刚被擢为同中书门下平章事，李秋潭自然称他为相爷——"孟兄这是想家了？"

长河笑了下，有些难为情，忽又想起来，问："李兄几时来的汴京？"

李秋潭道："去年冬月我在江宁任期满了，幸得老师举荐，来京城谋了份差事。此前就听孟兄说过，有朝一日要来汴京看看，不想今天真遇着了。"他又笑："还好今日人不多，不然人头攒动，我可没处寻你。"

长河也笑："我来汴京时日稍长，李兄若不嫌弃，让小弟做个东，你我二人共饮三大白？"

李秋潭却笑着摇头，从怀里掏出名帖："今日怕是不行，我还有些公务。孟兄若赏脸，回头我备上好酒，候孟兄大驾。"

长河点头接过："那便改日再叙。"

03

不想这改日来得竟比长河预想中快，长河此时方才得知，李秋潭新得的差使竟是工部侍郎。

汴京旧例，每逢开春便要疏浚城中沟渠，李秋潭身为负责此事的要员，又是新官上任，自然得亲自检审河道。不想前日里，工部挖出来一件奇怪的东西。

李秋潭约长河来自己府邸，就是来看这东西的。

长河跟着管家走到花厅，隐隐听到读书声："天地元黄，宇宙洪荒……"进去才看到是李秋潭在教孩子念书。见长河过来，他放下书本摸摸孩子的脑袋："先回房吧，爹爹晚些再教你。"

小女孩听话去了，长河这才想起来她是李秋潭的女儿："她还是不爱说话。"

李秋潭笑笑："怕生，回头你多来几次，她就同你说话了。"

长河摇头："我可教不来小孩念书。"

两人一笑，李秋潭领他至一处偏院，长河看到院里摆着个石头做的物件，模样像井栏，尺寸却小很多，力气稍大的女子都能将它一把提起。

长河不解："这是何物？是某种铸造模具吗？"

李秋潭道："非也，这东西叫海井，我在明州当过几年差，听人说起过这玩意儿。渔民将它放在船上，倒进海水，舀出来就跟山泉水一样。"

长河惊奇："竟有这等好东西？"

李秋潭道："我也只是听闻，并未亲眼得见。挖出这东西，本来交去应奉局就行，他们那里总爱收些新奇物件。我前日去相国寺庙市，就是想探探此物虚实，那里古玩珍奇极多，兴许有一两个识货的能替我掌掌眼。可惜相国寺里遍寻不着，捞起它的衙役这两日又未当值，左右无人可问，我便先拿回了家。不料从昨日起，这石头做的死物居然飘出一阵阵海腥味。"

长河听了俯下身嗅嗅，一股异常浓郁的咸味涌入鼻腔，他扇扇鼻子退开："这就是海腥味？倒像在哪里闻过。"

李秋潭疑惑："孟兄此前难道也去过明州、泉州等地？"

长河摇头："此次来汴京，还是我生平头一回出远门。"

李秋潭默然，围着海井看："这便是我找你来的原因。捞起来的时候倒没觉出什么，平白放了两日，味道越来越烈，好像井底真藏了一片海一样。"

长河探头又看了两眼，对李秋潭摇头："此物是死物，我确实看不出有何异常。"

李秋潭道："看不出就算了，或许是我多虑，劳烦孟兄了。"又对长河道："不过美酒今日倒是真备了，孟兄陪我喝了再走吧。"

两人喝酒叙些闲话，不知不觉天色已晚，又淅淅沥沥下起雨来。长河轻轻蹙了蹙眉，李秋潭注意到了："孟兄这是怎么了？江南雨水比这还多，孟兄还没习惯？"

长河轻笑："习惯不了，就算在江宁，我也不爱这烟雨。"

04

长河从李秋潭处借了伞回家，途经州桥的时候，穿过一条小巷子，巷子里的雨水又带上了若有似无的咸味。

比邻之处，州桥夜市人声鼎沸，那热闹却似乎传不到耳边，四下里安静得不像话。恍惚间长河竟连雨声也听不见了，雨水氤氲了天色，一个女子从雨中走了出来。

她腰肢款摆，慢慢朝长河走来，一身水色褙子似烟萝笼在身上，步子轻得惊不起飞絮。她停在长河面前，长河看到了她的脚，裙裾下五趾细黑，那是一双鸟脚。

周围海腥味越来越浓郁，长河幡然记起，他为何觉得李秋潭那口海井味道熟悉了，现下这烟雨里，严老伯死的那晚的夜雨中，他闻过同样的味道。

女子面容艳绝，烟视媚行，未着脂粉却自成风韵，不去看那双脚，真让人以为是哪家教坊的头牌。

长河闻到她身上的味道，莫名想起几日前死在怀里的邻居，顿时一阵反胃。

他不着痕迹放下雨伞，隔在两人之间，烟雨顿时侵上他的衣衫："姑娘此番前来，所为何事？"

女子唇角勾起："先生看得见我，果然不似常人。"她抬手轻轻咳了下，眉目间尽是风情："奴家命薄，早年罹难海中，葬身鱼腹，被困于深海不得解脱，先生可愿帮我？"

长河无视她笼在袖子里的鸟爪，平静地问道："我若是不帮你，会落得跟严氏父子同样的下场吗？"

女子又咳了几声："原来先生知道那晚我来过。先生错怪我了，那严凛要杀他父亲之心已久，我不过帮他下了决心，杀人的是他自己，先生怎么反怪到我头上来了？"

长河冷眼看她："你视人命如草芥，既如此，我为何要帮你？"

女子貌似失望地叹了口气，她那只鸟爪一样的手，拨开长河手中的雨伞，抚上他的脸，又缓缓落在脖子上："不帮我，你不怕我杀了你吗？"

长河一笑："你杀得了我吗？"

女子神色一变，声音陡然凄厉，尖锐得似要刺进长河的耳朵里："好个轻狂后生！如此，便无用处了，我另寻他人去！"

她收紧利爪，长河脸上却不见惧色，岿然不动，任那黑色鸟爪刺穿脖颈。女子的身形也紧跟着从他身上穿过，消失在雨中。

这妖怪，不过一丝残魄而已。

05

长河拾起雨伞，想到什么，转身返回李秋潭家。管家开门见是他，问道："孟先生落下东西了？"

长河摇头，见李秋潭出来，便上前对他道："那海井，放在你这里怕是不妥。"

李秋潭一头雾水，不懂长河为何突然如此说："可它来历未明，放在别处怕也不妥。"见长河神色有异，他心下了然，屏退管家，轻声问："海井里有妖祟？"

长河吸了口气未答话，李秋潭看他一眼，也不催促，领着人去了存放海井的偏院。长河又将手碰上井栏，凝神半晌，轻叹一声："奇怪。"

李秋潭盯着他："怎么？"

长河神色有些迷茫，这东西本身并不是妖物，可那海腥气是哪来的？难道，它里头真藏了一面海，有妖怪从里面跑出来了？

他问李秋潭："这海井，你是从哪里得来的？"

李秋潭道："新郑门外，金明池。"

现下天色已晚，城门已闭，两人再急也只得次日一早去金明池查探。李秋潭命人掌灯送长河回家，长河谢绝了。他避开仆役对李秋潭道："海井本来无害，但它似乎引来了一个妖祟。好在那东西只有一丝残魄，伤不了人，不过你还是要小心，别被它蛊惑了。"

李秋潭点点头。

回去的路上长河想，这妖物一身海腥味，看来是从海里来的，她来汴京所为何事？就为了栖居在这口海井里？长河突然有点后悔，他当时该先答应她的，左右探探她的底细。

他想得入神，没听到远远传来的铃铛声，是往汴京各处运送物料的太平车过来了。车身快擦到长河的衣角了他才反应过来，来不及避让，被车夫叱了声，他面带愧色告了声罪。

长河路过刚刚那个巷子口，看到银筝蹲在地上不知在嗅什么。见长河过来，她急忙跑到他身边："孟大哥去哪里了？这么晚不回家，我跟阿楸都担心坏了。"

她肩上的鸟飞过来落在长河掌心，轻轻啄他手指。

银筝道："这里的味道好奇怪，跟严老伯死的那天晚上一样，好像有什么妖物来过。"

长河挑眉："那时候你就察觉到了？"

银筝摇摇头："那味道难闻得要死，又腥又咸，我光顾着捂鼻子了，哪里注意到什么妖气？"

长河心道也是，那条巷子住的都是劳作百姓，百行百业，什么气味都有，也不怪两人都无所觉。

银筝又凑到长河身上嗅了嗅："你身上好臭，那妖怪找上你了？是什么样的妖怪，厉害吗？"

长河自己也嗅了嗅，摇了摇头："看她行事如此小心，怕是不想引人注意，而今看来，倒是没多大威胁。"他想到严氏父子又补了一句："只是会蛊惑人心。"

银筝满不在乎地道："那些人死了倒也不足惜。严凛整日里横惯了，要不是你拦着，我早就教训他了。教出这样的儿子，他父亲也不是什么好东西。"

长河戳她额头："这是什么歪道理？"放在平日，他还会教育一番，这会儿在想事，懒得与银筝争论，两人一道走回家。

06

次日金乌初升，早市摊子刚刚摆起，李秋潭就骑马来长河家里等人。两人打马行至金明池，李秋潭把海井起水的位置指给他看："四月十八那天捞起来的，捞它的衙役叫陈九。"

长河掬起池水闻了一下，并无海腥味，就听李秋潭问身边人："陈九还没来当差吗？"

衙役道："今日理应当值，已经喊人去他家里找了。"

李秋潭点头，又跟在长河身后走。金明池是太宗时期开凿的人工湖，长河沿着湖堤行走，不时掬起水嗅嗅。

忽又有人来报："禀大人，运锦鲤的太平车到了已有半晌，可否卸货？"

李秋潭手一挥："这些小事你们自己做主，不用通报。"

衙役喏喏了一声，李秋潭诧异："怎么，还有别的事？"

衙役道："送鱼的蒋三说，今年阴雨天多，锦鲤养育不当，短少了些，只好寻些乌鲤来凑，大人您看……"

李秋潭道："无妨，差人收了。"

他料理完琐事又回到长河身边，长河问他："那口海井看着埋在水下有些年头了，怎么今年才清理上来？"

李秋潭道："往年开春只清理汴京城内的沟渠，这金明池，五年一次或者十年一次，清理没个定数。"

长河了然，又问他："刚才你好像有事要忙？"

李秋潭道："一点小事，送锦鲤的太平车已经让人卸货了。"

长河听了探头去看，李秋潭见他看得出神，疑惑道："怎么？"

长河见车上挂的铃铛系着赤、金双色丝绦，道："昨晚这车差点撞上我，那会儿城门已闭，赶车人那么晚还能进城？"

李秋潭道："这是他们那一行的规矩，这些鱼都是昨日新到汴河码头的，白天先换了活水养着，到了晚上才收齐候在城门外，等着一大早送过来。这样鱼既新鲜，又不会因为直接倒入金明池造成水土不服，死伤大半。"

李秋潭看着跟衙役点鱼的蒋三："他们这太平车一次能装几百石鱼。不光是鱼，京城里的酒楼吃食全仰仗他们，今日替官府运鱼，明日又不知运什么了。"他说到这里不知想到什么，突然一顿，喊了一个衙役来："上回太平车来是什么时候？"

衙役想了一会儿："好像是四月十八日？那日拖的锦鲤数目没有差池，故而未向大人禀报。"

蒋三在一旁喊道："四月十八日没错！那车一半是大人要的锦鲤，另一半隔开运的是薛员外订的石斑、马鲛鱼，都是些海鱼。大人，我可是先来您这儿，再去伺候那些土财主的。"

海鱼！长河和李秋潭听了俱是一惊，李秋潭厉声道："那些海鱼运去哪儿了？"

蒋三本想讨个甜头，被李秋潭这一喝吓得一抖："大……大人！那些海鱼，大多是像您这样的官老爷要的，您要查名簿，小人回头就给您送来！那鱼全都新鲜着呢！小的还送了几条给这些差爷，不信您问问，他们识货，都交口称赞……"

李秋潭知道自己吓到他了，便缓了神色，转身问身边几个僵直了身子的衙役："那些鱼，你们都吃了？"

这话听着不似在生气，身边衙役摸摸鼻子赶紧点头。

李秋潭又问："捞海井的陈九也吃了？"

衙役答是的，又想到什么跟李秋潭交代："陈九是明州人，海鱼他吃得多，本来不馋这个。他捞出海井后，见这儿有海鱼，就说海水放进井里立即可饮，便连鱼带水一块放进去了。可结果水舀出来还是咸的，陈九自己喝了一口，骂了几句脏话，把那海鱼捞出来宰了……说来也奇怪，海鱼被捞出来以后，那水还真变甜了。"

李秋潭听完神色复杂地看了长河一眼，这海鱼，会不会就是长河所见的妖怪的化身？若真是这样，宰鱼的陈九是不是已经遭遇不测？李秋潭咳了声："陈九找到了没？让他来见我。"

不一会儿人就来了，却不是陈九，李秋潭记得他叫阿贵。他上前道："小人已经去他家里找了，他妻子说这几日都不见人回来。"

李秋潭暗道不妙:"你最后一次见他是什么时候?"

阿贵道:"四月十八日,那天轮到我俩看守汴河南岸的淤泥坑,傍晚的时候他来替我的职,交接完我就回家了……"

他话还没说完,一个衙役急匆匆跑来:"大人,找到陈九了!"

07

工部疏浚沟渠,因循旧制,每隔半里会挖一个深坑,用来储放清理出来的淤泥。为防行人不慎跌落,每处坑旁都派衙役看守。有人在汴河南面某处淤泥坑里发现了陈九的尸体,身上未见伤痕,旁边掉落一只酒壶,仿佛只是喝醉酒脚滑掉进淤泥坑里,活生生被呛死了。

李秋潭站在淤泥坑旁眉头紧蹙,心道这真是巧了,第一个接触海井的人,就这样不明不白地死了。

长河在一旁来回踱了几圈,停在一棵楝树下。他伸手摘了片叶子嗅了嗅,又递给李秋潭:"味道很淡,你闻到没?海腥味,看来又是那海妖作祟。"他跟李秋潭说了严氏父子的事,拍拍他肩膀:"先把案子往开封府报吧。"

李秋潭问:"这妖怪到底是何来头?"

长河想了一下:"我只知她从海上来,陈九之死,大约是吃了海鱼被她找上的。她一丝残魄寄身于海鱼,随着舟船一路到了汴京,到了这金明池。陈九吃了她的栖身之地,自然要被她索命了。"

李秋潭问:"可是依你之言,她第一个找上的,似乎是严氏父子?"

长河道:"海鱼入太平车前,不是还在船上待过吗?严老伯是拉船的纤夫,严凛是醉香楼的厨子。在陈九之前,两人未必没有接触过海鱼。"他又嘱咐李秋潭:"你将陈九之死上报开封府时,顺便把那海井当证物呈上去,随便编个理由,存放在你那儿恐怕不安全。"

李秋潭道:"你是觉得,她可能还会回到那井里去?"

长河道:"只是猜测,她真身还不知道在哪儿,一缕孤魂总得找个寄存的地方。是鱼总归会遇上刀俎,最合适的,也就是那口海井了。"

李秋潭点头:"我知道了。"

长河又道:"我在汴京待得比你久,严氏父子如何惹了那海妖,我上别处去打听一下。"

长河说的别处是一座酒楼,新门里的会仙楼。

长河甫一进酒楼,就挑了处向阳的位置落座,酒保拿过一副银箸摆上。长河沏了杯茶,却并不喝,只将那副银箸交叉放在茶碗上。掌柜见了走过来,道:"公子,二楼雅间请。"

长河上了二楼,进门却不见人。小二替他满上酒就退了出去,长河自斟自饮几杯,忽然外面风帘一卷,屋里灯烛晃了一下,一个人在长河对面落座。

看服色,是皇城司的侍卫。

江荻夺过酒壶,先给自己斟了一杯。长河将这几日见闻细细跟他说了，最后说："这妖物到底有何目的还不清楚，皇城司门路广，只好请你们多留心了。"

江菽嘴里叼着酒杯，斜眼看长河："海腥味？汴京城里居然会有海妖？要不是知道你小子的底细，我肯定以为你诳我。"

长河只当没听出话里的戏谑："几日前严氏父子死时就开始出现这种味道了。那妖物虽然无形，却能惑人心性，你们要小心。"

江菽好笑地看了他一眼，不再问了："行，我差人去查，回头有事还来此处找我。"

08

那边李秋潭的消息来得却比长河还快，长河隔天下午被请到李府，听他道："你那邻居，倒是有点儿来头。"

昨日他听了长河的劝，将陈九之死向开封府报案，顺便移交了海井。今日一早开封府尹就传他过去问话，李秋潭知无不言地答了。长河叹一口气，知道这人端方，说不了谎。

李秋潭察觉到他叹的那口气，无奈道："我在你眼里，就是这般迂腐？"他拿扇柄轻敲桌子："开封府尹陈审是我的老师，我来汴京幸得他举荐。他跟宋阶那种人不一样，陈大人做事讲究一个公正，办案谨遵大宋律法，不会出罪入罪，绝对担得起'明镜高悬'四字。"

长河乍听宋阶这名字有点陌生，后知后觉想起来那是前任江宁知府，李秋潭的顶头上司。

李秋潭继续对长河道:"托老师的福,严氏父子的卷宗我翻来看了。照我的推测,那个严凛,怕是被人当成了一把刀。"

长河奇道:"这是何意?"

李秋潭正色道:"那妖怪真正要杀的,怕只有严老伯一人。"

长河咂舌,李秋潭道:"严凛的父亲严福生,早年是渔民,听说遇上海难,满船人都死了,只有他一个人活着回来,回来之后就搬了住处改了行,再也不碰水产。怎么活下来的不知道,有人说他在海上漂流多日,是吃同伴的肉活下来的。传言嘛,听听就行。事情凑巧的是,载海妖的船刚到汴京那晚,他就被儿子给杀死了。"

李秋潭敲敲桌子:"明州有一个传说,在海上遇难者会碰到海神,答应海神一个愿望,海神就会送他回家。严福生这个事,大约是当初答应了这海妖后来又反悔,被海妖追着报仇来了。"

长河认同这种猜测,同居一条巷子,他倒从未听人提过严老伯之前还是个渔民,原来竟是换了住处:"他的生平,开封府又是从何处问来的?"

李秋潭道:"这个我倒不知,我身为工部侍郎,光是私查卷宗就已经够御史台那帮老家伙参一道了。"

长河理解,便不再问,接着推测道:"看来,海妖的愿望就是来汴京,严福生应了她却又食言。而今她出现在这里,看来是又救了别人,而那人得了她的帮助并未食言,真的帮她还愿了。"

李秋潭点头,又叹了口气:"不管怎样,咱们得抓紧时间找出她来,我在开封府坐了半晌,见录事参军又唰唰记了两笔案子,都是些戾气争斗，虽则不一定与海妖有关，但是她在汴京城里，总归是隐患。"

09

长河傍晚又来到会仙楼，今日不知是谁的寿辰，会仙楼满满当当都是宾客。他挤开人群径自上楼，门口侍卫拦住了他。长河还未表明身份，里头雅间传来江荻的声音："放他进来。"

长河进来，江荻指着他对门外人道："记住这张脸，以后看到孟先生，不消禀报了。"

长河坐下，跟江荻说了李秋潭的推测，怕皇城司责李秋潭越职，避开了他的名字。江荻在桌子那端点头："有人协助海妖入汴京，目的不明，此事我们已经知悉，我大哥跟你那个小蛇妖已经去找海妖了。"他轻笑一声："严福生的底细，还是我们送给开封府的，不然，你以为一个死人，街坊都不清楚生平，开封府哪里查得那么详细？"

长河讶然，他这几日忙，竟没有留意到银筝这两日都不见踪影，原来竟是跟着江蘅找海妖去了。

江荻道："帮海妖的人现在也有眉目了，你就等着看戏吧。"

看他这般志在必得，长河笑笑，问道："看来大人昨日收获颇丰？"

江荻咧嘴道："算是吧。"

蒋三运鱼的名簿还未送到李秋潭府上，就被皇城司截下了。江薮一边翻着名簿,一边差人去查近几日汴河上往来的船只,那是海妖入汴京的关键。

汴河上来往船只虽多如过江之鲫,运送海鱼的却没有几条,江薮让太平车夫站在岸上辨认,不多时便找到了运送海鱼的双桅大船。

"那艘船初时插了官府的番号,沿途进京没有停留。到了汴京后,各王爷公侯府里都差了人来此候着领鱼,蒋三名簿上记得不全,有几户不是他运的,我们也找出来派人一一查了,包括四月运往城外薛员外家的那一车,但是并无成效。"

长河问:"可有探寻出当初安排海鱼进京的是哪位大人?"

江薮挑眉:"你都能想到的事情,我能想不到?安排那船海鱼进京的是南院宣徽使周谌安。此人生活奢靡,尤爱水晶脍,每年吃掉的海鱼河鲜不计其数。所以,就算查到舟船是他安排进京的,倒也合乎情理。"

10

即便如此,江薮昨夜还是去了趟周府。

周谌安被突然出现在书房里的江薮吓了一跳,待看清来人衣着又松了口气:"回头我给官家上份奏疏,你们皇城司的装束该改改了,大晚上的一身黑色,我还以为家里进贼了。"

江薮一笑:"周大人倒是心宽,我还以为京城百官都怕我这身衣服。"

周谌安鼻腔里一哼:"本官行得端坐得正,为何怕你们来找麻烦？"

江菽点头称是："那我就不跟大人绕弯子了。"他自行搬了把椅子坐下："前阵子大人差人从明州运到汴河码头的一船鱼，有个小衙役吃了，他死了。"

周谌安没听明白："谁死了？"江菽又多费口舌一番解释，周谌安哂笑："皇城司来就为这点儿小事？不就是工部死了个衙役吗？怎么，吃条鱼死了人你们就来找我？吃河豚死的人还多呢，你们皇城司倒是一个个去替人申冤啊？再说了，我那一船都是石斑、马鲛鱼！我买的鱼，会不会吃死人我心里没数？！"

江菽摇摇头："大人看样子还是没想起来，那衙役你认识，你还给了他一壶酒呢。"

周谌安蹙眉："我给了谁一壶酒？"他语气明显不快："我家门口行乞的，我心情好了还给他一壶酒呢，本官乐善好施倒成了错了？"

江菽啧了一声，索性挑明了："死的衙役叫陈九。大人大约是真不记得，所以我提醒一下，四月十八日晚陈九当值，大人赏给他一壶酒，他喝醉了，不小心掉进淤泥池里淹死了。大人若还是记不清，我就让府上阿福再给您讲一遍。现在就问大人一句，您赏这酒，究竟是有意的还是无意的呢？"

周谌安嗤笑一声，拍拍脑袋："想起来了，是有这么回事，那酒还真是我赏的。那日天气阴冷，又下了小雨，我看他冻得哆嗦，不知怎么就给了他一壶酒，他喝醉掉到泥潭里淹死，这也赖得了我？若是如此，开封府就不应该抓那些持利器行凶的，直接去铁匠铺子逮人岂不更好？"

江菽无奈，这位是解元出身，真是伶牙俐齿。

周谌安自觉占理，呷了口茶悠悠问道："皇城司倒也不至于为一个小衙役来找本官，说吧，这里头难不成还有什么名堂？"

江菽反问："大人觉得呢？"

周谌安将茶碗重重一搁："我不管你们翻出什么花样，我也真是中了邪了，就不该发善心赏那一壶酒！不管你信还是不信，我都是无心的。那日柴明也在轿中，他可以给我做证！"

"柴明？"江菽听到这名字一哂，"大人是解元出身，不是特别看不起承荫做官的吗？怎么跟柴明好上了？"

周谌安面色稍缓，语气也好了几分："这小子有意思，他手里头有些珍奇玩意儿，不知从哪里搞来的，比应奉局里的东西好多了。前些日子他还给我看了一个砗磲做的灯笼，真是好看。"

11

江菽说到此处，问长河："你见过砗磲做的灯笼没？"

长河道："没见过。"

江菽道："自然，连我也没见过，砗磲是海里生的，还给做成灯笼，鬼樊楼里都找不到这玩意儿。柴氏世代居汴京，居然有这东西？最重要的是，周谌安透露，他那船海鱼本来拟订下月发船，柴明说自己也订了一批，寿宴上要用。左右不是什么大事，他便迁就柴明提前发船了。"

长河顿悟："你们觉得帮海妖的是柴明，那你去他府上查探了吗？"

江菽道："你以为楼下是怎么回事？他今日过寿，好死不死挑在会仙楼。咱们在这儿候着，是与不是，回头试探试探便知。"

长河看他优哉游哉，自然也将心放下了。江菽斟了杯酒推到他面前，长河也不推辞，两人就着几样小食推杯换盏起来。

酒未过三巡，楼下突然传来一阵骚乱，侍卫开门来报，柴府一个侍女被杀了。

江菽脸色一变，起身下楼，长河也紧跟在后面。到楼下一看，皇城司首领江蘅不知何时也到会仙楼了，银筝跟在他身边，看到长河下来，又悄悄挪到长河旁边。

江蘅对面站着个面白微须、体态雍容的中年人，长河想那大约就是柴明了。柴明朝江蘅拱了拱手，怪里怪气道："今日寿宴忘了请江大人，莫怪莫怪，大人若是不嫌弃，来几杯薄酒？"

江蘅不理他，直接问："那个侍女呢？"

柴明装糊涂："什么侍女？"他左右望了一圈："哦，说这里死了人是吧？唉，这些宾客喝大了，瞎传消息，看把官爷都引来了！"他又亲自斟了一杯酒给江蘅奉上："大人压压惊，这里没死什么人。"

江蘅觑了他一眼，直接让暗卫搜人。柴明厉声喝道："谁敢？！"他暗暗使了力气抓住江蘅的手臂："我家里还放着丹书铁券呢，大人不给我面子，也该给它面子吧？"

江蘅冷眼看他："这话您拿去唬开封府还可以，就算您是柴氏之后，我也不记得太祖皇帝赐过你们丹书铁券。"

柴明脸色蓦地一变，扯着嘴角笑了一声："既然如此，不劳皇城司费心了。"他挥挥手，两个仆役拖上来一具尸体，江蘅待要过去，却见那仆役抬起侍女，紧走几步，直直就往庭院里一口深井扔去。古井幽深，尸体投进去连声响都没有。

事发突然，暗卫阻拦不及，只得愤愤退了回来，朝柴明切齿瞪了几眼。柴明慢悠悠地道："官爷，咱们这儿没有死人。"

江蘅脸上升起一丝薄怒，盯着柴明，吩咐左右："疏散宾客，请柴大人楼上就座。"

柴明身子一抖，拦住满堂宾客："谁也不许走！"他回身看江蘅："今日是我寿辰，死了个人，晦气！你们皇城司也来找晦气！江大人执意要较真？行！我亲自跟您走一趟。"又朝满座宾客拱手："大家继续，该吃吃该喝喝，我去大理寺喝杯茶就回。"

柴明袍袖一甩就要出门，身边暗卫伸手将他拦住，他脸色一变，冲江蘅道："这是何意？要抓便抓，不抓走人！不就死了个侍女吗？本大人难得抬眼看上了她，她还自恃清高一头撞死！这晦气我认，跟你们走便是！我倒要看看，开封府和大理寺，哪处敢留我！"

他这厢呼喝完推开暗卫就要出门，还未到门口，冷不防被江蘅一脚踹进门里。

这一脚猝不及防，银筝都被吓了一大跳，忙去看长河。长河道："不明白？你江大哥只是让他上楼说话，他却急着钻出去干吗？"小蛇妖还是一脸懵懂。

柴明被踹了一脚火冒三丈："江蘅！你算什么东西？皇城司？皇城司不过是皇帝养的一群狗！外人都说皇城司风光，人人争当，可谁不知道你们啊！"他一边嚷嚷，一边指着江蘅和江蒁："你们亲娘，不知道是哪个窑子出来的贱货，一朝得意傍上了司徒大人，生下你们两个贱种！谁家权贵会送自己亲骨肉进皇城司？整日躲躲藏藏，过着不人不鬼的日子？你也真是贱，就这么个差使还得意上了！"

他这话一出口，满座宾客哗然，长河心道不妙，当即要去拉江蒁，却见他已经飞身过去，怀里佩刀就要抹上柴明的脖子。银筝惊呼一声，那刀半途却被江蘅出手拦下，兵器相接铮铮作响，刀锋只在柴明脖子上擦出一条血痕。银筝撇了下嘴："真是可惜。"

江蘅面容沉静，仿佛柴明骂的人与自己无关。他隔在两人之间，从容将刀插回鞘中，对柴明道："你故意激怒我。"

刀锋上寒光未消，柴明脸色惨白，声音都开始哆嗦："我……我跟你们走，官爷，都听您的，这寿宴我去牢里办！"

他还要往外走，又被江蘅一脚踹进屋里，这一脚比刚才加了许多力道，似乎踹断了几根肋骨。他痛呼一声，趴在地上爬都爬不起来。

江蘅冷声又吩咐一句："疏散宾客。"看柴明的表情，果不其然，柴明听到这话拼命挣扎着要爬起来，从牙缝里挤出两个字："你敢！"声音里却没多少底气，江蘅是真敢的，他被踹了两脚已经知道了。

柴明拼着口气冲两边吼："今日是我寿宴！你们谁他娘的都不

准走!"

12

江菽至此已经明白了,柴明一再命令宾客不准离开,看来是这楼里有问题。他看了眼兄长,脸上怒气终于平息下来,带头上前去疏散宾客,同时安排暗卫搜查会仙楼。

江蘅蹲下身子问地上的柴明:"柴大人今日大寿,怎么不见夫人?"

长河这才发觉,整个宴席上确实不见当家女主人招待宾客。他心下奇怪,江蘅来此好像并不为侍女被杀一事,难道是因为海妖?不过皇城司做事向来稳妥,柴明与海妖一事并未坐实,但江蘅今日的举动未免太打草惊蛇了。他悄声问银筝:"你们确信海妖是柴明引来的?"

银筝听着话,眼睛却一直没离开江蘅:"十之八九,江菽去查海鱼来处,江大哥就带着我去找海妖了。"说着瞥了长河一眼:"那姐姐生得真是好看,你怎么没被蛊惑啊?"

长河无奈:"再好看也是害人的妖。你们在何处找着她的?"

银筝道:"州桥夜市。海井不是被你那朋友交去开封府了嘛,她这几日就只好去那边水产处徘徊了。幸而我们到得巧,两个卖肉的大叔,吵着吵着就拿菜刀砍人了,还好江大哥打落了那人的刀,不然开封府又要多一桩命案了。"

长河默然,常人认为,卖肉的杀生杀多了,未免对人命看得轻薄。事实却相反，他们往往将性命看得更重，甚至不吃自己屠杀的生灵。

银筝又道："真是惊险，那个沈壮割完肉后明明把刀收好裹进了布条里，谁都没注意到什么时候他手里又拿着那把刀了。"

长河问道："你在那里见过海妖了？"

银筝得意："当然，她见我能看到她，央我帮忙。我都差点要拒绝了，又记起江大哥之前叮嘱我的话，便假意应下了。"

长河夸了她一句："打探出什么没？"

银筝丧气："那妖怪还是太狡猾了，我只听到柴明和会仙楼呢，她就察觉不对劲了，突然扑过来杀我。"说着咯咯一笑："她怕是把我当成你这样的人了，可惜我也是妖啊。她一翻脸，我就先出手把她杀了，结果果然像你说的，只是一缕残魂，被我打散，现在找都不知道去哪儿找了。"

长河了然，所以大家都聚在这会仙楼了。

13

皇城司在会仙楼里上下搜寻，居然搜出一些火药。数量不多，布置得却很精巧，江荻算了一下，大约刚够把这座酒楼夷平。

长河惊讶："这里不是皇城司的地盘吗？有火药你们怎么不知道？"

江荻摇头："只有二楼那间。这酒楼若真是皇城司的，你以为还有谁敢来此吃饭？"

长河竟还认真想了一下:"周谌安?"

江蒎白他一眼,命暗卫将火药收拾好。

江蘅看那边动静,冷声问柴明:"让几百宾客送死,这就是你的寿宴?何人指使你的?"

柴明三缄其口,仍是不答话,瘫在地上,两眼空洞无神。

江蘅见他不配合,心念一转:"你不说,我立马就派人掘了你夫人的墓。"

银筝闻言惊呼一声:"他夫人死了?江大哥,那你刚刚还问他夫人……"

江蘅那番话纯粹是唬人的,他还未解释,柴明突然发疯似的大叫:"我夫人没死!只要我给她祭上三百条人命,她就会送我夫人回家!"

原来竟是这样!

"献祭给谁?海妖?"银筝眉毛一拧,气得要学江蘅上前踹人,却被长河一把拽住。长河道:"海妖在汴京害人无数,你居然还盼她救你夫人?"

柴明嘶吼:"她会的!两月前我们的船遇险,是她救了我,她答应我,只要祭上三百条人命,她就会救活我夫人。她救了我,不会骗我的!她一定会让我夫人回来!是我害了夫人,我不该带她出海,她一定会回来的!"

江蒎气得将一只茶碗砸过去:"拿三百条人命换一条,你可真信她!"

柴明头上立刻多一道口子,血汩汩流,他语气仍旧凶狠:"那三百人是姓赵的子民,不是我的!姓赵的夺我柴家千里江山,我取他三百人命怎么了?别说三百,我恨不得拿汴京城三千、三万条命换我夫人!"

江荻踩上桌子又要翻过去打人,江蘅这回却不阻拦任他去。突然,庭院那边传来一阵闷响,接着"轰隆"一声,会仙楼内桌椅杯碟晃动,屋宇摇摇欲坠,酒楼竟是要塌了!

长河脸色一变,急急走向最近一根梁柱,伸手将它扶住。他手上未施力道,倾圮的梁柱却自己缓缓正了回来。

银筝龇牙瞪了柴明一眼,化出原形撑住屋角另一根梁柱,冲江蘅喊道:"江大哥,你们先出去!"

柴明仍是瘫着,江蘅揪住他的领子一把将人扔了出去。柴明甫一着地,身后就传来巨大的声响,几丈高的酒楼轰然坍塌,尘土溅起扬在他身上厚厚一层。昔日觥筹交错、人影幢幢的会仙楼,顷刻成了废墟。

14

江氏兄弟挟着长河在坏墙断瓦中几下跳跃,落到柴明旁边。

江蘅责道:"怎么回事,火药不是都清出来了吗?"

江荻呆愣着没说话。

江蘅盯着眼前的废墟,忽然明白过来。他一把拽起地上的柴明,指尖攥得发白:"那个侍女,你不让我看她的尸体,是因为她身上有东西?"

江荻被兄长责问还没缓过神，长河却听明白了，侧身解释："爆炸声是从庭院那边传来的，那里只有一口深井和被扔进井里的尸体。"

柴明只要把侍女身上塞满火药，涂满桐油，扔到那口井里，然后差人伺机往里头丢进火星，任皇城司怎么找，也不会发现威力最强的"火药"居然埋在那里。

柴明桀桀怪笑了两声："迟了，现在明白又如何？到底还是让我得手了。"他咳出一口血，撑起身子看眼前的废墟，废墟中露出了一口井："你们知道会仙楼何以叫会仙楼吗？因为此处是东海入口。那口井，看到没？井底能通东海。自然，东海之主也能到汴京来。"

"可惜这么好的东西，不知何年被人封了，那我就只好把它炸开。"柴明脸上露出一丝古怪，像是喋血的凶徒，"我炸的不是会仙楼，而是井里的封印。现在，封印没了，她的真身出来，马上就能救我夫人了！"

银筝化为人形回到长河身边，甩了柴明一耳光："真是愚蠢！还东海之主？那种恶毒的妖怪，怎么可能救人？"

柴明又吐出一大口血，奇怪地看了她一眼："我若没看错，你也是妖怪吧？官府自己蓄养妖物，反倒来责难我，真是奇谈！"

说话间忽然起了凉风，有什么零星落下砸在长河脸上，他预感到不祥，伸手一摸，雨点，鼻间也是一阵海腥味。未几，雨脚越来越密，天地间风雷滚动，阴雨像帘幕一般朝这边涌来，带来越来越重的咸腥气息。

长河几人沉默不语,蹙眉看着天色。柴明却越来越兴奋,他血咳了满身,仍是欢喜地大叫:"她来了!你们谁都跑不了!你们通通都要给我夫人陪葬!"

银筝脸上鳞片次第浮现,这是她发怒的前兆。长河一晃眼就见她飞到天上化了原形——一条五丈长的银环蛇。

银环蛇泛着寒光,嗞嗞吐着信子,猛然冲下来似要将柴明活吞。突然,不知撞上了什么东西,大蛇从半空中直直跌落。长河一惊,飞扑过去就想接住她,江蘅赶在前头,伸手去接掉下来的巨蛇。他虽施技化去力道,那巨蛇还是砸得他手臂一沉,腕骨处轻轻"咔嚓"一声。倏忽间银环蛇身形渐小,窝在他掌心里化成小小的一团。

长河来到江蘅身边,从对方手里接过银筝。他抬眼去看,雨雾中银筝落下来的地方,海妖的身形慢慢浮现,白衫鸦鬓,似烟如雾。

只是长河知道,这一次她不再是一缕残魂了。她脚下踏着烟雨,却像是沿阶而下,缓缓朝众人走来。

15

柴明仿若见到神明,挣扎着向她爬去。海妖娉娉袅袅走到他身边,轻启朱唇:"官人,奴家要的三百人,何时送到啊?"

柴明一惊,脸上欣喜换了惶恐:"明日!明日我就替你弄来!"

海妖嗔道:"奴家可等不及明日呢,我这身子虚着,还仰仗三百魂灵进补呢！"她又像是体贴柴明："官人是急着要见夫人？也难怪不把奴家的事放心上。既如此，奴家先送你去见她，可好？"她脸上笑意未退，迅即伸出爪子撕裂柴明的胸膛，掏出那团还在跳动的心吞了下去。

然后她轻轻拭去嘴角的血迹，朝长河笑道："先生见笑，奴家几百年没吃过这东西了。"

见她就这样言笑晏晏地走来，长河心里惊惧，却更添几重厌恶。他手心沁出薄汗，悄悄将银筝塞进怀里，又去看旁边的两人，却见江蘅、江菽的身形不知何时已被定住了，一动不动。

海妖顺着他的目光看去："先生果然不似凡人，我这法术唯独对先生不起作用呢。"她走得更近了些："那便更好，刚刚那颗心腥臭得要死，先生这颗心，还是活的，又那么新鲜，吃起来一定很美味。"

她的手瞬间抚上长河的脸，长河感到那只爪子上潮湿的寒气，只听她柔声道："奴家起先怕柴明无能，揭不开这封印，故而转求先生，先生却不肯帮我，好在柴明却不负我。这是先生欠我的，先生莫怕，就当是，做了一场梦吧。"很快，她的手离开长河的脸，去揭长河的外衣，突然一条小蛇蹿出来咬住她的手指。

"哟，这小丫头还没死呢？"她抓起银筝狠狠甩在一边。

银筝化成人形，吐了一大口血。长河急忙扑过去搂住她，将她紧紧护在身下。

海妖笑道："小丫头命大，本来还想留着使唤使唤，如今看来，先生这般在意她，奴家都吃醋了呢！"

她悠悠朝长河走来，挑起长河的下巴："那奴家，便先杀了她可好？"

长河说不出话，只是死死箍住怀里的银筝。突然，他察觉到银筝瑟瑟发抖，像是惧怕到了极点。

海妖也看到了，不由笑了："终于知道害怕了？"

银筝抖得越来越厉害，长河极力安抚，却丝毫不见成效。他心里也慌，知道银筝不是怕这海妖，她在怕另外的东西，这雨雾中朝他们走来的东西。

他不知道那是什么。

海妖仿佛也终于听到了，风雨中传来铃铛的声音，"叮当——叮当——"，声音被风雨打散，倏忽又聚了起来，"叮当叮当——"。

风雨如晦，一个人影牵着头碧色驴子朝这边走来。长河眯眼去看，来人一身青袍，水雾氤氲，看不清相貌。待人近了，他才惊讶地发现，来人居然长了张跟他一模一样的脸。

只一瞬间，长河便知道自己错了，那人并不是同他一般相貌。

那袭青袍越来越近，面容落在长河眼里却越来越模糊，倏忽百变却又万象莫名。长河昏睡前只记得他对自己说："我姓任，是这会仙楼的主人。"

16

长河以为自己做了一场大梦，醒来的时候面前放着一只酒坛，酒杯还握在他手里。对面有人嗤笑："酒量这么浅，跟你喝酒真是无趣!"

长河脑子里一片混沌,头晕乎乎的,抬不起来。他认出那是江菽的声音,只听江菽道:"暗卫传来消息,柴明今日要炸会仙楼,我们的人已经在楼下守株待兔了,待会儿可能没时间照应你,你自便?"

长河一愣,下意识地点点头。江菽又嘲笑了几句他的酒量,放下杯子便下楼了。长河挣扎着起身跟在他身后,他想,他要去找银筝。

他在楼梯口看见银筝站在江蘅身边,神色有几分古怪,脸上也不似平日红润。他跟银筝一对上眼神,小丫头呆滞了一下,又轻轻朝他点了点头。

长河松了口气,看来自己并不是做了一场梦,会仙楼确实被毁过一次,一个青袍人收了海妖救了他们,他说,他是这里的主人。

长河又看了银筝一眼,想起她缩在自己怀里发抖的样子,暗暗思忖,银筝如此怕他,那人身上又没有妖气,难不成他是天神?

长河扶着护栏缓缓下楼,看着柴明故意恶语激怒江蘅,江蘅持刀挡下江菽。长刀入鞘后,他的双手背在身后不动声色地按摩着手腕。

银筝瞧见了,试探着问他怎么了,江蘅摇头宽慰:"无碍,不知几时脱臼了。"

会仙楼檐角的风铃忽然作响,东南边的窗户被吹开,一阵清风穿过花格窗溜了进来。清风扫旧尘,长河舒展了身子,听到身边的暗卫小声嘀咕:"天什么时候晴了?"

他闻言去看，果然，云销雨霁，碧空如洗，天已经晴了。

一个东西在他眼前晃过，长河回过神，见江菽拿着火药问他："喊你几遍都不应，想什么这么入神？认识这个吗？"

长河点头："火药？"

"知道还愣着？赶紧出去！"江菽这边轰人，想到什么又问长河，"哎，你来会仙楼所为何事？不会是真找我喝酒吧？"

长河一怔，想出措辞："我有个旧友，工部侍郎李秋潭，他在金明池里挖出来一个海井，不知真伪，想来你这里讨讨主意。"

江菽好笑地看他一眼："就为这事？你当皇城司是收破烂的？扔去应奉局吧，若是赝品他们自然不收。"

长河作势长舒一口气，谢过江菽，跟他告辞，回头唤上银筝。小蛇妖还是怔怔的，两人出了会仙楼，她遥遥往后望了一眼："孟大哥，咱们这就回家吗？"

烟雨销尽，春和景明，汴河两岸的杨柳已经挂丝，虹桥边楝树也开花了，似簪了一朵朵紫云。

长河心绪一动，停下脚步，转身往李秋潭府上去："天色尚早，带孩子去放风筝吧。"

第五章

药引

那是一张通缉令,大中祥符五年发布,而今是熙宁五年,已经发出整整六十年了。画中人肥头大耳,阔面丰唇,唇边两颗痣比邻,分明就是那慧常和尚。

01

汴京城十数里外有座荒庙,一个秋日傍晚,庙里来了两个行人。兄弟俩是汴京人氏,常年南下衡阳做些买卖。看这天色,城门怕是已经闭了,两人便选在这荒庙里歇脚,好等明日一早进城。

临躺下的时候,哥哥顾成忧心财物会被贼人惦记,便跟弟弟顾胜商量轮番守夜。顾胜却疑心兄长是要等他睡着,把银钱给顺走,便以身体健壮为由,哄得兄长睡下了,一人抱着褡裢独坐等天明。

秋月银辉,照得虚室生白。顾胜强打精神守了两个时辰,暗暗骂自己多疑。月轮又西移了一寸,寒意渐渐袭来,顾胜坐不住了,寺里的蒲团都被兄长当被子盖在身上,他四肢发冷,便只好拿了褡裢起身在寺里头走走。夜里金刚罗汉狰狞可怖,顾胜不敢去看,思忖着这庙四壁残败,总归是不挡风,还不如去外面转转。

寺外古木参天,月光下虬根有如枯骨,乍一看他吓了一跳,待瞧清楚了,又连道几声晦气,避开树根踱到一边去。

忽然一个东西晃了顾胜的眼,原来是只玳瑁耳环。这倒奇了,他心想,荒村野店的,哪来女子的物件?却也并不多想,好歹是件首饰,送给娘子还能讨她欢心。这么想着,他便有意在月光里寻那另一只。

不想左翻右找,愣是寻它不着。顾胜心中懊恼,气得踢了身边的老树一脚,岂料树中早已空洞,他这一脚下去,树根下的土堆都被掀得一动。

顾胜见状却是一喜，这里头，难不成真有前人窖藏？

他也不唤醒兄长，找根枯枝就着月光挖起来，大汗淋漓挖了半晌，还是不见收获。突然，顾胜察觉手下戳到了什么东西，他怕伤了宝贝，赶紧扔了枯枝伸手去扒，这一扒，居然扒出来一具女子的尸体。

02

夕日欲颓，熏风悠悠从汴河上吹来。酉时刚过，州桥附近的青布棚子已经慢慢支起了。

长河从绿柳街一间木器店里出来，脚步一转朝州桥走去。

李秋潭这几日公务繁忙，他便主动接了人家的差，替人家照料起女儿来。李家小女闺名雁菱，生得粉面桃腮，伶俐可爱。银筝见了也欢喜，先领着小姑娘逛州桥夜市去了。

阿菱手里举着根糖葫芦，圆滚滚的山楂球裹着糖衣，被夕阳烘着，晶莹又好看。

银筝满脸期待地看着她，哄她咬一口。阿菱却有几分踌躇，想留着肚子吃砂糖冰雪丸子。她看着银筝，轻轻张口，还没咬到嘴里，忽然不知从哪里钻出来一个脏小孩儿，劈手将她那串糖葫芦给抢了去。

银筝一时没反应过来，脸上还挂着笑，待明白过来，气得秀眉一拧，立即追了上去。待她追上，那孩子正坐在汴河边一棵树上晃晃悠悠，柳树被他压着往水里点头。

银筝压下怒气，让他把糖葫芦还回来，那小孩儿冲她做了个鬼脸："你有本事自己过来拿呀！"

这话自是惹得银筝火冒三丈，奈何这里人多，她的法术又不好施展，便只得轻轻一跳跃上柳树，慢慢朝那脏小孩儿挪着步子。

小孩儿却也不怕，他好像是真馋，待银筝走近了，又急急咬了一大口糖葫芦。银筝一急，上前就要抓他脖子，不想那孩子滑得像条鲤鱼，躲过她的手往树梢去了。银筝扑了个空，一下子掉进了汴河。

阿菱在岸边惊得叫了一声，脏小孩儿朝阿菱吐舌头怪笑，那红艳艳的糖葫芦落在银筝眼里更觉刺眼。她狠狠击了一下水，心说不管了，先将这小子收拾了。

银筝这厢刚下定决心，那边柳树上却先有了动静。小孩儿还以为自己得胜，正想安心再吃颗糖葫芦，不料他身下的柳树却突然伸出枝条，将他缠了个结实。小孩儿惊呼一声，眼见那柳条直蹿上来，抢过了他手里那串糖葫芦。

长河不知几时到了汴河边，他站在岸上探手去拿送到手边的糖葫芦，柳枝浓密，长河挑的位置好，旁人自是看不清递东西的是何物。他将糖葫芦重新塞回阿菱手里，这才去看汴河里的银筝。

银筝在河里游得开心，她真身是蛇，落到水里更得自在。长河看她朝树上那小孩儿挑眉，道："抢了半天，最后还是落空了吧？看到没，我大哥比我更抠门。"

长河笑笑，只当默认，他让柳树松开那小孩儿："你是何物？"

孩子从树上哧溜滑下来,也不说话,只瞪他一眼,却又故意从阿菱那边蹿过,揪下一颗山楂塞到嘴里,泥鳅一样滑入人群没影了。

03

银筝从河里爬出来,衣物湿答答贴在身上。长河看了一眼,脱下褙子给她披上。银筝问长河:"那个小乞丐是哪里来的妖物?"

长河只道不知:"他身上只有天地灵气,清明得很,并不污浊……"

银筝不干了:"脏成那样子还不污浊?"

她有意曲解,长河也不去辩驳,继续道:"那孩子身上所聚之气,倒是跟这桥边柳树相似。"想到那孩子一脸的馋相,他笑了:"怕是成妖不久,第一次见这市井烟火,什么都好奇。"

左右是寻不到那小孩儿了,眼下暮色四合,州桥陆陆续续点上了灯火,银筝喜欢热闹,还想继续逛逛。长河却驳了她的兴,天色晚了,他怕李秋潭担心,着急要将阿菱送回家。

银筝把湿漉漉的刘海掠到脑后,盘了一个发髻,加之穿了长河的外衫,看着像个清秀的小公子,只是脸色却差得很,不情不愿跟在长河后面。

突然身后有人跑过来,拽着她喊"公子救命"。银筝回头去瞧,原来是个大胖和尚。后边一群家丁朝这边跑来,看样子是冲这和尚来的,只一下子就逮住了人,棍棒都举了起来,看来是想一顿好打。

银筝一瞧这状况，正打算甩手看戏。却见长河退回来，从家丁们手底下拽出胖和尚，问他所犯何罪。

为首的家丁嗤笑："还要问什么罪？我们老爷说他有罪，那就是有罪！"

长河蹙眉，两旁商贩听了也颇有微词。那家丁还想在气势上压人，旁边一个灵光的拉住他，冲众人道："这野和尚，没有官府批文，也敢在州市摆摊，我们这是要拿他法办！"

和尚急忙钻到长河身后，道："冤枉冤枉！小僧在此卖药算卦，是跟官府通报过的，批文前几日就下来了，各位大爷还请明察！"

他从怀里掏出东西递给对面，一只手从中截过，长河拿着那张纸细细看了一眼，朝对面道："确实是有官府印鉴，他在此经营合理。"

对面那群人却不干了，他们可不管野和尚经营是否合理，一人冲长河道："你是从哪里冒出来的，敢掺和我家大人的事？"

长河生气了："开封府去此地不过两条街巷，他若有罪，也该开封府来办。你家大人这般无视律法，动用私刑，不怕御史台来参吗？"

对面那人嘿嘿一笑："您倒是提醒我了。"他唤身边人上来，不知说了几句什么。长河不解何意，眼见一帮人跑过去把和尚摆摊的位置往前挪了几寸，不过一桌一几，片刻就完成了。那人见手下挪完，冲长河叫道："看到没？这不就犯法了吗？"

长河顿悟，这群人看来就是故意找碴儿的。国朝为防止占道经营，严格限定了买卖范围，汴河两岸街巷南北都立有表木，经营只得在这表木连线之内。那群人这么一挪，和尚这铺子就活生生成了"占道经营"。

长河还没来得及斥责这帮人无耻，就听他们高喝一声："给我打！"

这下可是来真的了，银筝怕伤及无辜，赶紧把长河拉到一边："孟大哥，看这和尚肥头大耳的，皮肉也厚实，打一顿坏不了事。他这样子，肯定是得罪哪位大人了呗？让他打一顿出出气也好。"

长河眉头还是蹙着："就是不知会不会打出人命。"看了一阵，他便发觉自己多虑了。这和尚虽然胖，身体却灵活得很，明明被那几个人逮住了，不知怎么又钻出那群人的棍棒包围，蹿到前头去了。于是家丁们追着他又是乱打，一时间整个州桥人仰马翻，一阵闹腾。

眼见州桥夜市要成勾栏瓦舍了，突然不知谁高喊一声："官差来了！"

打人的听到这声喊停了下来："哟！还有同伙是吧？敢冒充官差？我就是官差，看我不打死你！"

话音刚落，他身边所有人都停下了，有人按住他的手："老……老大！是真的官差！开封府来人了！"

04

长河把阿菱交给银筝，只身去了开封府。

开封府的人一早去城外办事,进城路过此处听到吵闹,就过来看看,将一众打架滋事的人都给戴了镣铐。

长河作为证人,自然随行。

胖和尚见长河愿意为他做证,连连道谢。长河推辞了两句,嘱托银筝先送阿菱回家。和尚看到小姑娘时眼睛一亮,又连连夸长河:"大善人心善,生的女儿,这面相也是大善啊!"

他取下脖子上的念珠要送给长河,长河不受,和尚便把它往阿菱手上缠。银筝嫌弃地把他的手从阿菱手上拿开:"你自个儿留着吧,免得我们跟着沾晦气。"

和尚忙辩解:"阿弥陀佛,大慈大悲!这念珠所串菩提子,乃我佛如来参禅的那棵菩提树而来,戴了能……"

"能消灾解难!先消你的灾吧!"银筝将念珠扔给他,牵起阿菱走了。和尚哎哎两声想喊住人,被官差喝了一声,老老实实伸手戴了镣铐。

长河去了开封府,开封府尹陈审只问了他两句,就把人打发走了。原来在州桥打人的这一群家丁,是南院宣徽使周谌安周大人的家奴。打这和尚呢,只因前日周夫人在广宁寺拜佛,这和尚借算卦之名摸了一下她的手。

周谌安这名字长河还是听过的,皇城司的人说他一副纨绔子弟行径,不想却还爱妻如命。

长河做了证,证实和尚的摊子确实是周家人有意挪移的。至于别的,和尚究竟是算卦还是非礼,可就与他不相干了。

他回家的时候,银筝正在房梁上盘着,听见开门动静,哧溜从梁上下来，化成人形，问道："孟大哥，那胖和尚开封府怎么判的啊？"

长河回身拴了门："还没判下来，此事涉及权贵，可能还要再纠缠几天。"

银筝"哦"了一声："那倒真是可惜了。"

长河笑了："你可惜什么？"

银筝道："反正我看了那和尚就生厌，捏腔拿调，一看就不像个出家人。"不知又想到什么，她接着道："算了，先不管他，我有另外一件事要跟你说，今日柳树上那野孩子你记得吧？"

长河点头，银筝道："那小子，我觉得也不是善茬儿。我送阿菱回家，结果路上那野孩子不知道又打哪儿冒出来，趁我不备，拽过阿菱的辫子，狠狠揪了好几根头发，就这么在嘴里嚼着吃了。"

长河一惊："阿菱可有受伤？"

银筝摇头："这倒没有，他吃了阿菱的头发后就跳上高墙逃走了，跟个猴子一样。我带着孩子，又不能撒手不管去追他。"银筝跟长河诉苦："阿菱被吓得直哭，害得我跟李秋潭解释半天，愁死人了。"

长河眉峰聚起："我原想他跟那些妖物不同，不会伤人，难道竟是我错了？"又宽慰了银筝几句，说："明日我去河边寻他看看。"

05

长河住的西河驿离州桥夜市不远，次日一早，他就走上龙津桥，去桥那头的汴河寻一株柳树。

那棵歪脖子柳树在此生了一千二百年，早已通了神识。又因扎根于汴河，水系所通之处，它的虬根也通。长河来此自然是想同它打听昨日那孩子的下落。

不想从州桥夜市穿过的时候，长河却听到别的消息，昨日在此被人围打的那个和尚，竟然被开封府收监了。

和尚法号慧常，云游至此，以卖药测字为生。他来汴京时日不多，人缘却还不错。长河想起昨日他被人追打，那些商贩明面上虽不敢替他出头，暗地里却都为他留了奔逃通道，不然这熙熙攘攘的街巷，周家那么多家丁，也不至于连一个人都抓不住。

长河听他们讨论，心里还奇了一下，昨日他从开封府离开时，理法还是偏向和尚那边的，怎么只隔一日那和尚反倒获罪了？

又听了几句，长河才厘清其中原委。事情要从前日说起，九月初三那天，出门做买卖的顾氏兄弟回家，在城外荒庙发现了一具女尸。

"遭难的是沈员外家的娘子，那位娘子信佛，慧常进城前在那荒庙待过一些时日，沈娘子常差人接济。沈大官人几个月前去太湖贩珍珠，留娘子一人在家。不想她日日将这和尚当佛供着，和尚竟做出如此伤天害理之事！"

这番言论，似是笃信慧常是那害命之人了。长河继续听着，果然又有人说："你别在这信口雌黄！开封府判书还没下呢，你倒替人结案了。此事未必不是有心之人栽赃，我们这里人人都知道慧常大师先前在那儿修行，杀个人扔在那儿就咬定是大师干的，还有没有王法了?"

"王法?我还想问有没有天理呢?沈娘子好好将他供着,他倒好,还去偷人家首饰,真是人心不足蛇吞象!"

"这又是哪里的说法?"

"你还不知道吧?顾氏兄弟说了,案发现场还有一只耳环。另外一只配对的,当铺里说了,亲眼看到那和尚给当了!"

"那指不定是沈娘子赠的呢?"

"沈娘子出身大方之家,又克己复礼,怎会赠这种香奁之物,何况还是一只?"

"我看八成是和尚借私会之名,将沈娘子诱到荒庙,然后劫财杀人。"

这话倒是真缺德了,平白抹黑了两个人。长河抬眼看去,说话的是一个叫张贵的鱼贩子。

"若是抢劫,又怎会只抢一只?"

"那就是合奸,他一个和尚,自然怕奸情败露,便杀了人扔在那儿……"

"你们就别瞎猜了,沈员外今儿刚回,现下还在开封府里。唉,可怜几月不见,夫人竟成了一具枯骨。"

柳树不知几时化成老婆子站在长河身边,同他一起听着。

长河问:"依婆婆看,杀人的是慧常吗?"

老婆子摇头:"我在汴河岸边站了上千年,也看不透人心。是是非非,谁说得清楚呢?"她问长河:"先生这次来,是想问昨日那野小子的事吧?"

长河说是，老婆子道："他是被李家那个小女孩引来的，物久而成妖，缠上她也不知是报恩还是报怨。"

长河也有此猜测，道："多谢婆婆提醒。"他从袖中掏出一只木头鸟，低声说了两句，那鸟翅膀抖动了两下，从他掌心飞走了。

长河道："我让银筝去李府守着阿菱。若那小孩儿下回再出现，还请婆婆告知一下。"

06

长河决定还是去一趟李府，阿菱的事，还是当面同李秋潭说清楚为好。没想到他刚走上朱雀大街，就又被开封府的人拦住了。

原来荒寺女尸一案，虽然种种矛头指向慧常，府尹陈大人却始终觉得证据不足，另有隐情。他将和尚提出来，打算好好盘问，岂料那和尚根本不配合，一直喊冤，说要请孟长河来给他做证。

长河莫名被叫到开封府，不知能做什么证。一个月前的杀人案，他当时都不认识慧常，谈何做证？

陈审差人将慧常带上来，和尚一来就跪在长河脚下大喊："求先生救我一命！"

长河惊讶，慧常死死抱着他的脚不放，哭诉道："小僧确实见过沈家娘子一面，得她亲自施舍一顿斋饭。往后每回都是丫鬟代送，小僧与她，实无瓜葛啊！"

长河劝道："这些话，你该对府尹大人说去。"

慧常依旧是抹眼泪："虽……虽则如此，小僧却也记得，沈娘子头上有一根檀木发簪，应是先生手笔。先生昨日在州桥上背的箱子我见过了，雕花技巧与那簪子一致。"

长河听这话有些奇怪，他的一些物件常在绿柳街寄售，沈家娘子买到也并非不可能。只是，为何慧常着意要提那根簪子？

和尚终于肯松开长河的衣裳，回身向陈审叩首："大人，这位先生雕的簪子，可以证我清白！"长河闻言一惊，又听慧常道："小僧听人讲，木匠当得久了，手里雕出来的物件也有灵气，说不定先生的簪子能看到究竟是谁杀了沈娘子！"

长河后背一凉，手上青筋都显了出来。

陈审听闻此言，重重拍了下惊堂木，斥道："荒唐！簪钗无目无口，如何证你清白？公堂之上岂容你胡言乱语，妖言惑众！"

和尚吓得摆手："小僧不敢！小僧只是被逼到绝境了，才想起这么个法子。"他又朝长河跪拜："请先生务必帮我！"

长河被他一番话惊到，此时还没缓过神。陈审不耐烦地挥挥手，让衙役先把慧常带下去。那和尚被衙役硬拉下去的时候，又冲长河喊道："请先生，务必帮我找到真凶！"

这句话里三分请求，余下七分，尽是威胁了。

长河敛目长舒一口气，心道，这和尚是几时发现他不同于旁人的呢？长河的事在汴京城里除皇城司只有少数几个人知道，就连堂上的府尹大人也被蒙在鼓里。

这和尚若是妖，自然能一眼看出长河异于常人。不过他可不是妖，他身上没有一丝妖气。

长河心里戚戚，无论如何，他得先弄明白慧常的来历。

出了开封府，长河没有继续往李府那边去，而是择道去了会仙楼。

不过，在会仙楼也没打听出什么结果。江菽道："一个外乡人，倒不是皇城司没能力查，实在是人手不够，容我缓缓，最多三日，查到了差人通知你。"

三日，长河叹了口气，既然慧常身份暂时未明，那便是说，自己还得继续帮他找凶手才行。

长河谢过，江菽又喊住他，眼里有几分戏谑："我们对你开诚，你也要布公才是啊？一有事就藏着掖着，也忒不仗义。"

长河以为他知道自己被慧常要挟一事，刚要说话，就见江菽正了颜色，朝窗外指了指："银筝一个未出阁的少女，你让她整日腻在李府干吗？"他压低了声音："难不成汴京城里，妖怪又多了一个？"

长河不由一笑："原来你是说这个。"他稍稍放松了些："他家孩子被一个东西缠住了，也不知道是善是恶，所以我便让银筝先盯着。"

江菽唔了一声："弄明白了知会我一声。"说着扔了一本簿子给长河。

长河翻开一看，上头列了许多名单，有些还配了图像，颇有几分《白泽图》的意思。

江菽认真地道："皇城司可不只管人，这汴京城里大大小小的妖怪，我们也得上心啊。"

07

长河要帮慧常找真凶,自然得先去城郊沈员外家一趟。

来回几十里路,靠双脚的话一日之间颇有些勉强。长河便又折回会仙楼,跟江菽借一匹马。江菽也不问他干什么,挥手让人从马厩中牵出一匹,另安排了一个侍卫随行。

沈家有多富庶,汴京城远近皆知。长河路上只问了一个人便找到了沈氏庄园所在。他下马敲门,开门的见长河一身青布长衫,摆明了是个闲人,唾他一口就要关门。他身后的皇城司侍卫眼疾手快,将腰牌举到那仆役眼前。那人看清上头的字,立马讪笑着将人迎了进去:"怠慢了官爷,该死该死!实在是这两日看热闹的人太多,府上不堪其扰啊!"

沈员外卧病在床,长河便让管家领着在府里转了一圈,挑几个人问了两句。不知为何,对沈娘子遇害一事,府里下人仿佛都不稀奇,字里行间,好像都默认沈娘子品行有亏。

沈员外昨日才回汴京,舟车劳顿,回家听闻夫人噩耗,顿时就病倒了。这事管家一开始就对长河提过,屋里屋外还能闻到药草味。

长河转到院子里,瞥见侍女正在倒煎剩的药渣。他多了个心思,待侍女走了,捡起药渣一闻,倒也跟管家所言一致,确实是治风疾的汤药。

长河出了门,心里总琢磨着有些不对劲,沈府的人处处透着一丝古怪,后院还有一扇门落了锁,那处院子是干什么的?

侍卫牵马去了，长河站在路边等他。这路颇有些坡度，一辆煤车从上面下来，赶车的老两口收不住力，朝他这边歪过来，长河的衣裳被煤车扯开了一大道口子，煤也洒落一地。

侍卫回来见长河蹲在地上帮人拾煤，忙问怎么回事。长河笑称自己不小心碰倒了他们的车，侍卫虽然狐疑，却也蹲下来跟他一起拾煤。

几人合力不消片刻便将煤捡拾干净了，老妇人连连道谢："公子心真善！唉，那边庄园的沈娘子也是个大善人，谁知竟会遭此横祸啊！"

长河一愣，难不成这沈娘子，人前礼佛，人后怒目不成？

他便同那妇人攀谈了两句，心里有了主意，回身又敲开了沈员外家的门。

08

两日后，开封府判荒寺女尸一案告破。

粉墙上告示一出，围观的人群立马就多了三层，待看清告示内容，又是个个咂舌，没想到杀害沈娘子的真凶竟然是她丈夫。

长河前日去了趟沈宅，回来时领了一个人。这人是沈宅里的花匠，他还有一重身份，是沈娘子娘家那边的陪嫁之人。

长河那日跟老妇人打听沈员外的家事，妇人就让他去找花匠，她跟长河说："别人如何说沈娘子老妇不知，唯独这个人，是不会害她的。"

长河果然找对了人。花匠告诉他，沈员外有一株茶花，爱惜得很，每旬都要浇一次水，给浇透。那茶花花白如雪，生得茂盛，沈员外便斫去多余草木，只余那一株花在院子里，院门钥匙只有他自己和花匠有。花匠那次因沈娘子失踪了，府上一片喧哗，忘了浇水，半夜惊起去院里一看，土还是湿漉漉的，分明白天有人浇过。

陈审传沈员外和花匠两人公堂对质。

花匠说了上头那番话后又道："那院子僻静阴凉，是老爷特意辟来安置茶花的。除我之外，其他下人没有钥匙，浇水的，只能是老爷自己！这便是说，夫人失踪那晚，老爷人在汴京！"

沈员外一副被酒色掏空了身体的模样，他挂着拐杖骂人："白眼狼！吃里爬外！你倒是说说，我为何要害死自己的夫人？"

花匠梗直了脖子："因为你要跟夫人和离，夫人不同意，你要娶姬妾，夫人也不同意，所以你便起了杀心！"

沈员外气得脸色涨红，冲过去打人，被衙役按住，他大叫道："证据？证据呢？"

"别喊了，证据在这儿！"陈审命人呈上一张薄纸，"沈大官人调教下人有方，我们衙役去了两批，愣是没探听到什么有用消息。但在别处，可是收获颇丰哪。你说你初五才回汴京，这是初五那天入汴京的客船老板给的随船货物名目，上头并无你的名字。沈员外家大业大，买卖遍布江南，您大老远从外面回来，居然除了随身行李，没有带一点货物？"

陈审又取出另外一张纸："这张倒是有，沈秀两个字写得很不错,时间却是一月之前。"陈审把两张纸都扔到他面前,一拍惊堂木:"本官早就查明你一月前便回了汴京,而今更有人做证你还偷偷回了赵家。人证物证俱在,你还不认罪!"

沈员外吓得腿一抖,差点跪在地上,却还是拒不认罪。陈审见他仍是嘴硬,便道:"不急,本官有的是证人,传麦秸巷长明当铺掌柜吴集、州桥夜市鱼贩张贵上堂!"

这两人一上来,沈员外才是真的心灰意冷,见大势已去,只好将如何谋害夫人,如何嫁祸慧常,又是如何差人扮作和尚去典当耳环的事情,一一道了个明白。鱼贩子张贵是他同伙,为了让当铺老板相信典当人是慧常,他还特意在门口跟"慧常"打了个招呼。

案情至此水落石出。

慧常自然清白了,人群散去,长河却没走,他要等慧常出来,将心中疑惑问个明白。

09

忽然,开封府后院起了一阵喧哗,镂空的影壁那端人影攒动。长河隐隐看到一个老妇人被两个丫鬟拦着,推推搡搡,不知道在干什么。

长河虽然好奇,但到底是内眷之事,只望了一眼就收了视线,专心等慧常。

岂料就因这一眼,那院内的老妇人透过影壁看到了他,疯也似的跑出来。长河这厢还未转过身,那妇人就已经死死将他搂在怀里。

长河吓了一大跳。他双亲缘薄，自小未跟什么人如此亲近，那妇人抱过来时，他僵在原地动也不敢动。两个丫鬟从里头追出来，却也未能将那妇人从长河身上拉开。

长河脸涨得通红，那双手臂如桎梏般将他箍得死紧，嘴里还一直喃喃念着什么。长河挣了几下挣不开，只得先由她去，静下心来才听到那妇人嘴里说着："我儿生辰，娘亲给你煮了面……"

原来是认错人了，长河舒了口气。

丫鬟们终于哄得那妇人松了手，长河衣袖却还是被她攥着，妇人嘴里还嗔怪："一回身就不见人，多大了还淘！来，寿面盛好了，来吃。"

长河一阵为难，却见一个丫鬟真捧了一碗面出来，眼底有几分愧色："公子，烦请您吃了这碗面吧。"她又轻轻蹙眉看了妇人一眼，再转向长河时，眼里更多几分恳切。

长河心里一沉，这才仔细看了眼那妇人，她神志好似有几分不清醒。

妇人捧着面站在长河面前，一声声似在哄孩子。长河心里感慨，也不想驳她的兴，便接过筷子开始吃那碗面。

他刚吃了一口，就听慧常在身后喊："小兄弟不够义气！小僧吃了几日牢饭，这才刚见天日，兄弟就撇开我吃独食了。"

长河刚要解释，就感觉手中一空。那碗面长河只虚虚接着，本就捧在妇人手里。慧常开口的同时，长河就听到声响，原来是手中的碗掉了下去。他吓了一跳，正要跟那妇人说声抱歉，却见妇人两眼瞪圆，直直看着慧常。

长河也顺着她的目光看去，这时府尹大人急匆匆地从公堂里出来，大约是接到府里下人通报了，他走到妇人面前轻声说了两句，让衙役将她带了进去。

陈审转身对长河说："孟先生见笑了，她早年受惊，患了心病。这病时消时好的，若刚刚冒犯了先生，还望见谅。"

长河忙道无碍，他心底虽攒了疑惑，却不好当面询问。

慧常笑嘻嘻地走到他身边，两人并肩而行。待走到朱雀大街，离开封府有段距离了，长河才开口向他打探自己的事："你是如何知道我能刻木成灵的？"

慧常嘿嘿一笑："小僧游历四方，见过不少奇人怪事，先生这样的也不止一例。我还知先生不光刻木成灵，还目能视妖。就小僧平生所见，并不为奇。"

他笑得真诚："只是在这汴京城里，少见多怪的可是很多，故而小僧以此要挟先生，实乃迫不得已而为之的下策，先生莫怪。"

长河又细细将他打量一眼，并不欲与他过多言语。他还要去趟李府，两人便在朱雀大街作别。

10

长河来到李府，本想问一下银筝这几日那野孩子可有来纠缠阿菱，不想李秋潭今日休沐，恰好在家。长河一见到他，顿时就记起今日开封府所见。

陈审是李秋潭的老师，长河便跟他说起那妇人之事："那妇人住在开封府内院,莫不是陈大人的高堂?"

李秋潭听完摇头:"非也,是他族里一个姑姑,早年间被人诱骗,跟人私奔,后来没几年又独自一人回来了,自那以后神志就不太清醒。族里人认为她咎由自取,连她亲兄长都不待见她。陈大人看她可怜,一直拿她当高堂侍奉。"

长河心道,原来如此。可为何她见到慧常时神色如此激动,难不成当年诱骗她的是慧常?也不对,按年岁来看,两人几乎是祖孙辈了。

说到祖孙,长河问李秋潭:"你家里可有什么三代传下来的古物?"

李秋潭疑惑:"怎么?我家从父辈起福衰祚薄,只我一个男丁。家慈又重病,仅有的一点家产都去典当了,所剩无几。"他自嘲道:"倒还真没有什么古物。"

长河追问:"那嫂夫人呢?"

李秋潭眼色一黯,长河自觉失言,他听人提起过,李秋潭的夫人生下孩子没两年就去世了。长河刚要岔开话题,李秋潭问他:"孟兄是觉得,我家哪里有古怪?"

此事本来几日前就该说的,只是被那胖和尚耽误了。长河便将州桥夜市上那野孩子的事原原本本告诉了李秋潭:"那小孩儿一直跟着你女儿,汴京别处倒也未见他行踪,只怕是府上的物件,历久成精了。"

李秋潭听了蹙眉:"我幼年时过的都是家徒四壁的生活,实在……"他说到一半停了下来:"我家里,还真有一个老物件。"

他匆匆领长河去内堂，从博古架上取下一把雨伞，交给长河："这是夫人出嫁那天带来的，据说传了很多代。"

长河走回院落，小心撑开那把伞，伞的样式确实古旧，上头零星还有虫蛀的窟窿。

李秋潭道："我初见这伞时，它就已经是这副模样。"他笑笑："夫人坚信这伞有灵，小时候保佑了她，将来也能保佑她的孩子。"

长河握紧伞柄凝神感受了一下，果然有灵气汇聚。他朝李秋潭点头："那脏小孩，大约就是这雨伞所化了。怪不得那日他抢阿菱的糖葫芦，阿菱一点儿都不惊慌。"

11

长河又陪李秋潭聊了会儿，待出了李府天色已经擦黑。阿菱拉着银筝不让她走，长河也就由她们去。

出门却见江菽倚在马背上，江菽道："你说巧不巧，那花和尚的事我大哥居然也在查。"

长河心说，好端端的，慧常怎么就成了花和尚？他问江菽："你是说他摸周夫人的手一事？"

那件案子开封府已经判了，着实是周夫人主动问卦，长河记得貌似陈大人是判周谌安罚铜二十斤了事。

江菽道："非也非也，那些都是小事，我这里有更大的惊喜。"他却不明说，示意长河跟他回去详谈。

路上长河想起他答应过江菽的事，便把那脏小孩的来历告诉了他，江菽却浑不以为意，仿佛慧常的身份才是天大的事一样。

两人到了会仙楼，长河看到江蘅已经在二楼厢房坐下了，面前酒食却都没动过。

江菽喊了声大哥，江蘅点头，让两人坐下。长河还未坐稳，就听江蘅问他："今日开封府门口，那老婆子见到慧常神情有异，我们人隔得远看不清，你仔细说一下。"

长河不知他为何在意这个，却还是照实说了。他当初只当是震惊，现在一回想，几乎算是惊惧了。

江蘅眉头蹙了一下，跟他说了件别的事："沈娘子那件案子有些隐情，开封府不便对外公布。外人只知沈娘子横死在荒寺，却不知她的尸体并不齐整，腹部被人豁了一道口子，生生拽了几段肠子去。"

长河一惊："凶手是她丈夫，怎会下此狠手？"

江菽道："有人教的呗！"他冷笑："姓沈的一月前就回了汴京，却并不回家，整日睡在城中花茶楼里。茶楼里有个叫小兰的跟他相好，他抱怨自家夫人，被那女人有心听了去，教了他一个杀人的法子。恰好慧常在那荒寺待过，于是一切水到渠成，他便照着设计杀了他的夫人。"

长河没听明白："这么一说，沈秀还真是罪不容诛。可照你话里的意思，慧常确实清白啊？"

江菽又笑："那是你不知，茶楼那女人教的法子是从何处得来的。"

他也不藏着掖着了，直接取出几件卷宗给长河看。"这是邳州的，这是赣州的，这些是明州、沧州、渝州的，"他将那些东西一卷卷摆在长河面前，"还有这些。"几卷积灰厚重的古书又落了下来："龙图阁里找来的，前朝文人笔记里记得虽则没有卷宗那么翔实，倒也可以互为佐证。"

长河一行行看下去，不由心惊："这些都是……"

江菽点头："都是历年来横死的女子，每一个死的时候都是肚子被剖开。沈秀这招学得倒像，只他不知道的是，她们的肚子被剖开，不是别的原因，而是因为都怀孕了。花和尚剖开她们的肚子，是为了吃掉她们腹中将要成形的胎儿。"

长河一下子站起来："怎么会？！你说这些都是慧常干的？可他年岁看着不过三十，怎么前人笔记中都有他的相关记载？"

江菽道："不是怪力乱神的事，我们同你说干吗？"他接过卷宗，一卷卷念着，几乎都是差不多的内容：某年某月某日，某僧诱拐某氏之女，待其怀孕，剖其腹取胎儿而食。

"看，这有一个，四十年前诱拐了陈氏之女陈烟儿，这次倒没有剖腹，许是这女子姿色妍丽，他存了善心？只是，他当着女子的面吃了那个刚出生的孩子。"

四十年前，陈氏？长河猛地抬头，江菽点头应了他心中所想："我们去开封府找过陈审，从年月和名字来看，这女子应当就是陈审的姑姑。亲眼看见孩子被吃，怪不得得了失心疯。"

长河看着卷宗，心里阵阵发寒："可这些都是未结之案，凶手都没捕获，未必是同一人啊？也未必，就是慧常啊？"

157

江菽道:"我管他是否一人,只要其中一例是他,他就脱不了罪。"说着抖开一件卷宗,从里面掉出一张纸,他指着问道:"这面相,你看是他不是?"

那是一张通缉令,大中祥符五年发布,而今是熙宁五年,已经发出整整六十年了。画中人肥头大耳,阔面丰唇,唇边两颗痣比邻,分明就是那慧常和尚。

长河怔怔地看着画像不作声,江菽拍拍他肩膀:"不急,这只是我们查到的。至于到底是不是他,等明日我大哥带你去喝一趟花茶,就什么都明白了。"

江蘅本来只自己吃着,不与他们谈话,听到这句抬了一下眼,起身就要出门。江菽喊住他:"明日再说呗,你急什么?"

江蘅摇头:"去禁中,跟官家讨一样东西。"

12

"很久以前,一个道人想要成仙,经人点拨得到一味药方,说炼成仙丹吞下就能飞升了。可这仙丹不好练,最难的是药引——一颗无色无怖无垢之心。道人花了好多年找到一个人,给他富贵,又让他困顿,使他身陷囹圄,又救他于水火,以此来锻炼他的心神。几十年后,那人终于诸事看开,无忧无怖。道人就想取他的心炼药,不想计谋被识破。那人跑了,还设计让道人元气大伤,自己却遁入凡尘悠然过活,百年后安详离世。一百多年过去了,道人还在找当初药引的转身。这些年来,每隔十年他就与一个女子交合,或诱或骗，哄得她们腹中有了胎儿，然后再把胎儿吃了以葆青春。"

"苑娘，这故事说了几回了，换个新的呗？有没有荒村野寺、狐仙公子的故事听啊？"

次日，长河跟着江蘅来到汴京城北蔡河边上一间茶楼，茶楼门口挂了盏殷红的栀子灯。

长河看着这灯，心想江蘅为何总爱来这种风月之所？他还未开口，就先被茶楼里的说书人吸引住了。

说书的叫苑娘，是这间茶楼的老板。她慢悠悠将故事讲完，也不看台下众人一眼，只侧身看着门边："两位公子，来此是喝茶还是听我说书呀？"

江蘅一身便衣，自然叫人看不出身份，他答了两字"喝茶"，就直接上了二楼。

长河跟在他身后上楼，江蘅自行给两人沏了盏茶，没等多时，就听见茶楼老板轻轻叩门然后走了进来。

江蘅也不拐弯抹角："这故事是从何处开始流传的？"

苑娘一笑，拿过他面前那杯茶喝了："公子原来是为听书啊！真是稀奇，这世上话本那么多，也没人问是何人写的，何处来的。我这楼里说书人三两天换一批，故事成百上千地念，谁又管它真假，管它来处呢？"

江蘅不作声，在怀里掏了掏，长河以为他又要掏银子，却见他取出的是一只红色笛子。对面的女子一看到笛子霎时变了脸色，狠狠瞪了江蘅一眼。

这是一只骨笛，取仙鹤翅膀上的骨头凿制而成，是官家生辰贺礼中极寻常的一件。江蘅昨夜去禁中讨的，就是这件东西。

江蘅将笛子放在苑娘面前："你若是不说，我也斩了你的翅膀做笛子去。"

长河听这话才认真看了苑娘一眼，原来是一只鹁鸪精。他看着那只被涂成红色的骨笛，又听江蘅道："可惜翅膀短了点。"

如果怨气也有实体的话，长河想，对面那姑娘应该会把江蘅吞了。

可到底是迎来送往的人，苑娘不多时便转好了神色："公子是皇城司的江大人吧？来者都是客，江大人想问的，苑娘当然不敢藏私。大人问我为何知道，因为那妖僧当年杀人取心的时候，我刚好在场啊。"

她继续喝着茶："之前他出现在城外荒寺的时候，我就察觉到了。我担心那妖僧再害人，就将他的来历半真半假编了故事说出去，好给人提醒。没承想，人心不可测啊！讲这故事原本是为了救人，不想几经辗转，传到沈秀耳中，却成了杀人栽赃的良方。"

她将那只笛子握在手里："大人老疑心我们妖怪害人，可这人心啊，恶起来，比妖怪可怕多了。"

13

两人出了茶楼，长河道："慧常在州桥摆摊算卦，看来还是不死心，想找到当年那人。可汴京人口何止百万，他怎么找？"

江蘅沉思片刻："手。"

长河霎时也想到了："对！算卦一定要看手相，他要找的人，那只手肯定不同常人。"

江蘅点头，出门打了个呼哨，几个暗卫就朝州桥方向去了。

江蘅道："慧常摸过周夫人的手，我上周府看看，孟先生自便吧。"

长河点头，忽然又想起了什么，急急道："周府护卫森严，江大人先不急着过去，跟我去趟李府吧，那和尚也摸过阿菱的手！"

李府的门突然被人敲响，管家开门，见门外站了个面色白净的胖和尚。

管家问他所来何事，和尚笑嘻嘻地道："我来找你家小姐。"

管家顿时生气，指着他的鼻子骂道："你一个秃驴，好端端找我家小姐作甚……"他还要骂人，却望进了慧常的眼睛里，顿时魔怔了一般，一时动弹不得，未几朝慧常道："大师稍等，我这就请小姐出来。"

不多时银筝牵着阿菱出门，四处张望了一下，没见熟悉的人，便问管家："李伯，我大哥呢？你不是说他在外头等我们吗？"

管家朝墙角指了指："那头巷子里有人卖杏干，孟先生许是去那边等了。"

银筝在这院子里困了几日，好不容易出来，哪里有什么疑心？牵着阿菱欢快地跑过去找长河了。

巷子那边自是没有长河，慧常站在一间店铺前，跟店主人不知道在说些什么，末了还拍了两下腰间的葫芦。

巷子里头确实搭着青布棚子，摆了许多蜜饯、干果在卖。银筝咽了下口水，冲和尚道："你这野和尚怎么在这儿？"

慧常古怪地笑了一下，慢悠悠朝她们走来。

银筝预感不祥，将阿菱护在身后："你刚跟那店主人说什么呢？葫芦里卖的什么药啊？"

慧常取出腰间的药壶："姑娘聪慧，姑娘怎么知道我这葫芦里装的是药啊？"

银筝不屑地哼了一声，岂料就是这么一扭脸，竟使慧常觑了空儿，将那葫芦一挥，里头的东西朝银筝飞了过来。

那根本不是药壶，里面装的，竟然都是雄黄酒。

银筝一碰到雄黄酒，顿时似火烧身，霎时间痛得跌倒在地，翻滚几下终于现了原形。狭窄小巷里陡然出现一条碗口粗的银环蛇，卖蜜饯的小贩立马尖叫一声，连滚带爬逃走了。

阿菱也退到一边大哭，她心里害怕，眼睛却直直盯着大蛇，边哭边喊姐姐。

慧常几步跨来，一把抓过阿菱抱起便走。阿菱吓得在他怀里挣扎，朝地上的银筝伸手。银筝此时自顾不暇，哪里救得了她？突然一道黑光闪过，慧常手上平白多了一道口子，他吃痛之下手一松，阿菱从他怀里跌了下来。

一个满脸脏泥的孩子不知从哪里冒了出来，牵起阿菱的手就跑。和尚也不追，神色如常地盘坐在地上作起了法。两个孩子拼命往前跑，突然，前面出现了两个青面罗汉，死死守住了巷口。

阿菱见那罗汉青面獠牙，又是吓得直哭。脏小孩仍拽着她跑，安慰道："别怕，都是纸糊的。"

他跑了几步，突然松开阿菱的手，纵身一跃跳到前头，取下巷子口的灯笼，就朝那两个罗汉冲去。

14

长河着急要江蘅跟他去李府，江蘅稳住他："真是那样，也不用急，和尚那边有人盯着。"慧常既然是嫌犯，皇城司又怎会放任不管？江蘅让长河上马，两人一起赶往李府。

到了巷子口，冷不防被大火拦住去路，江蘅勒马，眼见火里有两只巨型大物在挣扎。长河跟着停下，看了一眼后对江蘅道："纸糊的傀儡，看来这和尚会些妖法。"

江蘅点头，下了马就往火里冲。长河见火势正旺，还不知要烧多久，急忙拉住他。江蘅道："火里有个小孩。"长河一惊，难不成是阿菱？

江蘅已经朝那团烈火飞去，身形从火中穿过，衣裳却没有被烧着。长河稍稍宽了心，见两个傀儡还在挣扎，短时内仍无颓势，便取下腰间物件扔了过去。

那东西一指来长，原来是个木雕的人力金刚像。金刚怒目，火里纸糊的罗汉见了立马委顿，慢慢矮下去，成了灰烬。

江蘅从火中捞出来的却不是人，他看着手中的旧伞，挑眉问长河怎么回事。那头江菽看到他们，便走过来跟兄长解释："说来话长，它是来保护这小孩儿的。"

他手里牵着阿菱，小姑娘还在哭。长河知道孩子吓坏了，便俯身将她搂在怀里,柔声哄着。

慧常被捆了个结实,皇城司暗卫推他过来时,他笑着对长河道:"小兄弟门路广啊,连皇城司都使唤得动。"

长河心里嫌恶,不作理会,赶快去找银筝,却见那头墙根下盘着一条银环蛇。江蘅已经过去了,还回身白了江菽一眼。

江菽挨了训只好告罪:"不怪我,这和尚太阴险了,上一秒笑着,下一秒就杀人,银筝离得近没反应过来,我们当时人还在屋顶呢。"

江蘅不说话,银筝却咝咝了两声。江菽以为她生气,赶紧跳开脚。长河听了转身走向慧常,从他脖子上拽下那串念珠细细查看,果然发现了藏在其中的牵引符。

他走回银筝身边,对江蘅说:"那日在州桥夜市,慧常把它套在阿菱手上,想来就是为了跟踪。银筝跟我说阿菱的头发被那小孩吃了,原来他吃的是牵引符。"

可惜纵使没有牵引符,和尚到底还是找到这儿来了,他知道长河的身份,顺藤摸瓜找到阿菱并非难事。

银筝被雄黄酒泼了一身,元气大伤,化成小蛇躺在江蘅手里,脑袋在他手心一下下拱着。

长河将她带去汴河那株老柳树旁,找个树洞将它塞了进去。柳树吸取天地灵气,银筝待在这里,倒也方便养伤。

那个偷了糖葫芦藏在柳树上的野小子,自那以后倒是从不过来玩了。

李秋潭府的那把旧伞,依旧悠然躺在博古架上,只是上头又多了个烧焦的窟窿。

第六章

惑心

江蘺看着那个背影,仿佛他面前的宫殿楼观都消失了,前方成了大海,白浪掀天,而他脚下站的地方,成了天地间仅有的一块礁石。

01

"他这样有多久了？"

"十来天了，"妇人手里绞着帕子跟长河说，"他老说看到妖怪，我只当孩子淘，编故事唬我，可没想……"说话间她哽咽了一下，眼泪扑簌簌落下来。

长河看着床上的孩子，他脸色泛青，像是刚从冰窟里捞出来，被子底下的身体时不时发抖，也不知是睡着还是醒着，嘴里呜呜说着胡话。

妇人又轻轻啜泣一声："前些天还只做噩梦，说有一只好大的狐狸要来吃他。昨晚上更严重，半夜跳起来直愣愣瞪着窗外看，手还朝那边指着说'它来了'。我看窗户那里什么都没有，喊几声他都不应，真吓得我魂儿都掉了！"

还是隔壁王婶告诉她，孩子可能遇到什么东西了，跟做工木的孟先生借墨斗来试试。

木匠用的墨斗，是极中正秉直之物。王婶告诉她，杀只公鸡取血，和些朱砂拌了掺在墨里。如此将墨斗枕在脑袋下，神魔不敢侵。

所以这妇人今日一早便来长河家，跟他借墨斗。长河听了担心孩子安危，便决定亲自过来一趟。

妇人说话间想起什么，揩掉眼泪，取出一串银钱来："也不知先生一日工钱多少，误了工夫，还望担待。"

长河不受:"我这两日得闲,墨斗放着也无事,若侥幸治好孩子,也算是一件功德。"

妇人深深谢过,长河宽慰两句,让她先安心给孩子煎药。

待妇人离开,长河起身走到那扇窗前。他嗅到些许妖气,循着去找,从窗缝里揪出根灰褐色的毛发。

单看这毛发,长河还看不出是什么妖物作祟。他将东西攥在手里,遥遥跟妇人道了别。

长河出门没走两步,就听见银筝的声音在头上响起:"我怎么不知你这两日得闲?聂大叔那船不消你造了?"她从树上跳下,停在长河身边数落他:"前年你任性推活儿,那掌木人气得半年没派你活计!"

长河被戳穿只是笑:"银钱少一点,够衣食就行。"

银筝哼唧两声,又催他:"快些回去吧,江大哥在家里等着呢。"

长河诧异:"他来干吗?"

银筝摇头:"回去不就知道了?"

02

长河老远瞧见江蘅在门口柳树下踱着步,见人回来,反客为主请他进屋,落了座便问:"上月元宵节,相爷骑马入宣德门被拦下一事,你可有耳闻?"

长河点头,此事怕是整个汴京城都知道了。

虽说按大宋祖制,宰相在宣德门前就应下马,可王相在宣德门中下马也不是一年两年了。今年却不知为何被侍卫拦下，马夫更是被人大加拳脚。

江蘅道："自王相任平章事以来，朝堂上的反对之声不绝于耳。宣德门被拦一事，摆明了有人按捺不住，直接跟王相叫板。官家希望尽快找到幕后主使，以免事情闹大。"

长河还记挂邻家孩子，心不在焉地问道："此事该大理寺来办，怎么你们皇城司也要忙活？"

江蘅沉默半晌，才道："大理寺卿沈朗，是司马大人的学生。"

长河恍然大悟，司马大人与王相政见不合，素来形同水火，官家怕是不信大理寺。

王相被拦一事，皇帝原本不甚在意，虚虚应过。不想朝堂上那帮人却不给面子，早朝时就宰相究竟该在宣德门前还是宣德门中下马，吵得不可开交。奏疏也上了一大堆，无非是说王相罔顾礼法，目无圣上，建议革职罢黜。他看着眼前足有尺高的奏疏头疼，无奈之下才唤江蘅过来让其暗查此事。

"满朝朱紫贵，尽是读书人。"这些人靠着金榜题名出将入相，故而对礼法出奇地执着。皇帝不免跟江蘅抱怨两句："又来这一套，朕刚登基那会儿，王相是翰林侍讲学士。那帮家伙就王相是该站着还是坐着给朕讲学就讨论了一晌午。几年过去了，还是没长进！"

江蘅和胞弟江蓠自少年起就是皇帝的护卫，加上年岁相仿，故而有时候皇帝怨气上来了，也会跟他们发几声牢骚。

"还有更可气的，"皇帝拿起一份奏疏，"这里头有人说，王相是野狐精转世，专门来惑主的，这是骂朕是纣王吗？"他仿佛被气笑了:"此种卑劣手段都用上了,真是枉为读书人!"

江蘅附和几句,劝他先喝口姜汤。三更已过,外头露水都凝成霜了。

坊间流传王相是野狐精,江蘅自然也有耳闻。这种凭空生造的东西,他原本不打算跟圣上禀报,怕他闹心。岂料这些人居然煞有介事、一板一眼地写在奏疏上了。

皇帝呷了口姜汤:"更让人头疼的是,上疏的人里还真有几个秉直之士,可见此事绝不是空穴来风。你暗中查探一番,看是谁这般费尽心思抹黑王相。"

03

那日在禁中跟官家谈话的内容,江蘅捡两句紧要的跟长河说了,末了道:"此事皇城司已查出些眉目,谣言生起的地方应该是鬼樊楼,故而烦请你帮我们一探。"

银筝咦了一声:"鬼樊楼里不是有皇城司暗卫吗?为什么还要我大哥去?"

长河也有此问。江蘅道:"朝堂上闹得沸沸扬扬,说明此事传播颇广,绝非一人之力可以完成。鬼樊楼有个叫宴平天的头目,手底下养了一批人,这事可能是他授意的。我们不想打草惊蛇,故而得先派一人去探探。宴平天戒心极重,皇城司又个个习过武,气息步伐不同常人,所以才想请先生代劳。"

长河听明白了:"这么说,你们已经决定要我扮成谁了?"

江蘅点头："有个叫屈阒的人，在馆堂教学，上月出门省亲时突发恶疾，皇城司找到他时，人已经下葬了，此消息还未传到鬼樊楼。再过两日是宴平天唤他述职的日子，你可借他的身份潜进去。"

长河忧心："相貌不同，万一被人认出来怎么办？"

江蘅道："他们那群人虽知汴京城有同党，但是姓甚名谁，是何模样，一概不知，接头全凭黑话，所以你大可放心。"他顿了顿："再者，相貌未必不同。"

长河心道，这便是说要替他改装易容了？他又有疑惑："你说皇城司找到他时，他已经下葬，那你们又是如何得知他相貌的？"难不成掘了人家的墓？

江蘅道："明日你自会知晓，你跟阿筝先做好准备。明日未时去扶风街孙平脚店，那里自有人帮你易容。"

次日晌午刚过，长河按照江蘅交代，来到一处不起眼的小店。店主人见到他也不问话，将他领至一间厢房，便着手给他易容。

长河规规矩矩躺好，银筝见店主人在长河脸上修修画画，半天不见形容，便失了耐心，幽幽道："随便捣鼓一下得了，不是说没人认得他吗？这胡须也太邋遢，还有眼角这疤，又不起眼，贴它作什么？"

店主人道："这可不行，他们虽凭话认人，若是不巧真有相识的怎么办？必须得照画像来。"

长河眼角瞥见那纸张有些年头，便问这画像是从哪儿找来的。

店主人道："屈阒中过进士，吏部给了个小官当，江大人跟他们讨了官籍簿子。"

长河不期还有这一层,轻轻"哦"了一声。国朝官员入籍,吏部不光记他生平来历,还会画下画像,详叙五官如何,为的是防兵荒马乱之年有歹人冒充。

店主人替他易容之后,取出一封信件交给他:"你这模样,今日是回不去了,就先在这里歇下。鬼樊楼不比别处,为防露馅,你得把这个人生平记清楚。"

长河接过,店主人不放心,又跟他交代两句:"闻说那鬼樊楼头目神出鬼没,鲜有人见过他面容。记住,一旦确定宴平天是何人,记下他的相貌就回来,不要过多耽搁。后面是抓人还是继续监视,我们自己来。"

长河应下了,心里头有些不解:"一个位极人臣,一个是鬼樊楼头目,这两人原本风马牛不相及,他为何要抹黑相爷?"

店主人摇头:"等查清那头目什么来路,大约就明白了。"

04

这样又过了一日,店主人却也不急,等到日落扶桑了才招呼小二,让他送长河和银筝去鬼樊楼。

三人来到蔡河尽头,渡过菖蒲湾,小二问长河:"会游泳吗?"

长河住在江水边上,自然是会的。银筝听话,自觉地变成小蛇缠在长河腕上,小二见了却也不惊讶,朝他点点头,说了句"跟上",就一个猛子扎进水里去了。

两人在水里不知行了多久,终于脚踩到实地,到了鬼樊楼。长河这才知鬼樊楼入口众多，并不止南薰门外那一处。

小二跟长河交代几句就离开了，银筝却仍是懒洋洋地藏在长河袖子里，也不变回来，似是不太想在这鬼地方露面。

长河三年前来过此处，故地重游，却并没有多少亲切感，反觉这里又有诸多变化。

他记着小二跟他说的话，行行重行行，穿过几条深深长长的巷子，走到尽头，抬眼终于看到一栋楼，悬空凿在壁上。

长河走近，见中间隔了条深壑，石子落下去听不见回声。他正对着天堑发愁，那边却有人问话了。

长河高声回应报了名号，那边安静了半晌，放下来一架铁链桥。

长河扶着锁链过了桥，楼里出来个人，肩上扛着面旗子，上书"如神见"，看模样是个算命先生。他朝长河上下打量一眼，也不问话，直接转身让人跟上。

两人正走着，旁边突然跳出一个人，那人只生了个脑袋，跳到身边跟他讨食。长河冷不丁被吓一跳，算命的倒是见怪不怪，一脚把他踹远了，然后对长河说："瓦瓮成的精，只修成个大脑袋，除了吃什么都不会，投奔老大被赶出来了。"

长河回头要细看，算命的拉住他："别东张西望，在这楼里，不关你的事别管。"

屈阒这人似乎很得宴平天信任，算命的把他名号一报，沿路人听了无不恭谨。长河还以为马上就能见到宴平天了，没承想倒是平白被晾了两日。算命的告诉他老大没空，让他候着等传唤。

这样待了两日，算命的又上门请他喝酒。两人喝着喝着，算命的忽然说介绍个人给他认识。长河福至心灵，思忖来人怕是跟屈阒有些交情。

他举杯的手稍稍顿了顿，暗想看来不是宴平天没空见他，而是这楼里人还未相信他的身份。

算命的道："此人也是个进士，还是你同年，叫魏光，屈先生可有印象？"

长河思索了一番，还好皇城司资料备得详尽，他假意咦了一声："我只认得一个叫魏央的。"

算命的哈哈一笑："那是我记错了，是叫魏央。"长河也跟着他笑。两人各怀心思地笑了一阵，那个叫魏央的来了，长河一见不由吃惊，这人居然真是他旧识。

钱英，江宁人氏，跟长河是多年好友。

两人见面俱是一愣。

长河只恍惚了一下，立即上前扶住钱英的手臂，眼底的欣喜却不是装的："还真是魏兄！几年未见，魏兄近来可好？"

钱英见长河同他一样，易了容改了装，顿时也明白了他的处境。长河悄悄在他手心里画了几笔，钱英心领神会："浑噩度日而已，幸得老大收留。能在这里碰见屈兄，魏某也很意外。"

算命的见这两人当真认识，便大笑说缘分如此，让钱英先领着长河出去逛。

长河觑得空，私下问钱英怎么会在这儿。

钱英道："我去年离开江宁，也想学你上汴京走走，怕路上遭遇不测，便一直跟在魏央的商队后头。岂料还是遇上了山匪，魏央拼死救了我一命，我便假借他的身份，来了鬼樊楼。"

长河听了很疑惑，皇城司给的资料中关于魏央的记述虽只寥寥数笔，但他也知道此人任衢州知府。一个朝廷命官为何要扮作富商上路，而钱英居然能凭他的脸待在鬼樊楼？

钱英知道魏央的真实身份吗？

长河了解好友，见他此时没有坦白的意愿，便也不多问。

钱英没对长河坦诚，心有亏欠，摸了摸鼻子问长河来此做甚。长河本无意隐瞒，却担心他卷入此事，便只交代一半，说是替官府办事。

钱英点点头，也不多问，自去后厨煮了碗汤饼叫长河吃，自己先行去了。

05

钱英走后，长河开始细想魏央生平，听言语，钱英来鬼樊楼应该半年有余，长河奇怪他为何留在这里如此之久，难道，是魏央有什么未竟之事托他帮忙？

长河又想到自己此行的目的，待在这里已有三五日，却连宴平天的面都没见着。长河起先还有些着急，今日见了钱英反倒冷静下来，既然"魏央"替他证了身份，大约明日，他就能见到宴平天了。

果然如他所料，第二日算命的又来找他，说老大要跟他单独谈话。

长河在鬼樊楼里见过太多凶徒，豹头环眼的见多了，便觉得身为头目的那人，一定也是个虬髯大汉。不想见面才知道，对方并不比他年长多少，生得面白微须，看着倒像个规规矩矩的读书人。

　　银筝还在他腕上缠着，长河本忧心她此时"冬眠"，万一遇着危险唤不醒怎么办。而今见到宴平天本人，他反倒宽心不少。

　　宴平天看到他，也不虚与委蛇，抬眼便问："屈先生那边，可还妥当？"

　　长河记起屈阒身份，知道他想听什么，便恭谨地道："而今时机成熟，可以开始了。"

　　宴平天对这话似乎不是很受用，长河便又道："学馆里的孩子对我的话深信不疑，上月里我说鲤鱼能通灵，不可食，他们还真拿香火将盆中鲤鱼供了，奉为神明。"

　　宴平天脸色稍缓："你是个聪明人，此事托与你，确实是大材小用了。不过，兄弟们都跟了我多年，你这里，我不能存私。"

　　长河表示理解。宴平天似乎挺满意他的态度："殿上那位还不见动静，你再添把火，别弄得太隐晦，最好大街小巷、井边老孀都能传唱。"

　　长河一开始并不知他盘算什么，听这话恍然明白了，默默点头。

　　宴平天冷声一笑："我就是要让汴京城满城风雨，等到人人自危，都开始猜忌朝廷了，看他姓赵的还能不能应付得来！"

　　长河明白他的用意，便顺着他的话说："您放心，我回头再编首藏头诗让孩子们念，要不了几日，便是贩夫走卒都能知道朝堂上那人是野狐精了。"

宴平天欣慰地拍拍他的肩膀，忽听外头有人通报，陆续又进来几个人，长河拿余光去看，发现算命的和钱英也在里头。

只是钱英竟作了屠户打扮。虽说他在江宁干的本就是杀猪的行当，可如今他这身装束，刻意在脸上弄了一道疤，又把平日嬉笑的神色敛了，看着兀地有几分凶恶。

长河不着痕迹地看了堂上人，百工百业，形色各异，心说怪不得这流言甯得如此之广，宴平天为此事倒真是费心费力。

未几又进来两个人，按身形来看是孩子，穿的却是大人的衣衫。他们赤着双脚，走得歪歪扭扭，有人伸脚踹了过去："好好走路！"那两人立马把背挺直了。

两个孩子在宴平天面前站好，长河仔细一看，发现竟然是两只小狸猫。

宴平天问两个小妖怪，他们说："都……都挺好……"

宴平天声音冷了几分："挺好？"

旁边的小男孩立马护在女孩前面："姐姐是说老大交代的，我们都照样完成了。我装成大狐狸吓人，姐姐就钻到梦里同他们说话。现在那些孩子只要睁开眼，脑子还清醒些的，都会说汴京城里有狐妖了。"

宴平天不置可否，摆手让他们下去，两个孩子刚转身，又被他喊住："你这尾巴是怎么回事？"

小女孩的尾巴上秃了一块，皮肉都伤了些，看着吓人得紧。

女孩子声如蚊蚋："有个孩子的枕头里藏了个墨斗，我跟阿意没留心,不知那附近住了木匠……"

长河听见旁边算命的嗤了一声:"自己没本事怪人家木匠?你们姐弟俩老实点儿,鬼樊楼里可养不得闲妖!"两个孩子应下了。

长河恍然明白,原来他在邻居窗框里捡到的毛,居然是这小狸猫的。

他又偷偷觑了眼堂上那人,如此费心费力制造惶恐,怪不得连朝堂之上那些读过圣贤书的,都在谈论王相是野狐精了。

06

长河心底悄悄摹下宴平天的相貌,出了鬼樊楼后没有耽搁,直奔会仙楼,画了张像交给江蘅。

江蘅看后眉头却蹙了一下,告诉长河:"这人跟我们先前以为的鬼樊楼头目,不是同一人。"

长河问:"会不会他也易容了?"

江蘅不好下判断,对长河说:"不管易没易容,都说明此人跟鬼樊楼脱不了干系。如果这人真是鬼樊楼头目,事情就真有点蹊跷了。"

江蘅接着道:"他叫席升云,是熙宁三年的进士,后来被派到临县做个小官。上任没两日,他就因丁忧去职,如今三年未满,应当还在孝期。他一个入了官籍的,怎么跑去鬼樊楼了?"

江蘅说着唤来暗卫,让他去吏部借一下册子。册子拿回来给长河看后再次确认,画像里的人跟长河见的是同一人。

这样一个看着身家清白的人，竟然是鬼樊楼头目？江蘅不解，若真是他，此人又为何要针对王相？

科举选士一事，皇城司甚少干预。江蘅左思右想，想不出所以然，便回了禁中，将探查到的消息告诉皇帝，顺便问他是否知道席升云。

皇帝想了片刻："此人是熙宁三年二甲第一名？"

江蘅道："是。官家何以记得这般清楚？"

皇帝自顾自想了一会儿："原来是这样。"他舒展了眉头对江蘅道："这人跟王相，倒真存了些芥蒂。"

熙宁三年那场省试，初考官是吕清霖，覆考官为周谌安。国朝惯例，先由初考官排定名次，弥封之后送与覆考官，覆考官再排定名次。最后，详定官再从两份名录的首位中选一位为状元。

可巧周谌安那份名录的第一名，同吕清霖名录中的第一名相同。原本这便省了详定官的事，直接擢这人为状元也就罢了。

不想彼时官家跟王相一门心思扑在新法上，王相觉得首先要从科举选士下手。他不看文藻，只重策论，两个考官同时荐举的试卷都入不了他这详定官的眼。他从底下的卷子里，挑了个看起来颖悟绝伦的定为状元。

此举虽不合祖制，却暗合了皇帝的心思。他心底也觉得辞藻那一套华而不实，便正好借由此次科举，将往后考察重点定成了策论。

那份无端被王相刷下的考卷自然是席升云的，他便因此与状元失之交臂。

皇帝道："纵然王相此举任性了些，夺了他的状元，降他为二甲传胪,但吏部给他的官职却也不错,他何以这般记恨王相?"

江蘅知道官家是担心其中有些隐情,便道:"臣立马让人去查。"

07

长河离开了鬼樊楼,心里到底记挂钱英。他担心皇城司随时会对宴平天发难,便一直候在会仙楼等江蘅回来,想让江蘅千万留意钱英的安全。

左等右等不见人,好歹江菽回来了,听完话让他放心:"事情没查清楚之前,皇城司是不会轻举妄动的。"

江菽见长河仍是坐立不安,便劝他先去看看邻家那个孩子,那孩子被两只小狸猫吓病了,也不知道好些没。

长河点头,又要再嘱咐江菽一句,江蘅恰好回来,见他两人在此拉扯,便问原因。

江菽把钱英的事一说,江蘅也觉得奇怪,问长河:"你那朋友为何要伪装成魏央潜入鬼樊楼?他知道魏央不是什么客商吗?"

长河笃定:"知道。"

江菽问:"他跟你交底了?"

长河说:"没有。算命的介绍我,说我是他同期的进士,钱英当时虽不惊讶,私下却也没有和我过问,可见他知道魏央的真实身份。"他对江蘅说:"我了解钱英,依他的秉性,待在鬼樊楼那么久,要么是魏央临死前托给他什么事,要么就是他想伺机替魏央报仇。"

江菽对这话存疑："衢州离此何止千里，他待在鬼樊楼能报什么仇？何况又不知山匪来路。"他突然想到什么："这山匪来路我们倒是可以先查查，说不定还真跟鬼樊楼有渊源。"

长河感激地看他一眼，江菽挺受用，又想起问兄长："长河说你去禁中了，有收获吗？"

江蘅点头："我今日听官家说才知道，熙宁三年科考状元，原本应是席升云。"

他将旧事跟两人一说，江菽咋舌。

江蘅道："宴平天如此痛恨王相，根源应该不只官家说得那样简单，我已让人去礼部讨要当年席升云的考卷了。"他又吩咐江菽："当年判卷的吕清霖和周谌安，我们一人探访一个，戌时在此集合。"

长河见状也起了身："那我也出去一趟，看看邻家孩子。"

长河到了那户人家，却见银筝已经在那里了。他摸摸自己的手腕，这才察觉少了点儿东西。他也不进去，就站在窗外看着，银筝手里拿着个虎头小木偶在哄孩子玩。

长河听她说："今晚它要是再来，你就把大老虎扔出去，狐狸精立马就被它咬死了。"

小孩儿怔怔地点着头，也不知信还是不信。长河知道木偶被银筝施了法术，宽慰地笑了。

08

孩子这边既有银筝哄着，长河无事便又回了会仙楼，一直等到掌灯时分，挨近戌时了，那两兄弟还没回来。

忽然，楼梯噔噔响了一阵，跑上来一个人，却是那个孙平脚店的掌柜。

他看到长河立马迎上来，不由分说让他躺下，给他易容。再下楼时，长河又变成了屈阒的模样。

江蘅这是让他再进一次鬼樊楼？长河暗想，也不知那两兄弟现在在哪儿。侍卫领着他往菖蒲湾走，到那儿才发现江蘅、江菽已经等在岸边了。

见长河来了，江菽迎上来悄声跟他说了几句话。

长河听了面色有些凝重，那边江蘅道："银筝已经先进去了，在里头等你。"

长河点点头，循着旧路，泗水进了鬼樊楼。

兜兜转转又到了那座楼前，算命的看到他道："今日没有宣你，好端端的，下来做什么？"

长河编了个谎："汴京城里有些风声，说是那些受惊的孩子一夜间病全好了，我觉得奇怪，又做不了主，特地来禀告老大。"

算命的不疑有他，领着人走了进去。

江蘅说银筝在鬼樊楼，长河沿路便有意拿余光去瞧，并未发现那丫头的踪迹。

长河走着走着，突然脑袋被算命的敲了一下："专心，眼睛别到处瞟。"

他一愣,未几又笑了一下,紧走两步凑到那人身边:"你把那算命的怎么了?"

银筝一副老神在在的模样,嘴角挂着笑:"你们人啊还要易容,像我们妖怪,化一下形就好了,多省事。"

长河打断她:"先回我话,那算命的呢?"

银筝领他又拐了一个弯儿,朝墙根一指:"喏。"

墙那边却仅有一只瓦瓮倒扣着,长河留心看了一眼,这瓦瓮正是上回他来时成精的那一只。

银筝道:"我把算命的敲晕了塞进它肚子里,它可开心了,向我保证绝不让别人找到。你看吧,这就是现世报啊,谁叫上回人家走得好好的,他硬要踹人家一脚。"

两人说话间到了地方。宴平天倚在矮几上养神,门口护卫问话,他听到喧闹声已经醒了,抬眼看见长河,问他所来为何事。

长河把先前那番话说了一遍,宴平天觑他一眼:"此事阿莲、阿意都没有禀告,你这消息倒跑到他们前头了?"

阿莲、阿意自然是那两只小狸猫,长河被戳穿依旧气定神闲,笑道:"我消息快,自然有快的道理。"说着直直看向宴平天:"其中缘由,我想私下跟您细说。"

护卫立马喝道:"大胆,哪有你说话的份儿!"

长河被斥也不恼,而是缓缓念了两句诗:"东风谬传信,荦荦傲雪开。"

话音刚落,他就看到座上人一惊,宴平天脸上升起薄怒:"这诗你从哪里听来的？"

长河也不瞒他："熙宁三年省试，二甲第一名的试卷上。"

宴平天终于坐不住了，走下来一步步逼近长河："你不是屈阒，你究竟是何人？"

09

长河定定看着他，想起在岸上江荍告知的消息。吕清霖说当年举荐的试卷王相看不上，另选了一份，落选的那位吏部给安排了官职，他却因丁忧回乡了。此一说倒与官家的说法相同。

可照周谌安的意思，那人最后却成了戴罪之身，因王相指出他卷中有诗文诋毁圣上，诽谤朝政，被判流放六百里。

他家里只有一个老母亲，他被流放之后没人接济，就饿死了。

周谌安还是某回喝花酒在酒桌上听人讲才知道这事的。

同场考官，透露的消息差别竟如此之大。长河听完看了江荍一眼，神色有些奇怪。

一旁江蘅看出他心中所想，正色道："因几句穿凿附会的诗词就把人流放，官家不是那样的人。他睿智明理，不会这般不分青红皂白。"

这话长河是信的，早年苏大人因题了句"根到九泉无曲处，世间唯有蛰龙知"而被小人污蔑，官家也只说"诗人作诗"而已，并不当回事。

只是他仍疑惑："可照你们说的，周谌安此人不拉帮结派，也没裙带关系，此间更未见什么利益冲突。他的话，未必不是真的。"

江菽认同，却又重重叹了口气："怪就怪在这儿，大理寺、刑部、开封府都没有此案的相关记载。"

江蘅脸色稍显凝重："而今这状况，我们只能假定周谌安的话有一半是真的，那样才解释得通为何宴平天处心积虑抹黑王相。"

至于失真的另一半，既然各处都不见记载，自然是说，当年那场科举有人越过大宋刑法，私下给席升云判了罪。

长河一惊："会有这种可能吗？"

江蘅点头："未必没有，那年新法施行未久，官家心思都放在那上头了，未必事事都照应得来。再者，王相喜欢以策论见长的，席升云空有一身文藻，被官家乃至百官忽视了也正常。"

长河此时就站在宴平天面前，自然是要帮江蘅验证一番周谌安的说辞。

10

他先将吕清霖那套话照实说了，宴平天听了却也不恼，耐心听完后大笑了两声。

长河知道他为何笑，仍是顺着前面的话说："就算王相夺你状元之名不对，你也不该如此费尽心思诽谤他。"

宴平天嘴角带着讥诮："诽谤？好个丁忧去职！他替我博了个孝子美名，如此看来我倒要感谢他了，不仁义的反倒是我？"他冷冷看着长河："小子，别装了，我知道你在套我话。你能从礼部拿到考卷，别的事情想必知道的不会少。"

他绕着长河慢慢踱步："他这小人，从我卷子里挑了两句诗恶意曲解，硬生生给我安了罪名。那昏君不辨是非，直接就将我流放至巴州。我侥幸逃了回来，家母已经亡故，天地间已没我安身之地。我心有不甘，便躲到这鬼樊楼。此话，是你想听的？"

长河心底"咯噔"一声，周谌安所言竟然都是真的。他没忘替人辩解，急急道："当年之事，圣上和王相并不知情。"

长河知道他轻易不肯信，便取出一份东西给他看："这影拓本，是熙宁三年春闱以来刑部记录的所有案件。你看一下，上头并没有发配你到巴州的批文。"

宴平天甚至都没有伸手去接，对长河道："你以为，我跟你提起当年，是为了讨要一个所谓的真相？"他鄙夷道："不管那场刑罚是公是私，但凡殿上那人是个明君，也不至于害我蒙冤至此！"

忽然，他一笑，道："你倒是胆大，两番潜进鬼樊楼。你难道没听人说过？鬼樊楼，不宣者不入，入者必死吗？"

长河一惊，刹那间发觉脚下地面开始蠕动，自己不知几时竟踩在了沼泽里。他心中一惧想要逃开，身形却不受控制，动弹不得。

宴平天的声音还在他耳边回响："他不是说人言不足恤吗？一人骂他他不当回事，天下人骂他，他还能无视吗？他当不当真不要紧，只要汴京城百姓都当了真，我看那个昏君还怎么护着他！"

长河脑袋一抽一抽地疼，说话也失了力气："你一个读书人，行径怎么如此下三烂？！"

宴平天笑道:"下三烂?那是因为他久居庙堂之高,根本不知道这天下困顿成什么样子!青苗法一施行,背井离乡者不计其数。那昏君却不听不看,偏偏只信这个小人!"

长河意识渐渐涣散,他还想辩驳,却听有人焦急地喊道:"大哥!大哥!醒醒!"

11

长河睁开眼,看见银筝和钱英不知几时站在了他旁边。钱英已卸掉伪装,露出一张年轻许多的脸。

银筝手里不知攥了什么,见长河清醒了,把手摊开给他看:"喏,络丝虫,这东西钻进耳朵里,稍不留神就会被它干扰心智。我们再晚来一会儿,你就直接发病陷入疯癫了。"

钱英扶长河坐起,见他四处张望了下,便说:"这里是菖蒲湾,我们已经出来了。"

长河心有余悸:"我以为他会杀了我。"

钱英看了眼长河:"他原不是穷凶极恶之人,我待在鬼樊楼日久,更觉盗亦有道。我受恩公之托来到此处,一开始便知道宴平天所为。你说你替官府办事,道不同,有些事我便只能瞒着你。"

长河脑袋还在嗡嗡响,他迟钝地动了动:"瞒我什么?"

钱英问他:"你这些年有出过汴京吗?"长河摇头。钱英敛目叹了口气,对长河道:"去年年歉,整个江宁府家破人亡的何止千户?"

长河惊讶："青苗法施行已久，怎么还会饿死这么多人？"

钱英摇头："不是饿死的，都是还不上官府的钱自杀的；还有些，是向别的富户借贷，拆东墙补西墙，还不起被人打死的。"

长河不期竟会如此，问道："以前常平仓司跟米粮店掌柜勾结，蓄意抬高粮价，明里暗里揩百姓油水。而今废了常平法，行青苗法，怎么反倒更苦了百姓？"

钱英沉默半晌，问长河："你替官府办事，你如何能确定，他们让你看的就是全部的真相？"他似是真正疑惑："你为何一直觉得青苗法是惠民之举？"

长河怔在原地。银筝见他半天没动静，以为他耳朵里又进虫子了，刚要凑过去，却见长河突然跳起来，拽着钱英要去找江蘅。

他神志恢复不久，脚步还有些不稳，钱英却也任由他拽着，这样一路跟跄着朝会仙楼去了。

12

到了会仙楼，长河胸中块垒还未消退，面色沉得吓人。楼里小二从未见他这般模样，小心问道："外头天寒，要不要先烫壶酒给先生暖暖身子？"

长河生硬地回了句不用，又问他江公子回来了没。

小二不知他问的是哪个，便答："两个都没有。"

长河拉着钱英上二楼落座，这才卸掉力气，闷头将面前的陈酒喝了。酒壶快空了，才见江蒉回来。

他脸色不比长河好看多少，见长河带了个陌生人上来也不惊讶。

长河心里憋着话，刚要发问，却被他伸手拦住。江菽看了眼旁边人："你就是钱英吧？杀魏央的那伙儿山匪我们找到了。"

钱英听到这消息脸色平淡："杀魏大人的，不是山匪。"

长河一惊，杯中酒也忘了入口。

江菽点头："我知道。"

钱英道："魏大人任知府三年，亲自剿匪数次，那伙人冲上来的时候，他就看出来了，他们不是山匪。"

江菽颔首，接过话茬儿："他也只能相信你了，临死前没忘告诉你冒充山匪的是谁吧？"他自顾自说着话："你冒充他的身份去鬼樊楼，是因为魏央上路前就做了两手打算。他来汴京想劝官家废除青苗法，若是成功，自然皆大欢喜；若是不成，便隐退到鬼樊楼，协助同乡散布流言逼迫官家停手。"

江菽说着看向钱英："后面这句当然是我猜的，因为我碰巧查到魏央跟席升云都是柳州人。这也就能解释，你为何能以魏央的身份待在鬼樊楼里。"

江菽从怀里掏出一封密件让他看："可惜他千算万算，却没料到一开始就被身边人出卖了。"

钱英疑惑地看他一眼，伸手接过，上头火漆已被烤掉了。

江菽继续道："试想，若有人三番两次上书抨击新法，折子却被人拦下，拦下他那人为防他继续闹事，会不会寻过去，在他身边安插一两个眼线？"

他给钱英看的信封里，装的是去年官道沿途各驿站的急报。皇城司当时就留意到了，一个知府上京，何以惊动沿途驿站都通报？今天他才明白，他们是特意在为有心人报告魏央的行迹。

魏央上路前就被身边人出卖，此后任他如何伪装，自然躲不过杀身之祸。

钱英猛地捶了一下桌子，骂道："这个奸佞小人！"

长河不安："你们说的是谁？"

江菽不理他，只嘲了钱英一眼："他一人之下，万人之上，每日要处理的公务那么多，就算中书省归他掌管，你真以为他有那个闲心去拦一个小小知府的所有奏疏？"

长河霎时懂了："你们说的……是王相？"

"他说的是，我说的不是，"江菽哼了一声，"我大哥已经跟官家禀告了此事，王相已经在去往禁中的路上了。"

钱英也哼了一声："蛇鼠一窝，怕又是去商量什么'良策'了吧？"

江菽重重放下杯子，木桌霎时被震出一道裂纹："放肆！"

钱英却梗直了脖子："我说错了吗？魏大人一心为民，上书不见回应，这才不顾安危，亲自上京敲登闻鼓。他只忧心圣上被蒙蔽，可没想到殿上那人根本就是个……"

他后面两字没出口，只因嘴被长河给死死捂住了。长河怕他再说出什么不可挽回的话。钱英眼睛瞪得老大，长河道："事情不是还没查明白吗？我看过王相的文章，像他那般风骨，定然不像你说的那样好大喜功，置天下苍生于不顾！"

钱英出不了声，干脆闭上眼，不去理长河。

长河又去劝江蓠："如此看来，魏大人当真是个好官。他三番两次上书，性命都因此丢了，说明新法确有地方行之不当。官家那边……"

江蓠明白他的意思："其实元宵那晚有人对相爷发难的时候，官家就推测是新法出了问题，不然也不至于落人口实。官家已秘密遣人分别往各个州县去了，只是路远马疲，就算六百里加急，也得要些时日。"

他怒气未敛，剜了钱英一眼："真相到底如何，几日后便知。"

13

长河两边哄着，忽又想到一件事，问钱英："宴平天散布流言，究竟是想逼停新法还是逼退王相？他身后，会不会有人授意？"

钱英闷闷地道："当然是新法，我甫一进鬼樊楼，就将青苗法害人之处告知他了。"

长河摇摇头："不对，你去年七月才进鬼樊楼，而汴京城里关于王相是野狐精的流言，去年年初就起了。"

江蓠点头认同，那时候他们只觉得荒谬，没有理会。岂料今年流言不但未灭，反而甚嚣尘上，一度传到官家耳中。

长河心底疑惑："若宴平天真被流放巴州，沿途护卫森严，这一路又穷山恶水，凭他一人之力如果逃得出来？"

江蓠听了觉得新奇："你的意思是，有人故意让他逃脱了？"

长河眉峰蹙起:"或许,放他逃走的,跟蓄意害他的,是同一人。"

旁边两人神色俱是一惊,江菽问道:"你是担心,宴平天当年不是遭人陷害,反倒是被人相中,不自觉做了一枚棋子?"

长河点头:"宴平天三年前蒙冤,青苗法施行也不过三年多。这局棋,说不定王相着手准备新法的时候,那人就有意布下了。"

江菽蹙眉:"如果是这样,那当年主持科考的周谌安和吕清霖,就都脱不了干系。"

长河思忖半晌,问江菽:"有没有可能,有人一开始就知道席升云会落榜?"

江菽道:"你别吓我,这假设的前提是,一开始他就知道席升云是状元。难不成,两个考官都被他贿赂了?而且,单只贿赂考官还不成,连弥封官也得贿赂。考生试卷都是糊了姓名重新誊录过的,这前后有一个关节没打点好就得出事。"

长河道:"我只是猜测,若有人存心要干预新法,那他三年前就在这方面下心思也不为奇。比如说,培养一个有足够能力、足够动机帮他们掀风起浪的人。"

江菽觉得这话有理。酒坛也空了,他摇了两下,更觉头大:"你说这都什么事儿?像宴平天、魏央之辈,一门心思干预新法;却又有人拦下折子,杀死魏央,不让消息上达天听。这两波人分明对立,可我怎么感觉,没一波向着官家呢?"

长河听他这话想了片刻,猛然间坐直身子,把江菽给吓了一跳。"你提醒我了,其一,宴平天和魏央并不是一路人;其二,宴平天及他身后的人，反对的不是新法，是王相。"他看着江荻，"你不觉得奇怪吗？他有本事让官家听到狐狸精的传言，却为何不直接告知青苗法的不足？魏央敲不了的登闻鼓，他大可以派个别人去敲啊！"

长河道："他们从始至终不关心新法，他们只关心，推行新法的制置三司条例司，到底掌控在谁手里罢了。"

江荻听了这话如醍醐灌顶，惊出一身冷汗："这也太……"他想说太匪夷所思了，却到底没有说出口，忽然正了颜色对长河道："我带你去趟周府，你心底还有什么疑惑，直接问周谌安。"

14

周谌安看着眼前人，戏谑道："江大人知道走正门了。这回来，还是为三年前科考的事？"

江荻点头，周谌安微笑着将人迎了进去。长河也要进去，被他拦下："这位先生就不必了，门外候着吧。"

江荻道："要见你的人是他。"

周谌安哼了一声："去年这小子惹我不高兴，今年还敢上门？"

长河知道他说的是帮和尚做证一事，面色讪讪。江荻道："不就是罚了二十斤铜嘛，多大点儿事！"说着便把长河拽了进去。

周谌安倒也未怒："说吧，还有什么想问的？"

长河便开口道："熙宁三年科考，有无提前获知名次的可能？"

周谌安一笑："你倒问得委婉，直接说呗，本官有无受贿，对吧？"

长河默认，周谌安道："你该知道本朝试卷实行糊名制，换作是你，你能辨得出是谁的卷子吗？"

长河道："若是他本人就与主考官相熟，文字里藏了珠玑作为暗号呢？"

周谌安一笑："那你得去户部打听啊，查查谁是谁的小舅子，谁的文章又经了谁指点？"

长河被他取笑，一时忘了该怎么问。

周谌安自觉无趣，也不闹他了。"你忘了最简单的一种可能。科场惯例，那些名声在外的学生，省试前都会选处茶楼集会，互相题诗比对。他们当中推举的最优者，往往十之八九就是当年的科考状元。"他用手指点，"所以你们错了，他们一开始就不用让谁谁谁考上状元，他们只需知道谁将是状元就行了。"

江荻插话："他们？你说的是谁？"

周谌安笑道："这我怎么知道？我只是觉得蹊跷。席升云那年被随意安个罪名发配，至今我也没看出用意。他家里只有一个快饿死的老母，也没有什么娇俏小娘子……"

江荻见他越扯越远，赶紧打住："你是怀疑吕清霖？"

周谌安抖开扇子："我可没说。"

江荻道："你说了娇俏小娘子，吕清霖贪图女色人人皆知。"

周谌安默认："行吧。"

长河见两人扯嘴皮子，只好自己问正事："可他如何知道，王相那年一定会在别的卷子里抽一份呢？"

周谌安道:"吕清霖不知道,自会有别人知道。比如说,那人恰巧是王相的学生……"

江菽一挑眉,周谌安也不掩饰:"我说的就是吕闫飞。"

江菽斥他:"你别掺和私人恩怨进去!"

周谌安哂笑。

长河问:"什么私人恩怨?"

江菽道:"去年他娘子看上两斛珠,主持市易司的吕闫飞多收了三千贯钱。"

周谌安笑得高深莫测:"我器量有那么小吗?江大人你不想想,这两人是叔侄关系,有些事,还是家里人办才放心哪。"

他这话说得在理,何况吕闫飞主持市易司以来的劣迹,皇城司不是不知。江菽鼻腔里哼了一声:"你说吕清霖跟吕闫飞勾结,证据呢?"

周谌安故作惊讶:"你是皇城司的,来问我要证据?你们想搜证,汴京城上下,除了官家谁能拦得住?"

江菽说不过这人,吃了瘪,拉上长河走了。

15

长河问:"你相信周谌安的话了?真是吕闫飞和吕清霖勾结,做了这些事?"

江菽点头:"我前面没跟你说,让驿站六百里加急通报魏央行踪,就是三司处下的命令。三司处虽由王相主管,但眼下新法还在逐渐完善，故而代理下边事务的，是他的学生吕闫飞。"

长河点头："我起先还怕自己错了，以为杀魏央的人是为顾全新法，才将不利消息隐去不报，手段虽不可取，却到底是为官家和王相考虑。今日一聊，才更坚信，吕闫飞怕只是一门心思为自己牟私利，担心东窗事发，这才着急对王相下手。"

江蓠奇道："何以如此肯定？"

长河道："你不是说市易司是吕闫飞主持吗？此法当真害人，金钱面前见君子，如此唯利是图的小人，自然不会同王相一样，心忧百姓。"

江蓠点头："吕闫飞主持市易司，横征暴敛，此事官家早就知道了，他现在不理会，是要等时机合适，将那群朋党揪出来一同算账。"忽然他笑了："此刻倒真是个好时机，孟先生，又要请你帮忙了。"

长河被江蓠带到中书省的时候，神色还有几分拘谨，他手里提了只狸猫，那狸猫看着奄奄一息，随时都会断气。

皇帝坐在中书省大堂上，江蘅立在他身边。

皇帝面色不善："江大人，你说此物就是王相，可有凭据？"

江蓠朝长河示意："这位先生可以证明。"

长河醒过神，赶紧拱手道："回陛下，小人虽是一寻常木匠，早年却因缘际会习得些捉妖之法。这狐妖要害我邻家孩子，被墨斗伤了。小人循着血迹追去，见它钻进王相宅子里。幸得江大人帮忙，这才收拾了它。"

长河这番话自是跟江蓠套好的说辞，他手里拎的是被银筝逮到的狸猫,倒不是什么狐狸精。不过落在旁人眼里,却是只实打实的狐狸。这是银筝跟狸猫的小交易,饶了它的命,让它施个障眼法,去帮长河圆个谎。

皇帝见人证物证俱在,情知这回无可辩解,便叹了口气:"既然已经查明,那便按大宋律法办吧。"他揉揉额头,道:"是朕识人不明,被狐妖迷惑,害了百姓,朕马上下罪己诏,以示警醒。"临走时又看了吕闫飞一眼:"中书省既无主,事务就全权交给吕大人吧。"

长河晕晕乎乎出了中书省,江菽将他送出宣德门,长河担心:"这样行得通吗?吕闫飞又不是不知,汴京城里根本没什么野狐精。"

江菽道:"你却糊涂了?谁管王相是不是野狐精,吕闫飞只要王相垮台,中书省归他掌管就行了。"他为自己的计策得意:"等着吧,官家一直想揪出他的党羽,而今他大权在握,看朝中有哪些人升迁就行了。"

16

岂料事情并没有如江菽所料,吕闫飞代理宰相事务后,非但没有提拔党羽,反而左迁了一些人。江蘅收到消息后直皱眉,江菽面色讪讪:"咱们的方法错了?"

江蘅道:"并没有,方法很好,已经见成效了。"

江菽不解何意,却见江蘅连夜派人去了那几处官邸,趁他们离开汴京前挨个拦住了人。

文德殿内，王相长跪在皇帝面前谢罪。两个宫人去扶，他执拗地不肯起，皇帝只好端起帝王的威仪："卿执意如此，是要朕亲自来扶吗？"

"臣用人不察，愧对陛下，也愧对苍生啊！"

皇帝长叹一声，他左手边放着各州县传来的密件，右边是江蘅给他的暗报。"卿为大宋殚精竭虑，朕都看在眼里，此事错不在你，真要说起来，朕也责无旁贷。"

江蘅昨夜审讯时也觉心惊，他清楚吕闫飞的为人，此人小人心性，一朝得意，势必遣散党羽，好使往来劣迹无处可查。江蘅反将他一军，将那些人连夜拦了，允诺按举报程度量刑轻重，让他们指认吕闫飞的罪行。

他们倒也配合，大约是清楚就算出了汴京，吕闫飞也不会轻易放过他们。皇帝案头那一叠密报，一桩桩都记着吕闫飞的恶行。

熙宁二年九月，朝廷试行青苗法，命各州县推行。而今三四年过去，各州县传来的状况却不尽如人意。

朝廷发放青苗钱，本来只凭百姓自愿借贷，不想消息下达至各州县，却闻官府恶意摊派，不管富农贫农都得领取青苗钱，好期来年收取利息。

本是为民谋利的举措，到头来却害苦了百姓。

而这根源却是三司处下的命令，他们大力鼓吹新法，并直接将青苗钱发放多寡作为评审官员的标准。

吕闫飞身为王相的得意门生，又是新法实施的得力干将，未想一开始便存了借新法牟私利的心思。他只给王相看青苗钱发放成果以邀功，却不告知那背后藏了多少血泪。而那些"政绩"不良的官员，便只得花钱打通关节，吕闫飞从中不知捞了多少油水。

他行事倒谨慎，三年前就将席升云收为棋子，作梗让他加大对王相的仇恨，而后暗暗放走他，还不忘给他的老母送终。

这两年他羽翼丰满，竟然得意忘形，开始发难，想取老师而代之。

王相一心只想着如何完善新法，哪里知道破坏他新法成果的，竟然是自己一手提拔起来的学生？

皇帝痛恨之余将吕闫飞撤职查办，流放沙门岛。吕清霖被剥掉官职，永不叙用。三司处与吕闫飞私交甚密者，罢黜革职的更不知几人。

此事一过，皇帝下诏明示各州县，百姓租赁青苗只凭自愿，各州县再不许凭发放青苗钱多寡来考核官员政绩。

二月春寒料峭，皇帝孤身站在垂拱殿前，眉间愁色还未褪尽。江蘅接过宫人送来的狐裘替他披上，轻声道："起风了，官家进暖阁避避吧。"

皇帝恍然间似被惊醒，拢了拢狐裘："是啊，明日怕是又要下雪了。"

他抬眼看天，长夜里不见一颗星。

恍惚有舞乐声攀着风来，江蘅蹙了一下眉头，那是京城最大的酒楼，樊楼，楼中最高处可俯瞰禁中。

皇帝似未听见，仍站在那里没挪身，长风掀起他衣袍一角。江蘅看着那个背影，仿佛他面前的宫殿楼观都消失了，前方成了大海，白浪掀天，而他脚下站的地方，成了天地间仅有的一块礁石。

远处樊楼歌舞声未绝。

醉生梦死樊楼夜，风雨如晦汴京城。

第七章

雨师

长河不知触及了什么,眼前突然一暗,霎时又恢复清明。恍惚间,他好像看到了漫天大火,席卷天地而来。

01

四里桥巷子里，深深浅浅点了许多盏栀子灯。

夤夜时分，云层密密匝匝，间或漏出一两颗星来。夜深风静，巷子口不时传出几声女子娇啼。

城东这处尽是些烟街柳巷，巡夜的暗卫听见声响，只远远喝了一声，以示警醒，脚步并不往那边移。那声音陡然拔高，变得惨厉，屋檐鸟雀被惊得飞起。

暗卫一惊，伸手去探腰间佩刀，提灯就往那边赶。紧跑几步，忽见灯前有什么东西飘过，他还未及思考，就觉脚下打滑，不知怎么突然摔在了地上。

云层慢慢挪动了些，月光泄下来。他还在地上躺着，看到月光疏影里，立了只没头的怪物。

暗卫一惊，忙要逃跑，手脚却好似没长在身上般不听使唤。那怪物看着眼熟，他硬着头皮一打量，怪物身着玄色暗花长衫，打了绑腿，手上还提着一盏灯笼。

那居然，是他自己的身体。

他的脑袋掉在地上，就这么看着自己的身体，竟也没感觉到疼痛。

未几那身体慢慢倒下来，灯笼跌落，烧着了衣服。

有声音一下一下往这边挨过来，在他耳边停下了，喘息声粗厚。他感觉自己慢慢腾空，竟也不十分害怕。不多时，他听见自己的头骨被嚼碎，还有黏稠液体被吮吸的声音。

意识消失的最后一刻，他仿佛听到铃铛声响。

未几，仿佛一阵风把什么都吹走了，街面上阒无一人。

02

东华门外景明坊有处酒楼，五座三层，名曰樊楼。楼中最高处可瞰禁中。

而今最高层已被皇城司征用，闲杂人等未得批文不得擅自上楼。

今日是九月初七，再过两日便是重阳节，按习俗是要祭祀南蛮王了。往常这节日，街面上早有人蒸了各色糕点来卖。拿面粉做成南蛮王坐在狮子身上形状的，唤作"狮蛮"。今年却因雨水降得少，百姓家没余多少口粮，街市上连彩旗都插得少，热闹远不如往年。

却有一处例外，便是这京城最大的酒楼——樊楼。

单是彩楼欢门上敷的锦帛就较往日更为华贵，一尺锦可值庶民十身布衣。楼里觥筹交错，红飞翠舞往来不绝，跟外面萧条的景象一比，更得"歌舞长千载，骄奢凌五公"之意。

钱英在后厨听着管弦声心里痒痒，他在江宁还未见识过这般光景。

他耳朵听着热闹，手里没忘揉面。忽然后厨钻进个人来，端了碟新做好的糕点，一溜烟儿跑没影了。

他嘿了一声，青天白日竟敢来樊楼里偷吃食！

钱英待要嚷嚷，身边伙计立马拦住："莫气，那是周大人府上的人。周大人是咱们楼里的常客，他家人来拿吃食岂会短少银钱？"

"周大人？"钱英细思，"可是任南苑宣徽使的那位？"

伙计点头。钱英记起来了，说起来他得了这份活计，还得亏周大人。他本是江宁一个屠户，因缘际会到了汴京后身上没本钱，不好下手经营。后来他得皇城司帮忙，辗转得了周谌安一句话，在这樊楼里当了点心师傅。

今日虽不是过节，各王侯府里差人来送酒席的却也不少，钱英忙到戌时才歇。他晃晃酸疼的臂膀出了樊楼，没走两步便看到了长河。

长河在面食摊子上买了两个"狮蛮"，待到近前钱英才发现他嘴里在嚼什么，手上还捏了一半。居然是块马蹄糕。

钱英就问："汴京城里原来也卖这种吃食啊？"他还以为自己手艺受捧，是因北人没吃过江南小点呢。

长河咽下嘴里的东西。"这倒没有，"他问钱英，"今日不是有人上你那后厨偷东西了？"

钱英一愣："你怎么知道？"

长河一笑："偷东西的小贼被我发现了。"他将糕点举给钱英看："这是赃物。"

钱英乐了："那可不是小贼，那是周大人府上的。"

长河笑："它可不是人，是个馋嘴的小妖怪，换了身皮相，瞒过你们罢了。"

他将那半块糕点吃了，拉着钱英上他那喝酒去。

205

钱英跟在后头摇头叹气："如今妖怪不好做啊！想找点吃的还得先化形，碰上你这种人了，还要被打劫。"

长河纠正他的说辞："我只跟它讨要了一块，谈不上打劫。"

长河嘴上跟人说笑，心情看着却不甚好。刚才他在樊楼等钱英，看到里头乔装的暗卫又多了几个。回家路上，沿途街巷也处处能看到皇城司的身影。

难道真像银筝说的，城里有妖怪吃人了？

03

两人回到西河驿，银筝今日一早便没了踪影，她跟长河说的是，近来城里出了吃人恶妖，为防不测，她要去陪江大哥巡逻。

长河心里笑了一声，懂那些女儿家的心思，挥手让她去了。

长河领着钱英入内，又在院子里摆了桌椅杯盏。

一番推杯换盏下来，两人不自觉聊起了江宁旧事，几句话说尽了三五年。钱英突然问长河："你还记得太平街上的张家吗？"

"你是说张瑞成张员外？"长河自然记得，"他家后来怎么样了？"

钱英道："你还在江宁那会儿，他家老爷子只是中风卧床不起，而后没两年，病的病，死的死，几年下来一家人全没了。"他叹了一声："真应了那句话，物无盛而不衰啊！"

长河面色沉重，喝了口酒，忽然想到什么，问："他家不是有个小官人，听闻在汴京读书？而今怎么样了？"

钱英摇摇头："谁还去留意他？"又问长河："你居汴京日久，也没听过他的消息？"

长河摇头，待要说些什么，突见银筝急匆匆赶回来，衣前禁步乱作一团，一边跑一边高喊："孟大哥！快跟我去救个人。"

一个时辰之前，正值月上柳梢头。银筝坐在樊楼屋顶上陪江蘅夜巡。长河跟小妖怪讨吃食的样子还叫她给瞧见了，没忘跟江蘅取笑一番。

江蘅自然也看到了，却因心中藏事，没心思陪她说笑。

汴京城内妖怪各有生存之法，它们与人类泾渭分明，鲜有打扰。而今不知为何，化成人形混入酒楼中偷窃的小妖越来越多了。甚至半个月前，城里突然有恶妖吃人。四里桥巷口一下子死了三个人，其中一个还是皇城司暗卫。

那日以后，江蘅处处留意恶妖踪迹，无奈上下搜寻不得，只得让暗卫加紧巡逻。而今重阳节将至，皇城司更是增派人手，以防再有人遭遇不测。

银筝今日穿了身桃粉色襦裙，衬得她娇俏可爱。江蘅却好似并未分心朝她多望一眼。他面色凝重，紧紧盯着仁王寺集会的人群。

三条街外的仁王寺，今日举行狮子会。寺里僧人结跏趺坐在石狮子上，跟信徒讲解佛经。

今年岁歉，供奉给神明的果品少了许多，信众的热忱却未减一分。仁王寺前的庙市也照常开放了，难得有一处热闹之所，自然吸引了众多百姓。人多处危险暗生，江蘅不得不多留意几分。

银筝把玩着衣前禁步，她心里不乐，却也顺着江蘅的视线朝那边看，一眼就瞧见人群里有位娘子，穿着绯色褙子，绿鬓酡颜，当真绝色。

她偷偷去看江蘅，见他也望着那边，久不挪眼，登时就有些吃味，便道："那位娘子，生得真是好看。"

江蘅没听出她话里的意思，轻轻点头。

银筝见状，负气哼了一声，又听江蘅道："那是周谌安的夫人。"

银筝听罢更生气了，脱口便道："人家的夫人，你还看这么仔细……"说着自己又忍不住去瞧那娘子。

江蘅总算明白银筝不开心了，他转身待要哄人，却见银筝怔怔看着他问："那位夫人，是个妖怪啊……"

江蘅点头："嗯，鸾鸟成的精。"

那边厢，那位娘子不知发现了什么新奇玩意儿，拿在手上比画。旁边一位丰神俊逸的男子微笑着，伸手将那物件替她簪在发上。

银筝认出来了，那男子正是周谌安。

江蘅也看着那边，似是知道银筝心中所想，便告诉她："周夫人是妖怪这事，周大人自己清楚。"

银筝闻言霎时多了几分羡慕，她也不敢去看江蘅了，试探着问："妖和人，也能结亲吗？"

江蘅道："他们成亲已久，周家娘子虽然是妖，却规矩得很。周谌安轻易不让她见人，故而也没生什么事端。"

银筝看着两人和睦，想起坊间传闻，对江蘅道："闻说周谌安是个醉心风月的主儿，如今看来，他对夫人倒挺钟情啊？"

江蘅道："周大人流连风月不假，不过遇到他娘子之后便收敛了心性，不再像以前整日烂醉花间了。"

两人说着，忽然江蘅眸色一深，银筝还没留意，就见他身形已经移到楼下了。

04

"官人你看，这胭脂色泽如何？"

周谌安接过，点一些在手里："好看。"

周夫人笑道："颜色好不好倒不打紧，只这盒子，真心好看。"

盒上錾的是芙蓉泣露图，周谌安接过来看了一眼，将手上那点儿胭脂点在娘子额上，笑得风流："芙蓉可不及美人妆。"

周夫人倏地红了脸，正要嗔怪，忽见眼前一道冷光闪过。她身形一晃，是周谌安拉住她，严严将她护在怀里。

一把长刀直冲周谌安面门而来，他神色却是淡然。电光石火间，身后护卫冲出来，拦下了长刀。

那刺客身手不凡，几回合下来，周家护卫且战且退，渐渐落了下风。

忽有一人闪进战局，江蘅让护卫退下，他剑术精巧，步步逼近，势如破竹。眼见将要拿下对方，那刺客忽然变成一道黑烟消失不见了。

黑烟飘远，江蘅却不急着去追，沿街望火楼上都有皇城司暗卫，他倒不担心那妖怪能逃到哪儿去。

地上只留下一件夜行衣。

江蘅将那衣物拎在手里，回身问周谌安："可否请夫人一叙？"

这话问得唐突，周谌安却也是明理之人。他娘子兰芷是妖，皇城司怕是觉得，这化成烟的妖物是娘子引来的。

周谌安眉头蹙着还未答话，忽见娘子直直倒了下去，任他怎么唤也不醒。

银筝对长河道："当时也未见什么人靠近，她忽然就失去知觉了。我上前看了一眼，也没瞧出端倪来，只好回来寻你。"

钱英喝了酒，有点醉醺醺的："那便去找大夫啊？你孟大哥一个木匠，哪里懂得看病？"

银筝道："周家娘子可不是一般人，大夫哪能看她的病？"

这话奇怪，长河问："他娘子怎么不是一般人了？"

银筝终于肯坐下来，整顿形容，慢慢跟他们说："先说那刺客。周谌安穿得招摇，周娘子又生得好看，我原想那是强盗或拍花子，冲着财色来的。可它竟然化成烟飞走，摆明就是只妖怪。""至于为何说它是周夫人引来的，"她顿了顿又道，"周夫人是鸾鸟成的精，你知道不？"

长河还真不知道："她是妖怪，怎么能跟人结亲？"

银筝无心解释这些，催着长河快些动身。钱英爱凑热闹也要跟去，三人便一道往周谌安府上赶。

05

银筝叩响周府的门，管家先前见过她，也不问话，恭谨将他们引进去。

走过长廊,有个家丁遥遥朝这边望了两眼,钱英看着眼熟,刚要问长河,却见周夫人闺房已在眼前。银筝上前跟丫鬟打招呼,进去不知道跟谁说了什么。

不多时,周谌安走了出来。他失了平常风度,眉头紧蹙着,灯火熹微里露出一丝倦容。见了长河他也不说话,只将人领到内间去了。

钱英就在外头候着。

长河进了里间,隔着纱帐看到一个女子卧在床上。他放轻脚步,静心去听,那女子却气息全无,长河不由得心里恻恻。

长河走近纱帐,又回头看了周谌安一眼,这才道:"还请娘子现出原形吧。"

他这话并无下马威之意,只是担忧周娘子身体。如此境地,还勉力化成人形撑着,实在太耗心神。

床上人似没听见他说话,久久未见回应。周谌安走过来,捏了捏她的手,似是安抚。未几长河便见锦衾塌了下去,周谌安手里握着一只鸢鸟的爪子。

长河说了声"告罪",轻轻碰了一下那爪子,却见它猛然缩了回去。长河也不着急,过了一会儿,那爪子又轻轻搭了上来。

长河感到手中鸟爪在战栗,怕他接近又不敢抗拒,仿佛长河体内有什么东西,令它又敬又惧。

它身上灵气紊乱,四下冲撞,好似在跟什么东西搏斗。

长河问周谌安:"庙市上那妖怪,周大人可知道底细?"

周谌安摇头。

长河不信:"周大人若是放心,就请将一切告知我。周夫人,想必不会有事情瞒着你吧?"

周谌安长长叹了口气,一改往日轻佻的模样:"我家娘子是妖怪,孟先生也看到了,你的本事我从皇城司那儿听过不少,只是我娘子,跟集市上那妖怪确实不熟。不光如此,她跟汴京城里其他妖怪也无联系,平日很少出门。"

长河似是信了:"既然如此,那便只好得罪了。"他悄悄收紧手掌,指尖似长出了银线,一根根顺着那只爪子去探鸾鸟脉络。忽见它体内灵气全朝一个地方聚起,长河不知触及了什么,眼前突然一暗,霎时又恢复清明。恍惚间,他好像看到了漫天大火,席卷天地而来。

长河吓了一跳,几乎是从周夫人床边弹开。

周谌安见他神色有异,赶紧上前询问。

长河摆摆手,示意没事。他镇定心神,探手在鸾鸟额上点了一下,一缕黑烟飘出来,攀着窗缝飘出去了。

周谌安舒了口气,以为这便治好了,却听长河道:"夫人这是沉疴,我没那么大神通,只能治标,治不了本。"

他看着黑烟离去的方向:"庙市上的妖怪,确实是冲着你夫人来的,不过无意伤害,好似只想她吃吃苦头。"想到刚刚被大火灼伤的眼,他意欲窥探鸾鸟记忆,不想却被反噬了:"真正让她痛苦的病根,大人想必比我清楚。"

06

长河出来的时候,看见钱英竟同周府一个家丁相谈甚欢,那家丁看到长河,忙唤了一声孟先生。

长河疑惑,钱英在两人之间作牵引:"来的路上,我瞅着他怎么那么眼熟,原来他是张大员外家的小孙子,张淮衣。"

长河惊讶,问他:"你为何会在周府?"

张淮衣眼睛垂下来。"我少不更事,来汴京只知游乐,没多久银两便花光了,家里一直不见人来,后来跟朋友借钱回乡,才知家里已经没人了。"他眼眶红着,似噙了泪,"我没了法子,朋友也都离我而去,是周大人看我可怜,收在府里做个差使。"

长河听罢,跟钱英唏嘘一阵,难为他们家遭此大难,外头还幸存了一个小孙子。

张淮衣抹了下脸:"我听大人喊你孟先生才敢认呢。"

他这厢难得见到故人,正抽抽噎噎说着,银筝不知从哪儿钻出来,差点撞进长河怀里:"大哥!快跟我去清乐茶楼,江大哥找到庙市那只妖怪了。"

她这般急躁,长河却岿然不动:"那些事江蘅自己处理便好,我这边要领周大人去汴河。"

银筝疑惑:"去那儿干吗?"

长河道:"那妖怪的黑烟伤了周夫人的身子,她身体弱,得好好调养。"这话倒是不假,但他暗想,周夫人自卫时反噬他的漫天大火,他在梦里已见过多回,真实得不似梦境。兴许等周夫人病愈，自己还能从她那打探点儿消息。

银筝"哦"了一声："你是想让河边那位柳婆婆替她疗伤？"

长河点头，银筝却依旧不肯放他去："可茶楼那边事情要紧，江大哥说缺了你不行。"

长河无奈，转身跟钱英交代两句，告诉他们如何去找柳婆婆，便被银筝拉着走了。

07

天光破晓，两人趁着晨光疾行。

银筝路上跟长河喋喋不休："周家娘子可真是个人物，你知道吗？京城里大半的妖怪都盯上她了。"

"那她身边岂不危险得很？"长河站住脚，"钱英还跟着他们呢！"

银筝急忙拉住人："你别急啊！大哥你也知道，庙市上那妖怪只是给她点颜色瞧瞧，吓唬吓唬人。我还没跟你说江大哥发现了什么呢。"

长河问："那妖怪在清乐茶楼？"

银筝点头。长河问她："江蘅人在茶楼，方才也不见暗卫过来，你是如何知道的？"

银筝脸上现出一丝红晕："我把合魂鳞给他了，他想寻我时，我自然感应得到。"

那是她心尖上的一片鳞。

长河一惊:"你要靠它吸食天地灵气,那东西如此贵重,怎可轻易与人?"他声音里甚至带了斥责:"你修行多年,为了一个凡人,难道就不想成仙了吗?"

银筝不想受他的训,干脆捂住耳朵,催促道:"快些走吧,江大哥他们该等急了!"

日上扶桑的时候,他们终于到了蔡河边上的清乐茶楼。

汴京城主街,每隔五十步均设望火楼。昨夜周夫人晕倒,江蘅刚把他们护送回周府,就收到望火楼送来的消息,便迅速赶往清乐茶楼。

长河站在门口,还未进去,就感到里头丝丝凉气。帘子被人从里头掀开,长河进门,打眼一看,屋里坐的居然没有一个人,全是妖怪。

哦,满堂妖怪中间倒是坐了一个活人,便是皇城司首领江蘅。银筝几下跃到他身边,留长河一个还在门口呆呆站着。

茶馆里的妖怪看到长河都很惊奇,一个个围上来瞧。

长河倒也任他们瞧,忽然不知谁喊了声:"行了,别端着了,那小子不是人。"

话音才落,茶楼里的妖怪便一个个都现了原形,本来挺宽敞的地方,登时被挤得水泄不通。

一个女人的声音响起:"变回去!把我这儿当成什么了!放你们进来是看在同行的面子上,再撒野,我就把你们扔出去做成肉干!"

声音煞是耳熟,长河定睛一看,原来是茶楼的老板苑娘。

几只妖怪哼哧哼哧几声，老老实实变回人形，不听话的一些被老板娘的绣花鞋砸了脑袋，也乖乖缩回去了。

长河看着这一窟妖怪，不知该作何表情。他招手让银筝那小丫头过来，银筝却先看了江蘅一眼，才慢慢朝长河挪过去。

长河问她："你是不是有事瞒着我？"又看了眼江蘅："把我诓来，想玩什么把戏？"

银筝急忙摆手撇清自己："是江大哥说有急事让我们过来，我真不知道他要干什么。"

长河还要问她，见江蘅起身朝这边走来，说："孟先生，你别为难阿筝了，今日是我有事求你。"

他将一件物事摆在长河面前，是一盏漆黑的煤油灯："昨日在庙市惹事的便是它。"

苑娘见状忙道："它并无害人之心。是我整日念叨汴京城连月不雨，这镜子造出的幻世怕是撑不了多久，故而它才动了念头，吓吓周夫人，想请她出手帮忙。"

长河听她一说，才知道这茶楼里的清凉景象，只是一个幻世。

苑娘见他好奇，便道："早年我得了一面镜子，镜里可映山川百景。"她推开窗户让长河看，本该立于市井的茶楼，楼外却不见车马萧萧，赫然立了一座雪山。

长河伸手探了会儿，外面凉意似能入骨，甚至有雪落在他指尖。他关了窗户，回身问："你们想请周夫人帮什么忙？"

银筝道："孟大哥，你没发现吗？自熙宁六年七月起，汴京城几乎没有下过一场像样的雨了。昨日你在樊楼门口碰到的小妖怪，江大哥说，它们是没办法才去偷人的食物的。"

长河不期此事被人撞见，脸上一红，又听江蘅道："万物生灵，皆吞食风霜雨雪、日月光华以蓄灵气。现在天久不雨，他们的灵气慢慢消散，已经维持不了生存。许多妖怪忌惮天条，轻易不食人。可要再不下雨，万物失序，若有一两个修为高的，顾不及这些开始吃人了怎么办？"

银筝也帮腔："对啊，四里桥巷子里已经有妖怪吃人了。"

原来是这样，长河心道，可他疑惑："周夫人是鸢鸟成的精，以她的修为，怕是不能行云布雨吧？"

苑娘倚着窗牖，道："她不会，可她有法子。而今看来，她是执意不肯帮我们了。"她看了眼长河，意有所指："自去年七月起，汴京城降雨的日子不超十日，别说我们妖怪受不了，人类五谷也不得生存。孟先生你眼见百姓蒙难，心中难道没有恻隐？"

长河预感不祥，他左右看了眼银筝和江蘅，心中好笑："你们找我来，是想让我想些降雨之法？"

身边妖怪齐齐点头。

长河苦笑："若要降雨，便去请雷公电母，我一介凡人，如何帮忙？"

江蘅道："此事找你，定然非你莫属。"

08

长河眉头一紧，待要问个明白，周围桌椅忽然晃了一下。他站定身体，再一抬眼，发现自己不知怎么跑到了四里桥巷子里。

江蘅仍在眼前，跟身边小妖道了声谢，走过来对长河道："这便是半月前妖怪吃人的那条巷子。"

汴京妖物均入了皇城司名册，吃人的是一只野猪妖。只是不知为何，那日之后皇城司四处去寻，均不见它踪影。

江蘅道："此次因周夫人一事，我来到清乐茶楼，意外地知道了那晚发生的全部事情。"他递了一个东西给长河。

长河一瞧，是一块暗卫的腰牌，已经被火烧掉一半。

江蘅道："那日我们赶到时，他的尸首已经被吃了，身上衣服也被灯笼点着，烧了个干净。原以为腰牌也一并烧没了，可没想到原来在它这里。"

他瞥了眼旁边的小妖，长河细看一眼，原来是那盏煤油灯。

长河问："它看到野猪妖吃人了？"江蘅点头。长河又道："可这跟让我求雨有什么关系？"

江蘅道："我跟你说过，汴京城四处找不到野猪妖的踪迹，只因它已经被人收了。我让银筝哄你前来，便是想请你帮我们请这个人。"

江蘅将话说完，长河发现自己又坐回了清乐茶楼中，满堂的妖怪齐刷刷看着他，眼神甚是殷切。

长河被他们看得头皮发麻，问道："你们要我去找谁？"

银筝听这话却睁大了眼睛："大哥你不知道吗？任公子回汴京城了。"

长河恍然一惊，时隔三年，他居然又听到了这个名字。

苑娘道:"我们本来也不想麻烦先生,只是周夫人决意不管这事,左右无法,便只好求先生了。"

长河脑子发蒙,他先问了个要紧的:"那周夫人是什么来历?她认识任公子?"

一个妖怪叫道:"岂止是认识?她那身骨头,就是任公子给换的!"

换骨?长河听了身体一寒:"这是何意?"

苑娘道:"就是剔去仙骨,她可不是一般的鸾鸟,她先前是为任公子导车的。"

有小妖道:"就是,人家之前可是仙呢!清高得很,从来不屑与我们来往。"

原来是剔骨,长河暗想,怪不得她那身子骨,一副病恹恹的模样,灵气都走不畅。长河想了一会儿,问苑娘:"若她都推辞,想必是任公子不好请。我一个凡人又如何能求?"

他想起熙宁四年在会仙楼见过任公子一次,模样都没看清。

"这任公子,究竟是什么人?"

旁边妖怪都咦了一声,有小妖道:"他是昆仑山上下来的天神,你怎会不认识……"

苑娘打断他:"这汴京城里无人不知任公子。先生天生异于常人,能与我们妖怪相交,想必也能得任公子青眼。请先生务必为我们一试!"

长河睫毛颤了颤,态度似有些松动。

苑娘察言观色,忙推了一只小妖上前:"先生还有什么好奇的，阿寿会同你讲。算着时辰，任公子该回来了，烦请先生去趟会仙楼，帮我们求一场雨。"

09

长河这便被人撵出了清乐茶楼。

江蘅也一起出了门，却说另有要事，并不跟长河一道走。银筝站在路中间，左右看了眼两人，还是长河解围，让她跟着江蘅去了。

剩下一只叫阿寿的小妖陪着他。

阿寿原是一株桑树，被雷劈了后成的精。小妖怪成精不久，一出茶楼就对外边的事物各种好奇，晒焦的残花败柳此时都成了景致。

它跟长河一路走到朱雀大街时，早把苑娘交代的事忘了个干净。

街面上热闹，阿寿偷了只塑花点心正瞧着，忽然发现长河不见了。小妖怪急忙追上去："孟先生，你慢些走。"

追上之后，阿寿发觉不对劲了："先生错了，会仙楼不是这个方向。"

长河不理它，自顾自往前走："我也没说是去会仙楼。"

小妖怪一下子急了，却又不敢拦长河，跟在他身边抓耳挠腮。

长河好笑地看他一眼："别急，我有件要紧事，得先办了。"

他说的要紧事，是去汴河边上找周夫人。

阿寿跟着长河穿过几条巷子，抄近路走到汴河边。汴河上的虹桥高大夺目，小妖怪见了又移不开眼。

长河却不往桥上走，撩起衣摆，踩着石阶一步步走到桥下。连月不雨，汴河河床都快露出来了，石阶底下覆着一层螺蛳。

长河走到桥下，轻轻叩了几声，倏地面前出现一扇门，长河人影在门前闪了一下就不见了。

阿寿眨了几下眼，也学长河过去叩门，桥下却再也没有大门出现，倒是长河的声音从里头传来："你先歇着，我这边事情办完了，自然会去会仙楼。"

话都说到这个份儿上了，阿寿左右无法，只得在外面等着。

10

长河进了虹桥，里头倒是别有洞天，宽敞得很。一个鹤发婆婆上前跟他道了万福，长河说声叨扰，问道："周大人来了吗？"

柳婆婆引他往内室走，沿途风帘翠幕，竟像是江南三月。

长河走到一处水榭，见那儿放置了一张床，周谌安守在床边，床上人想必就是周夫人了。

周夫人还在睡着，长河也不走近，遥遥示意周谌安，请他出来说话。

两人走到廊桥尽头，长河想打听任公子的底细，便迂回问道："周大人是怎么同夫人认识的？"

"我初见她，是十六年前的事了。她是为任子期任公子驾车的鸾鸟……"周谌安也不再遮掩，将前尘往事一一说与长河。

他话里头鲜有几句提到任公子，长河没听到想听的有些气馁，到底是不甘心，忽然想到银筝那点小心思，又问："你们人妖殊途，如何能结亲？"

周谌安道："那便是另外一段故事了。"

那年月白之夜，他经人指点只身来到会仙楼。等到月轮西移，恍惚听见铜铃声响，屋檐上出现了一头驴子。

任子期的身影从他后面走过来，开口便问："你想好了？"

仿佛一开始就知道他心中所求。

院子里开着垂丝海棠，周谌安撷了朵在手中把玩。他也不去看任公子，而是问了句无关的话："之后能再遇上她吗？"

任子期答："天意难测。"

周谌安笑了："既然天意难测，哪里又能许我永世富贵呢？"他将海棠簪在耳边："若真有，我也愿用永世富贵换此生与她相守。"

任子期没再多问，许了他的请求。

周谌安说着又看向那头水榭："我当初只知自己用三世荣华换得与她相守，却不知她也为此尝尽了苦头。她为了跟我在一起，求任公子为她剔去仙骨，从而被仙班除名，沦落为妖，自此岁岁受摘胆剜心之苦。"

柳婆婆刚好端了药汤上来，闻言叹了一声："都是痴人啊！"

长河听了却愁肠百结，如此看来，还是早早劝银筝回头的好，她修为本就不高，还能拿什么跟任公子交换？

柳婆婆从长河身边经过，闻了闻，道："你从清乐茶楼来？"

长河点头，柳婆婆笑道："怪不得惹了一身妖气，那帮小鬼没为难你吧？"

长河摇头："他们只求我降雨，不知我一介凡人，怎么就得了他们信任？"

柳婆婆却道："他们是让你去求任公子吧？也是，孟先生求他，他一定会答应的。"

长河疑惑："这是为何？"仿佛所有人都觉得，他同任子期很熟。

柳婆婆的手顿了一下："你是……一点都记不起来了吗？"

长河奇道："婆婆您这话是何意？我应该记得什么？"

柳婆婆道："熙宁四年，那只海妖来汴京作乱，你遇难之际任公子出手相救，此事我们都有耳闻。你跟他素未蒙面，你不觉得奇怪吗？"

长河也想过这事，道："可他是会仙楼的主人，许是见不得那酒楼被毁，顺带救了我。"

柳婆婆笑了："任公子云游四方，行迹莫名，哪里是会仙楼的主人？那只是他在人间一处歇脚的地方罢了。"

她仿佛知道了什么："先生今日来，便是想同周夫人打听任公子的事吧？"

长河点头，柳婆婆道："可惜她还未醒，就算醒了，也帮不了你。这事只能你自己记起来，天机不可泄露，我们妄传消息，被上面知道了，是要受责罚的。"

长河深深点了点头，朝婆婆拱拱手出门去了。

11

长河出了拱桥，看到阿寿不光没走，身边还多了两只小妖怪，江菽和银筝竟然也在。

长河心中好笑，这么一大帮人，看样子是要押他去会仙楼了。

阿寿一见他露面赶忙跳上前，要带他去找任公子。

周夫人未醒，长河没能打听到什么，只猜到任公子跟自己渊源颇深。他心里疙瘩未解，便只顾向前走着，并不理人。

江菽在身后喊："哪儿去啊？我大哥不是跟你说好了，要去见一个什么人？"

一行人追上来，阿寿还在跟他念叨走错路了，旁边的妖怪拉住阿寿："何必这么麻烦！把他扔到恶妖堆里，他快死了，任公子自然会来救人！"

江菽闻言叱道："荒唐！"

那妖怪叫道："江大人觉得荒唐？拿人喂妖怪的事，不是你们干出来的吗？若没有你们皇城司，汴京城里哪有那么多恶妖！"

长河听到这话一惊，顿住脚步。江菽脸上厉色未收，见长河转身又面色讪讪。银筝却是先急了，恶狠狠朝那边道："你知道什么，獐头鼠目的东西！"

长河又是一悚，看着银筝道："你也知道此事？江蘅在拿百姓喂妖？！"

长河此前从未用这副表情跟她说过话，银筝肩膀一抖，气势先弱了几分，替江蘅辩解道："不是这样的，那些人是死囚，江大哥他们是好人……"

长河怒气不减："死囚就可以喂妖吗？"他想到什么又问江菽："半月前，四里桥那三条人命，也是你们投喂的？"

一码归一码，江菽急忙自辩："当然不是。"

那妖怪又喊道："当然不是！这你可冤枉江大人了！江大人菩萨心肠，哪里会拿普通百姓喂妖？只是天牢里也没多少'粮食'可供江大人带出来了，这不是那妖怪一时管不住嘴吗？"

长河心里一沉："江蘅现在在哪儿？"

12

长河让银筝跟江蘅走，江蘅却又刻意支开她，只身来到刑部大狱。狱卒见是他，一言不发将人领去死牢。

死牢在监狱最底一层。江蘅沿路走过去，也不理会旁边喊冤的犯人，直下到最底层，看了里头的囚犯一眼，让狱卒带出去。

两个死囚木然地跟在江蘅身后走着，死牢里空荡荡的，镣铐打在地上，响起悠远的回音。

狱卒将人送到门口，对江蘅道："大人，您也看到了，这是最后两个，再要，咱这儿可真没有了。"

江蘅点点头。两人看了看枯寂的天色，狱卒又担忧道："此事若是让官家知道了……"

江蘅安慰他："皇城司办事，任何人不得过问。此事若真传到官家耳中，我也不会供出你的。"

狱卒感激地看着他，江蘅掏出一锭银子："现在死牢空了，也不用你们看守，拿这钱请兄弟们喝点酒吧。"

狱卒小心接过。"谢大人打赏，"他又看了两个死囚一眼，"大人行事，也请多加小心。"

江蘅将死囚带走，给他们换上干净衣裳，还让樊楼的厨子送了桌酒席来。两个死囚哪里吃过这种珍馐美馔，知道是断头饭也痛快吃了。

他们吃完却没有立马被带去行刑。直到黄昏江蘅才出门，唤了辆太平车，将两名死囚装了，赶在城门关闭前出了城。

江蘅驱车来到城外一处荒冢，大荒之年，棺材被野狗刨出，白骨在月光下泛着磷光。江蘅把死囚赶下车，将他们头上的麻袋拿下、脚镣打开，然后推了出去。

两个囚犯都不知道发生了什么，以为重获自由了，先是往前走几步，见身后江蘅没有动作，便撒开腿跑起来。

江蘅在身后远远看着他们，未几便见两人好似被什么东西牵绊住，挣扎不得，接着又被看不见的东西撕咬，惨叫声回荡在墓地上空，久久不绝。

他等了一会儿，风声都息了，才慢慢从怀里掏出两支蜡烛燃上。

明明无风，烛火却左右摇摆，江蘅眼前出现了一个人影。

女子嘻嘻笑道："江大人真是心善，还知道点长明灯给人家引路呢！"

江蘅不理会她的奚落，起身要走，那女子凑过来攀上他的脖颈："这就着急走？荒郊野岭的，陪陪人家嘛！"

她舔了舔嘴唇，上下看了江蘅一眼："你们人不是有句话，叫饱暖思淫欲嘛。"

江蘅不动声色看她一眼："下回送食物不知要到什么时候了，省点精力吧。"

女子嘻嘻笑着："江大人面皮薄，那妾身便主动一些吧。"说着伸手要剥江蘅的衣服，却见长刀一横，她面上多了道血口子。

女子脸色一变，伸出利爪就要抓他，却见江蘅行动间，脖颈处一样东西露了出来。

女子愣了一下，又掩面笑起来："算了，不逗你了，原来已经有主了。"

她竟也不纠缠，施施然走了。

江蘅的符箓还在手中，见她走远，便慢慢收起来。

他摸着脖子上的东西，那是一枚鳞片。他忽然想起那个穿粉色衫子的少女，答应陪她去逛庙市，不知她等急了没。

江蘅翻身正要上马，却见远处有灯笼朝这里来了。

13

九月的旷野，慢慢起了薄雾，灯笼好似在雾中飘浮一样。江蘅心中一紧，大荒之年，又有妖怪被汴京城吸引来了？

慢慢地，那灯笼近了，有声音朝这边喊："江大哥！"

原来是银筝。

几盏灯笼渐渐靠近，江蘅才知道长河和江菽也跟来了。

江蘅看到长河脸色不甚好，又见江荻拼命跟他使眼色，大约明白了什么，对长河道："你想说什么便直说吧。"

长河看他一眼，却摇摇头："我没什么要说的。"

他还能说什么呢？长河已经看到了，旷野里点着两盏孤烛，几丝残魂围着它们打转，一圈圈团着，似是想把自己团成一个茧。

他朝那边看了许久："江大人就这样任他们去吗？"

江蘅不解何意，以为自己拿活人喂妖，终于要被长河责难了。却见长河朝那边走去，跪了下来，朝西方叩了三叩，又缓缓念了一段往生咒。

长河做完这些又走到他们身边，他忽然理解了江蘅。

汴京城的妖怪都规规矩矩听皇城司差遣，其间必有缘由。自古一物降一物，只要恶妖被皇城司拉拢，下面那些小妖自然轻易不敢生事端。而拉拢恶妖的法子，江蘅他们用的是死囚。恶妖吃人还要顾及天谴，吃死囚却没多少负担。他们命数将尽，吃了也不怕天庭责罚。

长河纵然知道这法子违背人伦，但站在江蘅的角度一想，以凡人之力，若想维持汴京城人妖两界的平衡，就连他自己也想不出什么别的法子了。

还是得下一场雨啊。

长河想，只有下雨了，妖怪们有山川湖沼精气可吸，才不会罔顾天条加害人类。再者，天不下雨，五谷不生，百姓也没办法存活。

他想了想，问江蘅："刚刚那只妖怪，你能帮我再请来吗？"

江蘅一愣，缓缓道："可以。"他走到还在燃着的蜡烛前，念了一道密语。

念完之后，江蘅走回来，将怀里的符箓取出递给长河。

长河却不伸手接，自己走到掀开的棺材堆里等着。

他躺进一口棺材，周围一片死寂，心底反而更为镇定，自幼所见诡谲之事，一件件从眼前闪过，走马灯般转个不停。长河心知自己异于常人，也许真如妖怪们所说，自己与那任公子有什么关系，便决心以身作饵，让自己陷入险境。他钓的并不是那只恶妖，而是任公子。

余下几人在旁边遥遥候着，等了好久都不见声息。银筝有点不耐烦，悄悄拉江蘅的衣袖："那妖怪不会刚刚吃饱喝足走了吧？"

江蘅摇头，明明方才那女妖回应了的，眼下他也不好判断。

"奇怪，"银筝嘟囔一声，"周围好像太安静了。"她说完这句话神色忽然一变。江蘅见她陡然矮下身，重重跪在地上。

江蘅吓了一跳，看她肩膀抖得像筛糠，忙将她揽在怀里安抚。这时江荍问道："大哥，你有没有听到什么声音啊？"

江蘅一定，突然听到了远远传来的铃铛声响。

他跟江荍相觑一眼，彼此心领神会，怪不得女妖不敢现形，原来是任公子到了。

长河在那儿待了许久，始终没听到动静。他从棺材里出来站在荒坟间，站到他膝盖开始打弯的时候，忽然听到了铃铛声响。

长河转身看向那边，雾气里走出来一个人，青袍垂地，手里牵着一头驴子，他看不清人脸，对方越走近容颜越模糊。

长河挪动步子迎上去，还未开口，就听那青袍人道："回去吧，万物各司其职，我并不会降雨。"

长河自是不信："公子本事通天，连仙骨和命数都能帮人更换，如何不会降雨？"

青袍人仍是摇头："行云布雨乃雷公电母和四海龙王之职，我不是雨师，自然不会降雨。"他看了眼长河："待你记起你是何人时，汴京城就会下雨了。"

青袍人说了句讳莫如深的话，便牵着驴子走远了。

长河愣在当地，铃铛声远了，他还在那儿痴痴站着。

江蘅走过来，问道："任公子答应你的请求了吗？"

长河摇头。忽然他福至心灵，想起一件事，抢过江蘅手里的马鞭道："得罪，你的马跑得快，借我一用。"

长河心里急，他仿佛抓住了什么重要的东西。

他回想起此生生平：孟泽，字长河，是江宁府长白街的一个木匠。他自幼六亲缘薄，茕茕孑立。可与之相反，他却能与许多妖怪、精灵相交。小时候他只道这是"病"，如今一连串的事情让他明白，他这不是"病"，而是记忆缺失了。

他这一生都是"果"，他要去找之前的"因"。

14

长河骑着快马一路往虹桥来，他将马拴在虹桥的栏杆上，回身到桥下轻轻叩了门。

他要同周夫人问个明白。

鸾鸟记忆里的那片大火，早就在他的梦中出现过数回，他要问个清楚，那究竟是梦境，还是他本来的记忆。

长河到水榭的时候，周谌安还伏在床边休息。长河轻轻走过去，没有惊动。他绕到床边看着那只鸾鸟，不知想到什么，忽然从怀里掏出一把錾刀，往掌心划了一道。

柳婆婆刚巧进来看到，惊呼了一声。长河朝她轻轻嘘了一下，将滴血的手伸向鸾鸟的喙边。

长河初学木工时，双手不知被刻刀伤过多少次。某一回他的血不慎滴进花盆，盆里枯死的花苗隔天便活了。现在想来不是偶然，他决定赌一把，他的血或许能救鸾鸟。

鸾鸟接触到血的一瞬间，毛羽急促颤了一下。长河看到她体内的灵气在血液的牵引下慢慢流动。周谌安惊醒了，看到自己的夫人渐渐褪去鸟的形态，化为人形。

鸾鸟变回了周夫人，起身下床朝长河深深拜下去。

长河将人扶起，道："我有一事不明，想请夫人解惑。"

周夫人头仍未抬："妾身知道先生想问什么，先生从我这里怕是得不到答案。"

长河一笑："我知道，我只想跟夫人借一双眼，这样不犯天条吧？"

周夫人一愣，轻轻点了点头。她将脸抬起，长河望进她的眼睛里，果不其然又看到了漫天大火。

那是鸾鸟的记忆。它歇在云端，身后是任公子的车驾，云层之下，一棵梧桐在烈烈燃烧。

火光越来越烈，长河眼睛发疼，忽觉身体也在疼，全身似真有火在烧，他疼晕了。

15

长河走在街上，街道清清爽爽，仿佛刚下过一阵雨，叶片还残留着未干的雨渍。

街角一户人家在施粥，长河看着眼熟，仔细一看是周谌安的宅邸。今日腊八节，周府门口排了长长的队，队尾有个穿锦缎的少年，手里也捧了只破碗候着。

他衣着华贵，形容却邋里邋遢。长河认出来了，那少年便是张淮衣，他身量小小的，好似还没长开。

长河见这情景眼熟，忽然想起张淮衣说过，张家出事那年，他流落汴京城，想必说的就是此时了。

长河立在路中间，路上行人来来往往从他身边走过，却无人同他打招呼。长河看到张淮衣幸运地讨得最后一碗粥，他身后的婆婆见粥桶空了，只得悻悻离开。长河远远望着，看到张淮衣追上去，将自己碗里的粥倒给了那位婆婆。

长河叹了一声，直到张淮衣饿着肚子走远，他还一直盯着街面。

身后有人说话："那位婆婆是判官，今日本是来取他命的。"

一碗粥便替他赎了命。

长河知道说话的人是谁，也不回身，继续听那人道："有人因一些善行方才多活些日子，侥幸活着已是不易，却有人生来显贵而不自珍,甘愿拿命格做交易。"

长河知道他说的是张淮衣和周谌安,他心里嫌恶:"显贵、潦倒又有何区别,不都是天帝手中的一枚棋子吗?"

任子期摇头:"棋局是天帝设下的,下棋的却是他们自己。他们的运势,都是被过往的自己安排的。世间之人每一次言行,都关系自己将来的命数。"他看着长河:"你六亲缘薄,也是过往任性的结果。"

长河笑笑:"只罚我形影相吊,那这一千年来,他倒变得仁慈了。"

任子期轻轻吸了口气:"你终于想起来了?"

长河笑意未减,转身看身边的人。那人一袭青衫,面容第一次在他眼中有了轮廓,萧萧肃肃,爽朗清举,一如千年前初见的模样。

知君仙骨无寒暑,千载相逢犹旦暮。

16

长河睁开眼,身边已经没了任公子。他起身四顾,发现自己仍在虹桥下的洞天里。

银筝似在旁边等了许久,见长河醒来便道:"周夫人病愈,周大人已欢喜领她回去了。她说为报救命之恩,让我将这东西转交给你。"

长河伸手去接,见是一根红色丝绦。

银筝问:"这东西是什么啊?"

长河将它拿在手中攥紧,再展开时,那东西露出了原貌,是根藤蔓的模样。

长河道:"缚仙藤。"

他从床上起来,对银筝道:"时候到了,该去降雨了。"

银筝问:"孟大哥,你到底是什么人啊?我听别的妖怪讲,你以前是神仙,还跟任公子是朋友,那你如何变成人了?"

那是一千年前的事了,那时候长河还不叫孟泽。他叫季旬,是云梦泽畔的一株苍梧,后因救了本该被天帝责罚的村民,违反天条被贬谪,一贬就是千年。

长河不愿跟人透露那段过往,任银筝在耳旁叽喳,只是沉默。

银筝兀自说个不休:"任公子说你想起来了,汴京城就会下雨,孟大哥你是雨师吗?"

长河总算是回应了她:"一千年前我都不会降雨,何况现在一介凡躯?"他回头自嘲:"不过任子期倒是说对了,我醒了,汴京城自然就会下雨了。"

银筝不明白,长河却不多解释,出了虹桥,领她往清乐茶楼而去。

长河到清乐茶楼,来跟苑娘借一面镜子。苑娘偷的那镜子,以为映出的只是幻世,却不知,镜里照出的是真正的昆仑之山。

长河借来镜子,却不说作何用,站在街口,仿佛在等什么人。

不一会儿远处铜铃声响,一头青绿色的驴子悠悠从街角走来。长河招手唤它向前,将琉璃镜护好坐上去,再拍拍它的耳朵,驴子便一脚一踏飞上了天。

长河将琉璃镜掷向天空，黑漆漆的夜幕霎时如潮涌般退开。汴京上空忽然出现了一座巍峨雪山，云缠雾绕，好似仙境。

银筝在下面看得新奇，只是这景象虽好看，看着仍不像下雨的样子。她等了一会儿，见长河不知道从怀里掏出了什么，忽然间仙境慢慢变得模糊，仿佛被什么笼住了，雾蒙蒙的，看不清楚。

过了一会儿她才看明白，惊喜地叫起来："孟大哥，你在用缚仙藤抓云吗？！"

银筝开心地大叫："我来帮你！"说着瞬间现了原形，变成巨蛇腾上天空。她飞进昆仑游了一圈，吸了一大口云雾在嘴里，到了镜边将云雾吐出，又害怕它们跑，舒展身形将它们一团团围住。

汴京城里热闹起来。现在是子夜，百姓都在深眠，不知道城里妖怪全出来了，个个施展神通上天抓云。苑娘到底是担心，也化了原形飞到琉璃镜口维持秩序，吆喝那些小妖别往昆仑深处去。

17

九月初九的夜晚，打更的更夫都被皇城司遣散了，夜里滴漏声都轻了许多，百姓悠悠入眠，梦里好似闻到雨水的湿气。

汴京上空的云层越聚越厚，颜色越来越深，忽然，像是终于不堪重负，黑压压全塌了下来，气势如铁马冰河，飞流直下。熙宁七年九月，汴京城，终于酣畅淋漓地下了一场大雨。

钱英还在睡梦里呓舌，突然被这雨声惊醒，欣喜地跑出院子。他抬眼朝夜空望去，不知怎么，仿佛就坚信这场雨是得长河之功。

大雨整整下了一个时辰，钱英一直候着，等雨停后捡根枯枝插进泥地，待拔出来一瞧，土层濡湿的地方已达一尺五寸。他高兴地朝天上喊，也不知喊给谁听："够了！够了！可以耕种了！"

长河忙活了半宿，累得精疲力竭。

任子期走到他身边，摇头叹气："你每次都要违反天条吗？"

长河笑了："这一次你也有份儿。"

任子期拍拍驴子的背："是这畜生自己贪玩偷跑出去的，我最多算监管不力。"

两人相望笑了一阵。

任子期看着风雨洗涤后的汴京："我说过，人的每一次命数，都是过往的自己排下的。你这一生六亲缘薄，便是之前任性妄为的结果。而今你又忤逆天命，不怕下次连知己都无，孤独终老吗？"

"下一次有下一次的活法。"长河转头看任子期，"你不是早知道我会这么干？不然也不会说这场雨只能等我来下。"长河长叹一声："我来人间一番，除了山水，更想看看人情。"

任子期沉默，忽然又笑了。

长河问："你笑什么啊？"

任子期道："笑你，前世为救桑柘村民放火烧了自己，而今，又为汴京百姓下了一场雨。值得吗？"

长河也笑："人间值得。"

第八章

还骨

银笙潜身入水,就与那怪物缠斗起来。怪物刚刚进食,腹中东西还未消化,显然不是银笙的对手,没两下腹部就被银环蛇咬出巨大的血痕。

01

"降帆！快降帆！"

熙宁八年，春分。

汴河上平稳行着一艘双桅商船。

一道惊雷劈过，霎时间天色突变，风雨晦暝。船老大心焦，催促疾行。刚叫人把风帆给拉上，前方崖壁上忽然出现一块巨石，斜飞凸起，将河面掩了一半。

"邪门了，"船老大一边唤人将刚支起的风帆拉下，一边嘀咕，"京城往宋州这条水路咱也行了百八十回，哪见过这么个地段？"

他顾不得埋怨，眼下情况紧迫，二月里不知哪来的暴雨，砸在眼帘上叫人什么都看不清。蓑衣箬笠在这雨里都管不了用，船老大索性都甩掉，吆喝船工降帆之后，自己又勉力走到轮机旁，要将那桅杆摇下。

桅杆是汴京城里有名的孟木匠造的。他熟悉机巧，故而船中这种紧要的部件，往往要请他帮忙。

那巨岩越来越近了，船老大跑到轮机下好不容易摸着机栝，在风雨的肆虐中奋力摇下桅杆。几十名船工合力开船，终于在逼近巨岩前堪堪将船偏了过去。

满船人仿佛重获新生，舵手卸了力气，刚要喘一口气，岂料祸不单行，大船偏过去的前方，不知怎么突然出现个丈宽的漩涡，船上人登时傻了眼，似乎不敢相信自己的眼睛。

还是船老大一声喝，叫众人奋力划船。此时兵疲将乏，显然已来不及，几丈高的大船就这样被卷进了漩涡里。

陷入绝境前，有船工回头看了一眼，风雨将息，两岸仍是看惯的风景，那座夹岸高山般的巨岩已不见踪迹。

02

周谌安周大人近日来忙得脱不开身。历年三月，圣上照例要驾幸金明池检阅水军，他身为宣徽使，自是要安排典礼等诸多事宜。

今日圣驾便临，除水军演习外，金明池还会举行争标盛会。因这皇家园囿自三月初三起会对百姓开放整整一月，贩夫走卒往来不禁。故而，赴此看戏的、垂钓的、游冶的，络绎不绝。周谌安上下打理，事必躬亲，丝毫未敢懈怠。

金明池水由金水河引入，周谌安遥遥看到一位大人正在河道前检审，走近才认出是工部尚书刘衍。

周谌安过去给人行礼："这等小事，何劳尚书大人亲自督办？"

刘衍回礼道："上月汴河决口损了一艘商船，李侍郎前去查探未归。今日盛会，官家亲临，我怕这河道出什么纰漏，便亲自盯着。"

周谌安拱手："大人辛苦。"

说话间有小吏来报圣驾近了，两人忙整肃衣冠前去迎驾。

金明池争标盛会一年一次，热闹自是空前。园中处处软软浓浓，桃香浪暖，一派春色。

池边有一方台，旋以彩幄，是为圣上歇车驾之所。

皇帝走出黄龙伞盖，举目同看春光。池中五殿相互搭连，廊桥下各有商贩吆喝，还有媛女同游，一番太平景象。

殿旁停了一艘大龙舟，头尾鳞鬣，极尽雕工。

皇帝眉头轻轻蹙起，问左右："不过检验水军，这么大费周章做什么？"

这位陛下自登基以来，不造宫室，不好游乐。他这边颜色不悦，底下百官没一个敢言语。

还是周谌安出了头："回官家，此龙舟是库房里的，是英庙乘过的一艘。底下官员有心，重新粉饰了一番，并未大兴土木，还请官家息怒。"

好在皇帝倒未真的动怒，自熙宁五年熙河开边至今，西北丝绸之路重新打通，他这厢心情甚好，便未于此事上纠缠。

皇帝走过仙桥，走到那五殿处，细细看了眼前龙舟一眼，又回身觑了眼周谌安，并不说话，径自登了龙舟。

03

官家这厢坐定，就有禁军都虞候指挥百戏开始了。

一会儿池中划来小船，船上装饰戏台等物，中有小人吹拉弹唱，是谓"水傀儡"之戏。一会儿又来一小船，船身支起秋千，一人踩上高高荡起，又从至高处蹿入水中，是谓"水秋千"之戏。

林林总总，百戏表演完毕，皇帝差宫人一一去封了赏。

水师演练照例是些旧俗，皇帝看了几眼，他志在北方，对此不甚上心。倒是王相陪在身边，看得津津有味。

皇帝问道："卿是想到故乡了？"

王相道："回官家，臣刚自江宁归返，哪有什么可想？"

熙宁七年四月，王相辞去相位，直至今年二月才重返朝堂。

这其中自有朝堂之人争论不休，皇帝应了辞呈让他避避风头的意思，可内里一层，是觉得愧对这位相爷的。关于新法的争端，他一肩替自己扛了。

皇帝有些后悔提此话头，他身子仍坐得端正，却偷偷看了亦师亦友的相爷一眼。可其人老神在在，全然未觉身边帝王的羞恼，连给个台阶都不会。

幸而此时，台阶来了。

近侍报宣徽使周大人求见。

周谌安一进来就跪下了，皇帝轻哼一声："卿这是知罪了？"

周谌安道："微臣欺瞒陛下，自知有罪，请陛下责罚。"

他前面帮人解难，说这龙舟只是旧物翻新。可眼前这窗棂上的铆钉都是簇新的，哪里是什么翻新重修之物？

皇帝也不让他平身："罢了，此事错不在你，自去开封府领罚二十斤铜钱吧。"

周谌安应了，刚要退去，皇帝又喊住人，让近侍敲了窗牖上几颗钉子，交给周谌安："卿将此物交与刘衍，就说是朕的赏赐。"

周谌安双手接过钉子，不敢抬头看皇帝，恭谨地退了出去。

王相在一边看出了门道，刘衍身为工部尚书，造这龙舟自然是他的批示。陛下对他并未责怪，只一番警醒，这是何意？

皇帝看出王相心头所想，道："刘衍家近两年颇为不顺，他孩子得了恶疾，许久不见好，近来又听朝臣议论，说他家高堂也染了病。刘衍早年立过大功，便让他在此中捞点油水也好。赐他钉子，是为了告诉他，下不为例。"

王相未与刘衍打过交道，自然不知其中隐情，听罢只是点头。

04

水师演练皇帝看得不甚上心，忽然想起演"水傀儡"的那只小船，船上机巧做得倒是灵活异常。他轻轻笑了一下，问王相："卿还记得孟泽孟长河吗？演'傀儡戏'的那只小船，怕不是有他一份功呢！"

"船上机巧，想来也可用作别处。"王相问皇帝，"早年王韶征河湟时用的神臂弓，莫不就是此人所造？"

皇帝笑了："凡事瞒不过相爷。"思及此，他吩咐左右道："去西河驿把孟先生请来。"

不消片刻，就有人领着孟长河进来了。

原来今日金明池争标，长河恰也同银筝一起来此处看热闹，暗卫找到他可谓毫不费力。

长河隔着帘幕，对官家叩了首。皇帝让他免礼，赐了他席位。长河猜不透帝王心思，便专心坐在一旁，看这一年一度争标盛会。

只见一军士将手里红旗一挥，池上小船迅速分作两队，排成圆阵。红旗再一招,两队小船霎时便朝对方冲了过去。这时另有小船过来,行至池中心。船上只有一卒,船中心竖着一竿。

长河见那小卒麻利地爬上竹竿,将一件物事挂了上去。他刺溜从杆子上滑下,脚一落地,仿佛是一种信号,旁边十几艘船争相朝那小船划去。池上你追我赶,最后一个靛色衣裳的人最先爬上小船,一下子蹿到竿头夺了标。

争标一事不分贵贱,百姓差役均可参加,看此人打扮应该是哪户人家的家奴。

皇帝观毕龙颜大悦,赞其矫捷,让内侍赐了金银,一番赏赐完毕,又宣孟长河上前,问他要何封赏。

长河自熙宁五年应诏入内,帮军器监改造神臂弓。此弓本由归降赵家的西夏羌族首领所献,可惜锐力不足,经长河之手改造,大大助力了熙河开边。

彼时官家重赏,已被长河辞了去。此刻皇帝旧事重提,长河权衡片刻,问道:"官家可否将争标之物赐予我?"

历来争标的物件,没有另赐他人的先例。皇帝笑道:"这便难为朕了,不过却也好办,朕差人去问周大人这争的是何物,回头寻个一模一样的赐你。"

长河一叹,他自是知道争的是何物,今日本也就为此而来,那东西虽不贵重,普天之下却难寻第二件。

他面色不显,仍是恭谨道:"谢陛下赏赐。"

长河没讨得争标之物,多少有些不豫。

上月中旬,他的好友工部侍郎李秋潭,因汴河决口一事前往宋州查探，前几日突然回京，连沾了泥水的衣裳都来不及换就来找他，说那河患异常，过往商船饱受侵扰。受惊落水不提，遇上风雨大时，更是樯倾楫摧，满船人不得活命。

长河听他说得严重，次日一早便也打马去往宋州，结果发现一髫发小童，坐在浪中心一直哭闹。

奇怪的是李秋潭一行人好似看不到小童，长河见他仍是指挥吏卒筑堤，便找个僻静处，唤那小童出来说话。

小童不听长河言，兀自哭哭啼啼闹个不停，河上风浪越来越大，李秋潭刚修好的河堤又被冲塌一角。

长河面色一冷，扶住岸边虬根念了声诀，那小童便被突然游弋过来的虬根掩住了嘴，接着被拽到长河身边。

长河等了一会儿，见小童情绪稍稍平复，才开口问话："你是何物？为何要在汴河掀起风浪？"

小童止住了哭声，小声抽噎："我……我珠子掉了，怕娘亲责骂，不敢回家……"说着嘴巴一扁又要哭。

长河只好哄他："那珠子如何模样？是在何处遗失的？"

小童道："就掉在此处，我还来不及拾，就被打鱼的捞走了。我这几日待在河底听他们说话，那珠子被他们送去京城，献给应奉局了。再过几日就是金明池争标的日子，那宣徽使周大人好死不死，单从应奉局挑了这颗珠子出去。"

长河听了好笑："这位周大人珍奇古玩见得不少，也难为你那珠子能入得他眼。"

05

长河今日到金明池,自然就是为那珠子而来。官家宣见时,他还以为能借此取得珠子,不想却出师不利。长河想只能另寻出路,打听打听夺标的是哪位大人的家仆,届时从他手中买了便是。

长河退出龙舟时恰巧碰到周谌安,见他同一位绛衣官员说话。长河细看,那人不知为何,神情沮丧,看着甚是颓靡。

忽然他腕上一凉,一条银环蛇蜿蜒而上爬到他颈边。

银筝小声道:"我就知道你好奇,此人是工部尚书,刚被官家训诫过了。"

长河却摇头,他额上愁云惨淡,周身附有郁气,源头并不在此处,而应该在他自己家里。

长河细思,李秋潭身为工部侍郎,正在汴河治水,而他的顶头上司工部尚书家里却好像招了东西?难不成也是河里那小童干的?

他问银筝:"你江大哥现在何处?"

银筝道:"大哥找他干吗?"

长河道:"你告诉他,说我因一点私事想去刘大人府上看看,央他帮我造个名目。"

江蘅果真替他造了个名目,要长河扮作皇城司的人,说是官家派人来问龙舟细节的。

本来官家赐那几颗钉子就是吓唬吓唬刘衍,江蘅再吓他一下也没什么。没承想,长河这边没吓着刘衍,自身反而先被刘衍吓了一遭。他前脚刚进刘府花厅,后脚就见丫鬟端着一样东西,急匆匆从厅前经过。长河余光瞥见那物件像是一颗珠子,心中一紧,脚下便追着那丫鬟而去。

长河原本只想弄清楚这东西是不是小童遗失之物,不料追到头,进了一间院子。他见那丫鬟孤身一人候在屋外,心道迟了一步,那珠子大约已作他用了。

丫鬟看到他,惊呼一声:"你是何人?"她面有忧色:"此处可不是你该来的地方!"

外面的喧哗声惊动了里面的人,刘衍出来刚要作态,见长河身上的服色,硬生生收住了声:"皇城司突然造访,不知所为何事?"

长河心知刘衍惧他这身衣服,索性撇开礼法,径自进了内室。果然不出他所料,床边托盘还在,而那颗珠子,大约已被喂给床上人吃了。

刘衍急急从身后跟来,身体拦在床边。他忍气不发,长河也不惯为难人。事已至此,他稳住心神,记起自己的"身份",问了刘衍几句龙舟的事。

长河问着话,眼光却有意无意飘向床上的孩子。刘衍也自是听着,有一答一,看不出情绪。

长河最后看了眼床上人,不再拐弯抹角,认真给刘衍推荐了几个郎中,却不料都被尚书大人婉拒了。

长河此时更奇怪了,他几乎可以断定,刘衍知道这孩子不是生病,否则也不会将来历不明的珠子喂给他吃。那珠子只是小童内丹,常人吃了别说治病,连治个风寒都不能。

刘衍此番行径,便不得不叫人疑心了。

06

长河一出刘府,就跟江蘅打听今日夺标的是谁。

江蘅道:"看他身上衣着,是御史中丞范殷的家仆。"

长河将刘衍府上的事告诉他:"刘大人跟范大人可有私交?不知那珠子如何到了他手里。"

江蘅摇头:"他们一个是尚书,一个是台官,万不可有私交。许是那家仆私将珠子鬻出,刘衍差人买了。"

江蘅让长河先不急,看刘衍接下来有什么动作再说。

长河别了江蘅,想起方才在刘府没想明白的事。那珠子只是河中小童的内丹,刘衍究竟得谁指点,将它当了救命的药?

他因此留了个心眼,在刘衍敬他茶他放下杯盏时,让袖中银筝溜了出去。

银筝在桌沿上滑弋了一下,飞快地闪进桌下不见了。

待屋里人声都静了,她才从帘钩下探出头来,悄悄溜到床边看那孩子。岂料床上人气息全无,已然是个死人。

银筝吓了一跳,刘家阖府上下为一个死人操劳?

她摸不透原因,只先记得长河嘱托,化成人形伏在床边,静静看了孩子半晌,待确定他真的是具尸体后,心里轻松大半:"我还想怎样让你把东西吐出来,如此一来,便好办多了。"

她狡黠地一笑,从旁边针线筐里找出把剪刀,伸手就要割孩子的肚皮。忽然腕上被什么东西勒了一下,剪刀打个弯儿,只裁下一角布料。

长河的声音传来："你干什么？"

银筝这才发现自己腕上不知何时被系上了金线，这是长河留的与她联络之物。她白了一眼："大哥，人都死了。"

长河在那头喷了一声，似在辨她话里的真伪，又吩咐道："你先把人盗出来。"

银筝吓了一跳："盗个珠子还行，这么大个人，太招耳目了。"

长河站在槐荫里想了一会儿，说："刘府后院不是有个池子？你把人放在池子里。他腹内的珠子，自会有人去取。"

银筝似是答应了，长河等了一会儿，丝线那端没有什么异常。他走到塘边，掬了捧水在手里，水中出现了张孩童的脸。

长河道："工部尚书刘衍后院的莲花池，你要的珠子就在那儿，自去取吧。"

掌中小童欢呼了一声，长河手中一颤，小童已消失不见，大约奔着刘府去了。

长河起身没走两步，忽觉指尖丝线攒动。他很惊讶，难道银筝行动不顺，被人撞见，与人发生争斗了？

长河唤了两声，见银筝没有答复，只得回身又往刘府走。

银筝悄悄把孩子移出放入莲花池。池里蓄了锦鲤，一直围着孩子打转。她索性跳入池中，现出原形，锦鲤立马四散逃开了。

她守着孩子等长河吩咐，等了一会儿不见动静。倒是这孩子，仍是一点生机都没有，除了肤色如常，整个人就如同死了一般。

银筝心里嘀咕："就这么个死人，大哥还让我处处小心……"

她这边还未抱怨完，忽然水中划过来一丝暗流。银筝咦了一声，是大哥找的人到了？

不料下一刻她就被惊得飞起，不大的莲池中突然出现了只巨大的怪物，似羊无角，身子长得像只皮口袋。那孩子的躯体连着珠子，就这么被怪物给吞了。

银筝吓得大叫，又惊又怒。她分明记得长河吩咐，万不可伤了那孩子。可而今，那孩子就在她眼前被怪物给吞了！

银筝潜身入水，就与那怪物缠斗起来。怪物刚刚进食，腹中东西还未消化，显然不是银筝的对手，没两下腹部就被银环蛇咬出巨大的血痕。

银筝龇着獠牙还要朝它扑去，却听那怪物发出人声："孟大哥，救我！"

银筝一怔，不想被那怪物觑得空儿，一下子潜入水里溜走了。

外面喧闹声起，似乎很多人朝这边来了。忽然院门大开，来的自然不是长河，刘衍带着一众家丁看到眼前的景象，惊呼一声，一下子瘫在地上。

地上除了残荷败柳不说，还有刘家小公子的衣裳和怪物没吃完的半条胳膊。

07

长河察觉到银筝那边出了变故，即刻往刘府赶，半路却被人拦住了。拦下他的是皇城司暗卫，对长河说："银筝小姐卷入人命案，已经被开封府带走了。江大人叫我请你去一趟会仙楼。"

银筝被开封府带走？

长河先是一惊，细想便明白了，刘府里不知出了什么纷争，银筝大概被他们抓了现形。她虽是蛇妖，能变化逃走，可总不能在众目睽睽之下暴露身份啊。

长河到了会仙楼，就见江蓉一个人在里头颠着杯子。看见他进来，江蓉忙将门掩上，劈头便问："你让银筝干什么去了，怎么把人整到开封府了？"

长河一句话说不清，况且此时连他自己也没弄清楚状况。

忽然楼梯口有脚步声响，未几江蘅推门进来，行色匆匆，额上发丝都乱了几缕。

江蓉见状赶紧端了杯茶奉上，江蘅却不接，问长河："我从开封府来，那边说刘大人家的小公子死了，死状凄惨，只剩下一条胳膊，现场只有阿筝一人。现在刘府上下都说银筝是妖怪，说她吃了人，陈审那边没有证据，暂时不会定罪，只把阿筝收监了。孟先生，你可知这是怎么一回事？"

长河听完心头一惊，他知银筝那边出了事，却不知竟酿成如此惨剧。他眸色一冷，拿过江蓉手中的茶，往眼前桌几泼了上去。

等了一会儿，桌面如常。

江蓉刚要开口询问，却见长河屈起手指在桌上轻轻叩了一下，桌上仍然未现什么光景。长河有点不耐烦，低声斥道："出来！"

一声小儿啼哭声响起，桌面上现出个孩童模样。他仍是抽抽噎噎，跟长河抱怨："孟大哥，你看，那小蛇妖把我脸都抓破了！"

长河脸色冷着："你是不是吃人了？"

小童还在哭:"我哪有吃人?孟大哥让我去取珠子,我刚把珠子吞下去,那蛇妖就像疯了一样跟我打架!我内丹还未消化,哪有力气跟她打……"

长河截住他的话:"你真只吃了那珠子?"小童怔了一下,长河追问:"那珠子在刘家小公子身体里,我交代银筝万万不可伤他,那你是如何取出珠子的?"

小童嘴巴张大了:"我……我就是……"

江菽将腰间佩刀插上桌子:"你就直接把人吃了,对不对?!

小童又吓得哇哇直哭:"孟大哥,我没有吃人!那具躯壳早死了,怎么能是人呢?我若施法术取那珠子,少不得又要动用真气。"他身子左右摇摆了下,哭道:"我都虚成这样子了……"

长河不理会他哭闹:"可那也是人,你怎么可以不由分说就吃了?"

小童还哭:"没有灵魂的东西,就要回归土地,自然不能称作人了。在我们家乡,就连豢养的龙死了,躯体也是要被大家分食的。"

他这言辞骇得江菽说不出话,他指着桌子问长河:"这,这是个什么玩意儿?"

长河也是刚刚才知道:"豢龙人。"

08

长河还要板着脸训"人",江蘅忙上前问那小童:"你是说,在你吃之前,刘家小公子就已经是具尸体了?"

小童想了一会儿点头:"按照你们的习惯,是叫尸体没错。"他又朝长河哭道:"孟大哥,我什么都没有做啊!"

长河把小童从桌上那摊水中揪出来,小童在他手中晃着,风筝似的打摆。长河认真问他:"月前汴河发生水患,你说是你失了珠子,河里的水不听话,都蒸腾开了,才酿成大祸。而今得了珠子,你仍留在汴京不走,难道就为等我训话?"

小童耷拉着脑袋不说话,长河眸色冷了几分:"你先前那番话全是唬我的,汴河的水患,你根本就没有法子治,是不是?"

小童急忙点了点头,又赶紧道:"我的珠子丢了,想让你帮忙,可是阿娘说,你们人讲究礼尚往来,我怕我不答应治河患,你就不帮我找珠子了……"

江蓠道:"那你阿娘没告诉你,说谎的孩子,要被扔去山上喂狐狸吗?"

小童在水里长大,不知道狐狸是什么,瑟缩了一下。

江蘅问道:"你确定那刘家小公子已经死去多时了?"

小童点头。

江蓠嗤了一声:"多时是几时?晌午时候,你不是说刘衍刚给他儿子喂珠子吗?"他摸摸下巴:"给一个死人喂珠子?"

江蘅想了一会儿,问长河:"孟先生先前说刘府有邪气?刘衍自为京官,皇城司从未探得他家中有何异事。倒是三年前王将军西征河湟,彼时刘衍还只是一名漕运官。"

江蓠听他一说记起来了:"那会儿暗卫来报,刘衍运粮出京,把他家小儿子也带上了。那小子性情顽劣,没人管教得住,放在家中刘衍不放心。"

江蘅点头:"刘衍自边疆回来后,他家小公子就闭门不出,再没露脸了。"

长河道:"难道刘家小公子三年前就死了?"

江蘅似是默认:"中原人用朱砂就水服下,能保尸身不朽。他们西北之地,指不定有更好的法子。"他神色展开几分,吩咐江蒧:"刘衍当年运粮往河湟,其间到底出了何事,你去查探仔细,我现在去开封府接人。"

江蒧"啊"了一声:"陈审那个老顽固,怕是轻易不肯放人吧?"

江蘅道:"我自有办法。"说罢便拂衣下楼了。

江蒧看着他的背影啧啧两声:"才关了两个时辰,这就心疼了?"他问长河:"你说我哥打算怎么捞人?"

长河道:"江大人来此,只想确认刘公子是否系银筝误杀。既然这小童都确认他早就是具尸体了,那接下来江大人只消说银筝是在为皇城司办事,上前探听刘府古怪就行了。"

江蒧咧咧嘴:"怎么连你都看明白了,果然我脑子不好使吗?"

长河笑了:"大人还是先去查查刘衍吧,其间隐情越多,对银筝就越有利。"

江蒧临去又指指长河手里的小童。

长河心领神会:"我还有些事要问他,等问妥了便遣他走,不会让他留在汴京的。"

江蒧这才放心,出门牵马往皇城去了。

09

江菽进了宣德门，没有去枢密院，反而往中书省找相爷。

调兵遣将本是枢密院之职，江菽要查刘衍三年前的外派记录，理应先去枢密院。可他心里清楚，枢密使高大人只握了个虚衔，自熙宁五年始的熙河开边，全是圣上和王相的谋划，那些调兵遣将的文件全是中书省下达的，高大人那边只走个过场。

江菽到了中书省，相爷不在，他亮出身份，两个小吏领他去了诏书阁。三人翻检半天，终于找到熙宁五年的全部诏书。

数量不少，江菽要拓一份回去慢慢看，被小吏拦住了："大人，要看您得在这儿看完。纵然您是皇城司的人，这诏书没圣上手谕，也是不得外借的。"

江菽只好乖乖坐下，伴着滴漏声，将那一摞诏书看完。

边疆也有皇城司暗卫，时不时有消息传回，故而诏书内容江菽理解起来不难，他看完一遍，便将当年的事情摸清楚了。

熙宁五年，刘衍负责运粮前往河湟地区，行到秦州突遭大雨，桥梁毁坏，眼看要延误战机。亏得刘衍天生机敏，找农人买了百十匹山羊，剥了羊皮制成筏子，又将羊皮筏子连成浮桥，终于将粮草成功送往对岸。

此次战役大捷，刘衍回程时还在秦州休整了一月。浮桥经年易坏，撑不了多久，刘衍便派手下吏卒重修了石桥。

回京复命时间虽整整迟了一月，官家闻言却高兴得很，称刘衍为人沉稳，遇事不乱，有大将之风。恰好彼时工部尚书犯事流放，官家就让他补了缺。

江蓠放下诏书想了想，从这些来看，刘衍倒真是个人才。而他当年的行为，也未见异常。除了在秦州停留一个月。他儿子出事，是否就是那一个月之间的事呢？

江蓠想不通，索性不想了，理好思路就出了门，等大哥一起商量。

他踱出中书省，打算再去一趟吏部，查查刘衍早年的履历，出门才发现在诏书阁耽搁太久，天色已经黑了。

吏部那帮老头子，不会早放衙了吧？

江蓠想着，决定还是去吏部衙门碰碰运气，没想到过去了发现里头灯火通明，吏部侍郎正在跟江蘅说着什么。

江蓠啧了一声，心说怎么大哥也来这儿了？然后他看到银筝也在呢。银筝手上镣铐未除，旁边杵着开封府的推官。

江蓠看着那推官笑，看来就算是皇城司首领，在开封府尹陈审那也没讨到十分的特权啊。

江蘅跟吏部讨要了刘衍的履历。他这边签字画押，领了拓本之后，推官唰唰写上，某月某日某时，皇城司江蘅赴吏部所干何事，云云。

江蓠心里好笑，朝他大哥看一眼，江蘅轻轻摇头，意思是甩不掉。

10

几人领完东西出了宣德门，那位推官还在后头跟着，江蓠凑过去找话："小兄弟怎么称呼？"

推官答："魏明非。"

"明辨是非，好名字！可惜，姓氏不好，姓'未'。"

推官不理他取笑，江菽拍拍他肩膀："我说小兄弟，天都黑了，你不回去跟府尹大人报告啊？"

魏明非一本正经："此事不牢大人费心，卑职职责所在，自有分寸。"

好个"自有分寸"，江菽又道："可我们习武之人脚程快，走得急了，怕你跟不上。"

魏明非奇怪："大人回去不用骑马吗？"

江菽噎了一下，刚想说我这马跑得也快，魏明非又道："何况这姑娘还戴着镣铐，我再怎么慢，总不至于被姑娘给比下去吧？"

江菽词穷，没好气地道："那你便跟着，别跟丢了。"

魏明非恭谨地道："不劳大人费心。"

江菽骑上马，小心跟他大哥打眼风："陈审从哪里找来这么个人？比他自己还执拗，听不懂人话。"

江蘅的面色倒是如常："他外甥，熙宁六年进士，在开封府当推官。"

江菽啧了一声："说是推官，他这事事依仗纸笔的架势，我还以为是录事参军呢。"

他们回到会仙楼，将所获的情报对比一番，收效甚微。唯一可疑的点，就是刘衍在秦州停留一个月所做的事。

不过那点也不算异常，真正异常的，大概就只有刘衍那个早已是"尸体"的儿子。

可这样一来,开封府会不会相信那人是尸体另说,就算信了,此等诡谲之事,也不好叫开封府知道得那么详细。

11

江菽看了眼身边的推官,偷偷跟江蘅挤眼。

江蘅看到又好似没看到,转身问银筝:"白天在刘府,除了他那个已死的儿子,你可还看到别的东西?"

江菽使劲眨眼,提醒他这儿还有外人呢!

银筝道:"回大人,奴家在刘府偏院还看到了一颗珠子。"

江蘅问:"什么珠子?"

银筝道:"奴家听大人吩咐暗访刘府行迹,不料看到御史中丞范大人差人偷偷送给刘大人一颗珠子。他行迹颇为可疑,我想将珠子取出来,作为两人勾结的证据,不想珠子被刘大人的孩子吃了。"

江菽听这两人一唱一和的,心里逐渐通透,明白这话都是说给魏明非听的。

却听那推官道:"大人,卑职有一事不明。大人既已认定,这位姑娘去之前刘大人的孩子就死了,死人不会吞咽,如何能吃下珠子?"

江蘅道:"这便是我一开始同陈大人说的,银筝出现在刘府的原因。刘府处处诡谲,皇城司方才格外上心。至于后面,我想你们更需尽心查查这两家的往来。开封府典治京师,台官跟工部大臣勾结一事，可比死人吞珠子重要得多吧？"

他又看了魏明非一眼："银筝是否真杀了人，皇城司事后自会去开封府亲自给一个解释。孰轻孰重，还请自度。"

魏明非闻言，终于放下手中纸笔："那卑职先行告退，回去禀报府尹大人了。"

江蘅点点头，也不送客，让人去了。

江菽舒了口气："可算是撵走了。"他问大哥："怎么在吏部时不用这一招，还让他跟来会仙楼？"

江蘅道："他上任未久，总得让他捞点实际的东西，让他跟半天，也说明我们问心无愧。"他又问江菽："孟先生呢？"

江菽摇头："好像是送那个小精怪回家了。"

12

长河站在汴河岸上，脚下是汹涌的河水。昨夜又下了雨，不远处李秋潭的人还在竭力抢修河道。

此河去汴京百余里，长河骑马紧走慢赶也花了两天时间才到。

河患至今未平，长河前日威逼利诱，才终于哄得那小童道出了实情。他是豢龙族没错，可这滔天的波浪，凭他是决计搅不出来的。

小童老老实实跟长河交代："三年前，母亲第一次教我豢龙，那龙性情初时还好，有一天突然狂怒。我技艺不精，听不懂它说什么，就那么让它跑了。我也不敢回家，来往大川找了它三年，上月好容易在这河里碰到它了，它仍不听我话，还要跟我打架，我哪里打得过它?连那珠子都在打斗中掉了。"

长河看着河水出神,这时李秋潭满身泥污走了过来,道:"看来得扩宽河道了。"说完自己先叹口气:"上游百余户人家,若扩宽河道,定要举家迁徙。且不说百姓那里不好协商,官家素来爱惜民力,如此大费周章的事,料他也不会同意。"

长河拍拍他肩膀,安慰道:"你也劳累了多日,先歇着。此次河患,我大约知道是因何而起,只是个中缘由还不太分明。好在浪潮将息,下一次河讯前我尽量找出原因。"

李秋潭没了力气,只朝他点头。

长河问他:"李兄在工部任职多年,三年来河患频发的地点,李兄数得出吗?"

李秋潭问:"三年来?"他细细想了一下:"听你这么问,我才觉得奇怪。历来南方水患多于北方,近几年却不知为何,水患严重的都是汴河、渭水、洛水,尽是黄河水系。"

长河了然,跟李秋潭作别。

长河回到汴京城,先是回家换了身衣服。银筝在房梁上盘着,见长河回来也不应声。

长河梳洗完毕唤她下来,小蛇仍是盘着,不见动静。长河开她玩笑:"外头已是三月,雪都融了,你冬眠还未醒吗?"

小蛇化成人形,变作少女模样坐在桌边,朝他哼了一声。

长河幡然醒悟,小丫头还在为几天前小童的事生气呢。

长河见哄她不好,便软了语气跟她商量:"我有件事要托江蘅帮忙,你跟他要好,可否帮我跑一趟?"

银笋霎时红了脸颊:"谁跟他要好?"她仍气呼呼地看长河一眼:"说吧,何事?"

长河心里一笑,说:"黄河的水系图,你帮我问问,皇城司可有法子弄到?"

银笋道:"你见面同他要吧,江大哥寻你好几天了,说你一回来就让我带你去会仙楼。"

13

长河到会仙楼后说明来意,江蘅想了想,让人找出一份印刷本交给他,道:"这图册是沈括沈大人早年任集贤校理时,根据各州呈的州县图以及旧籍史料,重新勘察整理后画出来的。"

长河接过,见上头不光绘有水系流向,连山岳宽广几何都标得仔细,不禁叹道:"沈大人真是有心。"

江蘅道:"他对数术、天文也有研究,孟先生有兴趣,回头我给你引见。"

两人聊了几句,开始切入正题。长河道:"我这边探听到,水患由一只失控的老龙引起,时间大约是三年前。我听豢龙小童说了些情况,又从工部李侍郎那里打听了三年来水患严重的河段,推测这条龙可能沿着水系一直南下兴风作浪。具体原因未明,但要查,总得从三年前查起。"

江蘅听了,手指点着舆图往北,在一个地方停下:"刘衍孩子出事也是三年前,彼时他在秦州停留一个月,那地方恰好也发生水患。而如今的御史中丞范殷，早年曾任秦州知州，我们怀疑他跟这件事有直接关系。"

长河疑惑："这是为何？"

江蘅道："算是一个意外收获，那小童的珠子，本是范大人的家仆争得的，结果出现在刘府。我彼时跟你说，刘衍若真想要，拿真金白银买的也不无可能，没有细究。直到银筝被抓，我将此事曲告给开封府，说他二人勾结。毕竟陈审执法严明，不会因我一句话就给两人定罪。我提此事，不过是想甩掉他派的人。万没想到，开封府真发现了这两人之间的猫腻。"

昨日开封府的人来过，跟他们询问范殷任秦州知州时的消息。江菽便问原因。魏明非起初不肯如实说，只说开封府查案，不好对外人明言。

江菽心底有数，猜到大约是跟刘衍有关，心道这人好不仗义，又催问他，他还是不言。江菽便耍起了无赖："怎么说我们在边疆州县安插暗卫，也费了诸多工夫。现在为了开封府不知大小的事，就发密函探问消息，万一途中被人截下，我们的人暴露了可怎么办？再怎样，也该让我们死个明白吧？"

他故意将事态说得严重，魏明非也知此人是在耍赖，有些犹豫，江菽又添了把火："大家都是为官家办事，闹成这个样子也不好看，是吧？"

魏明非便只好将他们查到的消息跟皇城司分享了："御史中丞范殷，近年来一直在敲诈刘衍……"

长河疑惑："敲诈怎么还会给他珠子？"

江荍摆摆手:"听我说完。熙宁五年,刘衍在秦州治理河患,停留了一个月。我们整理了开封府查到的信息跟暗卫回传的密函,大约厘清了当年事情的经过。"

14

熙宁五年八月,秦州发生水患,刘衍着手治河的那天是上庚日。当地百姓告诉他,万不可在那日渡河,因那日河伯冯夷溺死,渡河不吉。

刘衍此人胆大心细,对此类民间野谈浑不在意,便执拗要在那日渡河。不想当地一个巫祝,摇铃画符竭力阻拦,说河神旨意,今日渡河必死。刘衍让人将他拉下,自顾修岸筑桥。不料河岸将将修好时,大水突发,死伤数人。

刘衍此时终于信了巫祝的话,依他所言,用铁木铸了河伯像沉下水底。《淮南子》记:"冯夷得道,以潜大川。"他是黄河水神,自此风浪平息,石桥顺利筑成。

那之后巫祝就从秦州消失了,再没人见过他。此人在世间唯一的家人,就是他侄子,如今的御史中丞范殷。

开封府那边查到的消息,据刘府下人交代,刘家一进汴京,就被范殷以各种理由索要钱财。说也奇怪,刘衍本是有几分意气的主儿,居然就那么明明白白任他敲诈。

长河疑惑:"范殷小人秉性,官家为何要提拔这样的人?"

江蘅一叹:"此事也是没办法,官家和王相当年变法,也是为了筹军费。西北战事吃紧，市易法和免役法一行，军费之需得以缓解，那帮士大夫可就不干了，御史台更是连篇累牍上奏折，逼官家罢黜宰相。官家迫不得已，便将那些人一个个都外放了，后来上来的御史台，只要他们听话就行了，官家自然不指望他们能有多大功绩。"

这便是没办法的事了，长河道："他向来敲诈刘衍，如何又送刘衍珠子？"

江菽道："此事又要说到三年前。据范殷交代，当年巫祝教给刘衍的法子，可不是什么治水之法，他们铸河伯像用的根本不是铁木，而是别的东西。具体是什么，范殷自己也不清楚。总之自那以后，巫祝远走他乡，临走前托人告诉他唯一的侄子，说刘衍欠他情分，在汴京可多得他照应。刘衍甘愿被敲诈，也是因为他自秦州归来，家中便事事不顺，亲眷生病不说，连他带在身边的儿子，也在夜里死了。

"范殷给他珠子，只说他当年触怒河神，河神托梦给了旨意。实则那珠子被藏入尸体内，便会同尸体一起腐化。小童没了珠子，自然当不了豢龙人，他要怪罪发怒，就会去找刘衍的麻烦。"

长河道："那巫祝到底跟刘衍有何冤仇，要将他家赶尽杀绝？"

江蘅摇摇头："此事我们也不知道，范殷那里也问不出细节，估计那巫祝并没有全盘告诉他。"他又对长河道："但是珠子被渔民捞起来，也不过近两月的事，范殷肯定跟巫祝还有联系。我们已经盯紧了范殷，若巫祝再出现，势必能将他拿下。"

长河点头,心里有了计较,将山川图册记在心里。

15

长河来到汴河边,直等到岸上行人散尽,才悄悄朝水里唤了两声。豢龙小童从河里爬出,一见长河便开心喊道:"孟大哥!"

长河以水画形,山川百岳自他手底浮现,他指了一处地方对小童说:"带我去那里。"

小童听了潜入水中,长河跟着走下水。

小童现了原形将长河负在背上,一路往北。山长路远,路上不免叽叽歪歪。长河便将知道的跟小童说了。

小童听了大叫一声:"怪不得它突然变得暴躁,原来是丢了龙脊!"

长河问:"什么龙脊?"

小童道:"龙头往下三寸的骨头。龙每长一千岁,此处骨头就会褪掉,长出新骨,新骨脆弱且易脱。你说他们造的冯夷像,黑色且沉水,用的应该就是龙脊!它失了龙脊自然暴躁,我学术不精,听不懂它的话,白白让它痛苦这么久。"

长河道:"我也猜水患跟那石像有关,故而前往一探。如今知道了原因,得赶紧将它寻回,好叫它不要再兴风作浪了。"

小童点头:"这个自然,前面便到了。"

他正要走,突然好似被什么缚住了,围困在水里游不出去。

长河脸色一变,知道是被人施了法术。未几,有人涉水而来,白面白须,缁服苍颜,轻飘飘似没有重量。

他手一扬,一方水从河底升起,水中还困着那只小童:"又抓住了一只河精。"

小童在水里挣扎,白面人道:"原来不是河精,是豢龙族。"

他捋捋胡子:"老夫修行多年,还是第一次碰到豢龙人,你是来找老龙的?如此,更不能留了。"

小童胸前白光一闪,从白面人手上脱落,他挣扎着向前逃去,忽又被白面人攥在手中。"没用的,"他看了眼小童背后的符咒,"被追踪符贴中的人,逃不出我的手掌心。你这精怪,安心做老夫的补品吧。"

"放屁,你才是精怪!我是豢龙人!"

"龙都快死了,哪里需要你?"

他将小童捏在手里,不知使了什么法术,小童身形越缩越小,眼见要被他扔进口中了。

恰在此时,一支强弩破空而来,直接射穿白面人的左臂,小童从他手里脱了出来。

16

白面人吃痛,再一看,射中他的哪里是什么弩箭,不过一片柳叶罢了。

他看向岸上,一人青衫尽湿,形容却未见狼狈,依然骨秀神清。他眯着眼睛看了下:"奇怪,你这人……非妖非仙,究竟是何来历？"

长河不应。

白面人捂着臂上伤口道："算了，你在这里，老夫也讨不着便宜。不过我劝你一句，别管那老龙了，就算你还了它骨头，它也不会谢你。龙性残暴，你还真指望这小妖精能降住他？"

长河道："如此说来，你便是三年前哄刘衍刻神像的巫祝了。他与你有何冤仇，你要这般费尽心思，害他被老龙诅咒？"

白面人一声冷笑："老夫当年劝他不要在上庚日下河，他偏不听，我不过以牙还牙，礼尚往来罢了。"

长河道："那日传闻是河神冯夷得道升仙的日子，跟你有何干系？"

白面人道："你也知是得道升仙？老夫修行几十年，就为那一日。只求以自身为祭品，位列仙班。可惜刘衍那蠢材，专坏我好事，偏要在那日下河。他倒是好，下河什么都没捞到，还害了几条人命，我却是白白错过时机，与仙班无缘了。"

白面人忽然笑了一下："老夫哄他把龙骨铸成河伯像沉入江底，又在像上刻了符咒。那老龙就跟疯了一样，明明可以闻见龙骨的气息，左右就是看不见，抓不着，从此记恨上了刘衍。老夫这也是有冤报冤，做错什么了？"

"符咒？哪里有符咒？"小童一听，急忙钻进水里，要找那个石像。长河在岸上喊他他听不见。在见到石像的瞬间，小童方才醒悟过来，他被骗了。

白面人的声音在他耳边响起："唉，本想骗岸上那人下河，结果只骗到你这么个小精怪。罢了，谁来都一样，知道老夫当初是用什么做的符咒吗？"他伸手抓住小童："对，就是我自己。"

长河也潜下水，闻言一怔，怪不得江蘅说三年前那次祭祀之后，巫祝就不见了踪影。

"我把自己做成了一道符咒，缚住那龙骨。可没多久，我就后悔了。为了报复刘衍，老夫这也算是杀敌一千，自损八百了。而今你来了，就安心替老夫去守着这龙骨吧！"

他将小童用力一推，忽然眼前有身影一闪，没想到长河追了上来，代小童受了那一掌。

长河闭上眼睛，以为自己要撞死在那只龙骨上了。

突然，一声苍老的龙吟响起，眼前波浪重重退开，一条老龙破浪而来，将长河卷起。

豢龙小童不敢相信自己的眼睛："是……是我学会驭龙术了吗？"

老龙将长河放在岸上，腾空上天吸干河水，河面渐渐降低，水中龙脊露了出来。

白面人在水中挣扎，直呼救命。没人去听他的呼救，他已经跟河水一起被老龙卷入腹中了。

老龙重获龙脊，神清气爽，打了个喷嚏。

晴空万里的天气，突然下起了雨。

"阿娘，这天真怪，日头还挂着，怎么突然下雨了？"

"哎呀，雨越下越大了！快找地方躲躲！"

"今日谷雨，下雨好啊！年底丰收咯！"

半个时辰过去这雨才歇，长河面前的河里，又蓄满了浊浪翻腾的水。

老龙又长吟了一声，长河摸摸它的角，道："没想到是你，以前在云梦泽，你还只有竹竿大小，那时候就知道偷我的酒喝了。"

老龙在他手下蹭了蹭。

长河看了眼精力耗光、瘫在岸边的小童，又道："那孩子还小，你多担待。他很善良，假以时日会成为优秀的豢龙师的。也许哪天，你也能飞上九天了。"

17

长河回到汴京城，第一件事是去了趟樊楼，央好友钱英帮他从后厨那儿借了只锡罐。他捧着罐子，又在汴河码头赁了只小船。

长河没让船夫跟着，一个人划着船，划到水面开阔处，放下船桨，任船在汴河上荡漾。

等到暮光熹微，天边快要被靛蓝铺满的时候，长河才把船划到河中心，悄悄将锡罐放下去取水。水面波纹一层层荡开，灌入锡罐里的水色泽清透，仿佛九天之上的无根之水。

长河从河中心接满了水，将船掉头慢慢划到汴河码头。他回到码头的时候，那里已经有一个身影在等着了。

银筝接过他手里的锡罐，道："我回家没见到你，邻居钱大哥说你去了码头。"她偏头看长河："大哥你是在躲我吗？我不生你气了。"

长河上了岸，轻轻笑道："我不是躲你，"他指着银筝怀里的锡罐："刘衍的家人生病，我替他寻药去了。"

　　银筝好奇地看了眼罐子："可这里头，分明是普通的水啊？"

　　长河道："刘衍家人是遭了诅咒才有此横祸的，诅咒生自云梦，这水也是云梦之水。"他接过银筝怀里的罐子往刘府走："我们把水给他送去，他家人喝了这水，病就会好。"

　　银筝似懂非懂，她踩着脚印，一步一跳跟在长河后头。

　　夜幕渐渐低垂，天上星河如覆。

第九章

燃灯

他袍袖一挥，侍从躬身，身后白茫茫的雾气不知何时已经散尽，眼前所见却不是旧时山岳，车马侍从均不见踪影。耳边鼓乐声却越来越盛。

01

马车行在山路上，突然停了下来。

车中人眉头一皱："怎么回事？"

导车的小厮慌忙告罪："大人，前面路……没了……"

顾疏平这才睁开眼，他年前以定远将军之职赴交趾平叛，上月才从战场下来，箭伤未愈，火气不由增了几分。"路没了？"他鼻腔一哼，"此路虽非官道，却是西南去往中原最近的一条，来往客商行过百遍，而今单单我从此道过，路就没了？"

小厮战战兢兢不敢答话。

等了一会儿，见帘子掀开，小厮赶紧躬身伏地，让将军踩着他的背脊下来。顾疏平出来看了一眼，连日阴雨，山间云雾氤氲，他试着前行几步，确实看不清前路。

忽然雾中走出一个黑影，待近了，他才认出是身边的护卫。护卫面带愁容："大人，卑职上前面看了，不知怎么回事突然冒出片断崖，马车铁定是走不了了。我拿石子试了试，底下好像是处深潭。"

肩上箭伤好像又开始疼了，顾疏平压住火气，想了一会儿："此地可是巫山之南？"

小厮慌忙道："是啊，名为巫阴县！"他苦着脸道："上山前跟山脚沽酒的老丈打听过了，没说这儿还有断崖啊？"

顾疏平不理会他嘟囔，回身问护卫："断崖在何处？领我去看看。"

护卫点头,忙在前面导路。

没走几步便到了崖边,顾疏平往下看了看,一派迷茫,再抬头见山林全被雾气包裹,头顶上的太阳都不知在何方了。

护卫环顾左右,轻轻咦了一声:"这雾气,好像越来越浓了。"

顾疏平打了个手势让他噤声:"你可有听到什么声音?"

护卫忙屏息等了一会儿,果然有声音攀到耳边来,继而越来越大,清远遒亮,竟然像是宴饮之乐?!

护卫惊慌地退了一步,这荒僻山林,如何有人来此宴饮?

他瞪大眼睛看顾疏平,却见他指了指断崖,神色从容:"乐声是从底下传来的。"又倾耳听了半晌,自顾自道:"宫商和畅,清弄谐密,古人诚不我欺,看来,咱们是碰上巫山神君祝寿了。"

忽有脚步声从身后传来,连带着一点火光浮近。顾疏平回头,小厮举着灯笼出现在二人面前,小心地道:"大人,这雾越来越厚了,咱们可是要下山?"

顾疏平盯着灯笼若有所思:"犀角杯在车上吗?"

小厮道:"那是大人心爱之物,自然时时带着。"

顾疏平点头:"取来燃了。"

小厮诧异地张了下嘴,仍乖乖回去取了。

未几雾气慢慢散开了些,太阳露出了头,护卫欣喜:"大人,趁这雾收,咱们赶紧下山吧?"他脸上喜色未泯,朝对岸张望,却仍是什么也看不到,不由有些疑惑,回过头看,原来是小厮捧着犀角灯过来了。

顾疏平从他手里接过灯盏，靠近崖边时，雾气又退开了些。

护卫恍然："这灯能驱雾？"

顾疏平轻笑一声，语焉不详："乐声未停，这山雾便不会歇。既然撞上了，咱们就看看山神是如何祝寿的吧。"说罢他便倾下身，将手中灯火凑近崖下深潭。

小厮跟护卫面面相觑，到底是好奇，也学着主人蹲下身去，趴在崖上看。

鼓点声越来越密，一槌槌似敲在耳边。护卫不由捂住耳朵，只见在犀角灯映照之下，深潭水中仪仗俨然，不由惊叹："大人果然博闻，真是巫山神君祝寿呢！"

几人屏息看着，连顾疏平都似乎定住了，半点声响不敢发出。水下车马队列在前，而后是吹箫鼓乐的歌女，再次是身形各异的宾客，其间诸多不似人形。一只雄虺似是嫌这乐舞无聊，突然发难，一下子叼过前头舞女吃了下去。

小厮惊得惨叫一声。顾疏平忙回身制止，怎料手中灯盏不慎倾落，朝那深潭中跌去。

霎时乐舞声停，魑魅之声四起："大胆凡夫！敢窥吾等祝寿！"

02

顾疏平一下子惊醒，手边银盆中的水跟着一晃。

长河有些疑惑："顾大人？"

顾疏平怔了一下，才意识到自己竟然又做梦了。他定了定神，挥手让丫鬟下去,继续先前的话:"……明日管家会带你去看那园子,无须太费心力,照原样修好便成。"

长河点点头,谢过顾大人赐的酒食,便同一众工匠出了顾府。

回来的时候是傍晚,路旁许多人在烧寒衣,长河才意识到原来盂兰盆节到了。

他推开院门,见银筝也燃了团火,看样子是在烧盂兰盆。

汴京风俗,七月望日具素馔飨先,将绿竹劈成细丝织成盆盎状,里头盛些纸钱,放在三脚竹架上烧了。火烧尽的时候看竹盆倒向哪边,向北则冬寒,向南则冬温。此已成了惯例。

长河看了笑笑,银筝这丫头,倒是喜欢过些人的节日。

银筝看着盂兰盆中的纸钱燃尽,不快地哼了一声:"今年冬天又要冷了。"她蹲在地上望着长河:"大哥今日出去干吗了?"

长河道:"在顾府接了份儿活。"顿了一下又说:"从明日起,可能要月余才能回家了。"

银筝噌的一下跳起来:"大哥是要出远门吗?"

长河摇摇头:"顾老将军要我替他修城东一座宅院。"

"顾老将军?"银筝想了想,"又在城东有座宅院,大哥,你说的不会是停云岭那处吧?"

长河挑了下眉:"你怎么知道?"

银筝急忙道:"大哥你可千万别去那里,那宅子闹鬼呢!"

长河闻言笑了:"你一个蛇妖,还会怕鬼?"

银筝懊恼地吹了口气:"倒也不是闹鬼,那宅子有几分古怪,每回靠近它,老觉得晕头转向的。待好不容易绕出来,眼前风物都换了一季。不过嘛……也许是我当年修行不够，再说大哥你也不是人，去也无所谓了。"

长河闻言只是笑："既然这样，那我明日便去领教领教吧。"

03

次日一早，长河便跟顾府的管家一路乘船出东水门，去了城郊停云岭。

顾疏平早年在此处置了宅院，却很少来住。院落建好后便一直空置，草木滋生，藤蔓疯长，连院门牌匾上题的"云岢"两字都被苔藓覆去。好好一座园子，阴森岑寂，竟蛮荒如古冢。

长河来之前，宅院早被管家派人收拾了个七七八八。园中林木，雇了樵夫该砍的砍，该斫的斫；泥补墙壁之事，也赁了砖瓦泥匠做完；连竹木材料都已备好，齐齐码在庭院中。故在长河眼里，除了萧索一点，勉强还有几分人迹。

园子不是很大，管家带长河熟悉了一遭，末了指着处厢房跟他说："先生看看还有什么要备的，明日工匠一并带过来。接下来一两月，委屈先生歇在此处了。"

长河笑道："无妨。"

园中木构颇多，长河查看完湖心揖月阁，刚从阁上下来，暮色便降临了。

长河辞了管家，回到厢房。他看了会儿书，吹灭灯火的时候，发现天边月亮长了一圈毛边。明日怕是要下雨了。

次日长河起身时，管家和工匠还没上山。一藤凌霄花在风中招展，雨竟然还未下。

他抬眼看了天色，决定先去湖中心的揖月阁。那座阁子昨日看了，只需把被虫蠹的椽头换了即可。

长河背了木头箱子往湖心走，这时候雨点开始落下。长河眉头轻皱，紧走几步躲进阁中，正待喘口气，忽听毕毕剥剥声四起，天光也仿佛亮了许多。长河诧异地回身一看，登时一惊，整座园子不知怎么突然就烧起来。

长河不知火势从何而起，只庆幸天雨及时，再下大一点，应该能将这火浇灭了。岂料事不遂人愿，雨点愈大，火光愈盛，半个时辰之后，这座宅院竟然被从天而降的雨水烧了个干净！

雨停之后，满目焦炭，转眼什么都不剩了，只剩湖心的揖月阁和阁中的长河。

察觉有异的当口，长河就接住雨水嗅了嗅，他确定这水与普通雨水无异，不至于有燃物的本事。那么，是这园中楼阁被人抹了油，雨水越大燃得越烈？可长河分明瞧见，火势是从整个宅院而起，并非从某处楼阁开始蔓延，仿佛从天而降的，根本就是一场大火。

长河眉头蹙起。他登上揖月阁，远眺停云岭。时维七月，宅院之外仍是郁郁葱葱的，可见这"天降大火"所说不实，那这场火，究竟是怎么起的呢？

长河想去对岸看看，可惜湖心亭的栈桥被烧毁，又无舟楫可渡。左右无法，他便取出刻刀，在揖月阁梁上刻了只燕子。收了刻刀后,那燕子便活起来,扑棱着翅膀飞远了。

04

燕子把江菽领过来时,那人不忘取笑长河:"一座桥就难住了你,你不是会水吗?"

长河答得凛然:"污泥太深,水太浅,施不了力,我这身白衣下去,再上来你怕是要将我当焦炭入殓了。"

江菽又哈哈笑了两声,笑完才环顾四周道:"怎么回事?园子怎么着火的?"

长河摇摇头。

江菽摸着下巴:"我说你怎么尽遇上这事?前些年延庆里着火,也单单你那间屋子没烧,今天又碰上了。"他往湖心仅存的那座阁看了看:"福星当命?"

长河笑了一下:"那年火灾是意外,银筝用法术替我护住屋子,故而无碍。"他抬眼看了下四周:"今日这火,我倒是真不清楚。"

江菽也不打趣了,脸色认真了些:"你方才说,天一下雨,这座宅子就烧着了?"

长河点头:"卯时三刻下的,只是一场雨,跟别的雨水无异。"他俯身捡起一块烧焦的木头嗅了嗅:"木头也是普通的木头。"

"那可真是奇怪了,"江菽抄着手,碰了碰长河,"难不成又是妖怪作祟?"

"没有，"长河摇摇头说，"万物生灵，气息均不相同，若有妖怪在这里，我自然感受得到。"

这下江菽眉头皱了起来："那这火，究竟是怎么烧起来的呢？"

长河想了一会儿："昨日听银筝说，这地方有古怪，你们皇城司先前可有注意到这宅子？"

江菽瞟他一眼："古怪也只是你们察觉出古怪，事情没露出端倪，我们凡夫俗子能看出什么？停云岭偏僻，周围除了三两家王公宅院就是普通农家。我们至多管妖怪吃不吃人就行了，这儿人烟稀少，也没人特意来报案，皇城司自然疏于监管。"

长河叹了口气，想起什么来又对江菽道："顾府管家这时候应该上山了，你替我过去拦住人吧，顺便打听些情况，看老将军是否有三两仇敌。我这边再找找，看能否找到起火原因。"

江菽点点头，又对长河道："给你留了两个人，尽管吩咐。"

长河微笑谢过。

江菽走后，天色已经慢慢澄明，不多时太阳出来，烤在园子里又是一阵燥热。园子建筑均已被毁，长河站在此间无处可避阳光，不由开始思忖，昨日银筝拿盂兰盆占气候，到底准不准？

他又静心感受了一下，园中确实没有任何精怪，看来这火，只能是人为了。

长河慢慢回想，几乎是雨水着地的刹那，火光就起了。如果这雨水没有问题，那么，难道是地面有问题？

长河心中一跳，隐隐有些眉目，仔细一想，那些楼阁确实都是从柱础往屋顶烧的。他四下望了望，找到块空阔处，看这里没有草木焦痕，就蹲在地上抓了把土放在手里瞧。

手中土色确实有些异常，好像是比平常白了些。

可惜长河只是个木匠，木材他能一一分得清，对于手中泥土，辨识起来倒真有些困难。

园中起火时，湖心亭可是安然无恙。思及此，长河起身，向后方拱手道："两位小兄弟，可否去对面揖月阁下替我取一把土回来？"

05

长河带着两把土去了会仙楼，甫一进门就察觉有异。他往东南角一瞧，坐在木棂窗旁的，竟然是任子期。

此时日影已经西移，窗外夹竹桃透过帘幕，花影落了任子期一身。桌上琉璃浅棱碗碟里盛着些金杏、荔枝膏和鲜嫩的红菱。不过他似乎只是自斟自饮，对面的老头负手看着他，也不知在为何事生气。

长河挑眉，惊讶于任子期竟然坦坦荡荡来人间喝酒，看了眼老头子，心中又笑，原来任子期也会遇上麻烦。

他知道对面人看到了他，却不往窗边去，而是抬脚上了二楼。

长河将那两把土交给江蘅。

江蘅捻起一点儿闻了闻，轻声道："这是白石灰。"他跟长河解释："白石烧成灰后铺在地上，冷却一夜后再暴晒一天，倘若遇到下雨或者只是浇上水，便会重新燃烧，腾起烟雾和火焰。你看到的大火，大约就是这样来的。"

原来如此，长河昨日去顾园时太阳正烈，照得天地发白，园里又一派枯败景象，他倒未留意脚下泥土为何是灰白色。

长河又看另一把土，取自湖心亭，与寻常泥土无异，应该是园中本来的土层。"看样子，这白石灰是有人特意担进去的。他这么做是为了什么？"

江蘅想了想："停云岭附近有一块山崖是白壁，匠人涂墙要用白垩时均会去那块崖壁取土。"他将手中泥土搓了搓，道："你不是说顾疏平在修缮宅院？白石灰或许是工匠自己备的。"

长河轻轻摇头："若是工匠备的，自会垒成土方，不会铺在地上。何况白石要提炼之后才能成为白垩，这么粗糙的石灰，根本刷不了墙。"

江蘅表示认同："我也只是猜测，我先让人查查白壁附近有无村民兴修屋宇，挖了土方无处弃置，便随意堆在顾园。不管有心还是无意，先帮你把这白石灰的来处弄清楚。"

长河朝他拱手："有劳了。"

长河这边下楼来，东南窗边已不见了那老头儿，只余任子期一人。他便走过去替代那老头的位置，问道："怎么今日如此悠闲？"

任子期笑道："我每日都悠闲，唯独今日不悠闲。"他将琉璃杯放下："方才你不是见到了？"

长河问："那老者什么来历，我怎么一点都看不出来？"

任子期道："非精非怪，非鬼非仙，你当然看不出来。他不过一个寿数长些的凡人罢了。"

能跟任子期结交，这寿数怕也有几百年了。长河道："你的麻烦便是他?"

任子期嗯了一声:"来讨债的。"

长河挑了下眉:"你欠他什么了?"

任子期摇头:"答应过他一件事,失约了而已。"他问长河:"你这边也遇上麻烦了?"

长河也摇头:"谈不上麻烦。"夕阳最后一丝光沉在琥珀酒里,他起身跟人作别:"天快黑了,改日再会。"

06

次日皇城司来人告诉长河,顾园附近没有兴宅修庙的,不过有处瓷窑,取白壁的土烧瓷,因对烧出来的成色不满意,便把余下的白石灰弃在顾园里。

江菽当时还问他:"那间宅院是有主的,你怎么敢把白石灰倒在那儿?"

窑主道:"那园子早就是个荒宅了,白石灰堆那儿也不碍事嘛!"他还振振有词:"反正那家主人也不是东西,强取豪夺拿来地契,盖了园子却又不住,怕不是脑子有问题!"

江菽瞪他一眼:"那是人家的园子,爱怎么折腾是人家的事。再说,我可查清楚了,那处地契本来是你的,但人家价钱出得高,就买了去,怎么算强取豪夺了?"

窑主顶嘴:"他那时位高权重,找了个相宅的来停云岭看半天,停在我那块地不走,摆明就是赖上了。他给钱我不卖,难道还傻等人报复？"

江菽哭笑不得，不知道该不该夸这人识时务："行了你，你把好好的白石烧成灰，又把它随意堆放，天一下雨就点着了，人家的园子被烧了个精光，这笔账你说怎么算？"

窑主急忙摆手："我只堆在一处，那园子藤蔓甚多，荫天蔽日，没被日头烤着，也淋不了多少雨水，燃不起来的！"

江菽这下没话说了，因为他打听过，那宅中藤蔓确实是顾府人自己砍的，白石堆没法处理，也是他们分担到各处，推平铺地的。长河站的那处没烧，只因隔着栈桥，匠人们懒得上湖心亭而已。

江菽只得挥挥手赶人走："行了，自己去开封府领罪吧。铜钱该罚罚，板子该挨挨，别再干这缺德事了！"

江菽跟长河说："如此一来，我们也没什么可责问的了，左右这火确实不是他的过错。谁让老将军一时兴起，偏要在那时修宅院，而隔天恰巧就下了场雨呢？"

长河点头："既然弄明白了，那我便去趟顾府，把此间情况跟顾老将军说明一下。"

长河再次造访顾府，却吃了闭门羹。他试着又磕了磕铜门环，这下有人答话了："别敲了，这家主人疯了，不见客。"

长河这才注意到门前柳树下坐了个妇人。

妇人身边摆着只篮子，里头是些时令花卉。她对长河说："先生还不知道吧？停云岭那宅子被烧了，消息一传来，老将军整个就跟疯了一样，当天夜里大哭大闹，嘴里直喊'吾命休矣'，把临近军巡铺都引来了,他们还以为哪里起火了呢!"

她衣裙上还有栀子花的残香,头上簪的海棠只剩下花梗。她跟长河抱怨:"我一早来府上领上月的花钱,钱没讨着,反倒被撵了出来。虽然老将军疯了可怜,可又不是我害的,再怎么着也不能赖掉我的花钱啊!"

长河听明原委,心里有些负疚。宅子是在他眼前被烧的,现在听说老将军遭此际遇,总有些愧对人家的意思。

只是他又想,停云岭那处园子既不是老将军生养故地,也不是年迈静修之所,而今毁坏,左右损了些银钱,就当没盖过这宅子便好,何以生生吓病了?

07

长河回了家,眉头仍是蹙着。

银筝瞧见他这模样,知道他想什么:"大哥还操心停云岭那园子?我早说了吧,那园子有古怪,现在一把火烧了更好。"

长河这才认真问她:"上回听你说有个樵夫误入那里,出来时头发都白了?"

银筝点头:"嗯,可还不止,每回靠近那里,我总觉得妖风阵阵,好像有什么东西从你身边过,可就是看不见……"她想到什么,突然大叫一声:"哎呀!怪我没提醒你,孟大哥,前日可是盂兰盆节,那座园子怕不是澧都入口吧?"

银筝说话的声音都颤抖了:"我听人说澧都有座柱死城,里面的人怨气太盛就会燃成冥火,该不是趁着盂兰盆节一下烧到人间了吧?"

长河听她越说越玄乎,无奈摇头:"那宅子只因白石灰被烈日晒了,又被雨水一浇,这才起了火。"于是把从皇城司那听到的原委跟银筝说了。

银筝还是纳闷:"且不说那窑主为何这么缺德,把白石灰往人家宅子里倒,单说老将军那宅子,荒废几十年,怎么这时候想到修了?还赶在盂兰盆节前后,古怪啊古怪!"

她又念叨古怪,长河这回倒没说她疑心了。他起先觉得那场大火只是种种机缘下的巧合,而今顾疏平因此事病倒,却觉得不太对。他又细想了下,那瓷窑的主人祖祖辈辈烧瓷,什么样的土能用他会不知道,为何突然存了烧白石的心思?

他抬头看了看天,就算那窑主因为宿怨,有意将白石灰堆在顾园里,可这天气怎会如此凑巧?那场雨未免太及时了。

08

长河次日又去了一趟停云岭,他自然不信银筝说的,只是能打听的皇城司都替他打听过了,其他的门道,还是得他亲自过来看看。

夏日正盛,葱绿的树影间不时有一两声鸟鸣。长河循着前人踩出的旧径上山,走了差不多一个时辰,看到前方密林处空荡荡露出一片天光,便知自己快到了。

待走近时，隐隐听到人声。长河心里纳闷，难道顾疏平府上还派了人来善后？

越走近人声越清晰，长河听着，似乎那边只有一个人在自说自话。待进了顾园地界，那片烧焦的宅子出现在眼前，长河才发现自己猜错了。

园子里确实有人，不过不止一个。

手舞足蹈、絮絮叨叨的老头子看着有些眼熟，长河想了想，好像是在会仙楼见过。而他对面的人，自然是任子期。

任子期看到长河，朝他望来。

老头子顺着他的目光看到长河，似乎吃了一惊，对任子期道："你布了结界，他如何走得进来？"

长河闻言，轻轻笑了一声，抬手扶上烧焦的枯藤，藤蔓慢慢回绿，开出朵凌霄花。

老头子呀了一声："原来竟也是个神仙。"

长河没去反驳他，对任子期道："有些事情想请教，关于这园子的火……"

任子期答得坦然："我放的。"

长河却也没有过多惊讶："果然。"他一见任子期就猜到了："皇城司查明原因，说是白石灰遇水燃烧。我奇怪那窑主烧了几十年瓷，怎么突然起了烧白石的心思？原来是你动了手脚。"

任子期笑了："我只是入他梦里，稍稍点拨了他。"

长河回得意味深长："也是辛苦，还得去跟风伯雨师打听下雨时辰。"

任子期笑着默认。

长河看着他:"顾疏平可是违逆了天道?如果上天要罚他,直接降下雷火便是,何以这么麻烦?就算那窑主倒了白石灰,若顾府人不来清理,这园子不还是烧不着?"

"你弄错了,"任子期轻轻摇头,"我是知道顾疏平有修宅子的心思,方才布下了这场大火。"

长河一愣,听他又道:"顾疏平区区凡人,倒不至于犯了天条。我虽为神仙,若妄意施展仙法,也是要遭弹劾的。故而,用人间的方法毁人间的东西,才为上策。"

长河狐疑地看着他:"这么说,你跟顾疏平是私怨?"

"跟他有私怨的多了,你面前就有一个!"老头子见两人聊起来不理他,耐不住了,"快把我的洞府还来!"

长河这才仔细打量那老人:"不知您是……"

任子期道:"他叫陈抟,睡了一觉,醒来宅子没了,故而要我赔他。"

陈老爷子瞪大双眼:"你一个神仙也说瞎话!什么叫睡起来宅子没了?当年约我在南山下棋的是不是你?出子磨磨叽叽的是不是你?"他跟长河控诉:"跟他下一盘棋,我得短寿几十年。一着棋想个半天才落子,我困得不行便眯眼睡了一宿,哪想一宿睡了几十秋,再醒来故地已经被人盖高楼了!"

任子期等他咆哮完,才慢条斯理地跟长河解释,老爷子先前的洞府,便是而今的会仙楼所在。

"会仙楼我是赔不了了,故而来停云岭给他找处园子。顾疏平修好园子后便没来住，就这样，他仍嫌这里有人气，左右无法，我便拿火烧了个干净。"

长河别有深意地看他一眼："停云岭岩岫杳冥，天然洞府这么多，为何偏偏要烧人家园子？"

任子期道："昆仑以北，直下三千六百里，有处地方名为'幽都'。地上有轴三千六百根，凝聚昆仑仙气。会仙楼便是其中一轴；另一轴，便是顾疏平这座园子。"

昆仑之轴，天地精气汇聚之所，凡人若待久了只怕会折寿。故而银筝才说，亲眼见人进了这宅子，半天后出来却仿佛过了半生。

"原来是这样，"长河想起会仙楼宾客往来纷纷，却无大碍，问道，"看样子，你是在会仙楼设了一重结界？"

任子期点头："凡人一重，仙人一重。这里也一样。"

他说完，长河见他们身边焚烧的痕迹渐渐隐去，风物也随之转变，溪泉古木迭起。长河看了一会儿，明白大概是任子期在照原样替陈抟造洞天。

09

长河看了两眼景致，又看任子期一眼，想说什么又闭了嘴。

任子期好笑："想问什么便问吧。"

长河道："你只告诉我毁这园子是为了什么，却没告诉我为何要毁掉它，单因它是昆仑之轴？你跟顾疏平之间真没嫌隙？但我若问了，你也不会说吧？"

任子期诧异:"哦?"

长河清楚他的性情,明明要烧园子,碍于天条自己不动手,假手于凡人。熙宁七年降雨也是,只肯把碧驴借给他,自己却甩手在旁边看戏,生怕被天帝怪罪。

长河看他一眼,深深叹了口气:"罢了,园子一烧顾疏平便疯了,此事你不会不知道。既然你不说,我便问别人去,别的问不出来,至少能知道是几时修的,为何要修。"

不多时任子期就知道长河说的人是谁了。

江菽走进园子,四下张望,几乎撞到长河了却还在喊人:"长河,孟长河!"喊了两嗓子便不喊了,嘀咕道:"约我来此处,自己倒迟了。"

长河跟任子期对望一眼,眼前人便跟结界一起消失了。长河回过身,园子又呈现了焦土状。他走到林木掩映处才喊江菽。

江菽跑过来:"我说怎么不见人,原来躲这儿乘凉呢。"

长河笑笑,问他:"这园子几时修的,你可知道?"

江菽唔了一声:"没记错的话应该是景祐年间,二十来年了。顾老将军那会儿春风得意,当初修宅子,说是要等致仕以后来此养老,修好之后却仿佛把这儿忘了,到而今熙宁九年,一次没来住过。现在人到暮年,他终于想起来了,可没想到被一把火烧了个精光,换我我也愁啊!"

长河心道,顾老将军这哪是愁,分明是被吓疯了。

江菽问:"你在这园子里发现什么没?"

长河点点头,对江菽道:"还得再确认一下,这样,你跟我去一个地方。"

10

顾疏平手中的犀角灯一抖，跌入深渊，他霎时僵在原地，连呼吸都窒了。

过了一会儿，底下有女子的声音传来："与君幽冥相隔，为何执灯以照？"

顾疏平浑身一冷，急急喊侍从："快走快走！赶紧下山！"

他袍袖一挥，待转身，身后白茫茫的雾气不知何时已经散尽，眼前所见却不是旧时山岳，车马侍从均不见踪影。

耳边鼓乐声却越来越盛。

顾疏平冷汗沁出衣衫，再回过身时，已跟身边人摩肩接踵，不知何时，他竟也在这祝寿队列之中了！

到底是上过战场，顾疏平此刻再惊骇也勉强收拾了形色，镇定地跟着队列走。队列看不到头，他走了半程，内心逐渐安定下来，寻思着这是何处，又该如何回到地上。

他如行尸一般跟着前面人走，忽然有尖细的声音传来："巫山神君拜寿，以魂为祭，官人名字不在簿上，为何自寻死路？"

这声音虽细，落在顾疏平耳里却如平地惊雷。他吞了一口唾沫，小心转头，见旁边跟着个尖嘴三角眼的男子，身量甚小，看样子一直在他身边，只是自己太慌张一时没发现。

那人说完这话便闭了嘴，似乎并没有向同行出卖顾疏平的意思。

顾疏平稍稍松一口气，又细想他的话，既然自己名字不在簿上，怕是侥幸能得个逃生之法，只是不知这祭祀究竟是个什么样子。

顾疏平平空生出几分胆气，抬高了眼往四下看，只见前方莽原突起一座高台，高台似会移动，慢慢朝这边挪近。仔细一瞧，原来台下趴着一只玄武，正驮着高台缓缓朝这边过来。

而道路两边，兜鍪士兵千百，个个披纸甲，挎长弓。顾疏平见这戈甲样式熟悉，心中觉得不祥，待队列慢慢走近，他才惊觉，那些人居然都是自己的部下。

他心中大骇，尖嗓子拽住他的衣襟让他低头："莫要说话！你误入此地，暂时还没被人发现，待巫山神君点完名簿，我找个机会送你出去……"

"私藏生人，述生好大胆子！"

这断然一喝声音严肃却隐有笑意，吓得两人一抖。顾疏平回头见是一位俏丽的少女，少女凑到顾疏平跟前闻了闻："活人原来是这个味道。"

那尖嗓子便是述生，他一把将少女拉开："此人于我有恩，你不要坏我好事！"

少女瞟他一眼："你到人间也就半个时辰便下来了，他于你有何恩情？"

述生道："我掉进油灯里，得这位官人相救。"

顾疏平听他说话，还是不记得他是谁。

少女笑了："原来是这样。"她对顾疏平说："官人还没看出来？他是只老鼠。"

顾疏平用力想了一下，好像幼年读书时是有这么一件事，他自己差不多忘了，没想到到了此处，居然还被人记得。

他感激地看了述生一眼，连带心里放松许多。如此看来，面前的少女没恶意，述生又得他大恩，想是能安然回到地上了。

说话间队列慢慢停下来，顾疏平抬眼，见玄武所驮神殿已在眼前。

11

果然如述生所言，巫山神君入座，一番唱祝之后，两个皂衣小吏从帘后出来，一人执册，一人拿笔，挨个点人。

那些将士原本如木雕般了无生气，小吏方唱完名，他们便如点睛之龙般活了，应一声，列队往神殿走。待走到神殿脚下，玄武之嘴便随之大开，将士们化成青烟一缕被吞进口中，未几地上便只剩长弓甲衣。

原来这便是"祝寿之礼"。

虽则知道那些人早已战死，而今见他们被攫去，顾疏平到底心中不忍，低下头不敢去看。他敛目追思，突然耳边听得一声吼："信阳顾疏平何在？！"

顾疏平一惊，脑中似有大鼓在擂，不由愣在原处，不敢躲也不敢答。

殿上人声音又起："信阳顾疏平何在？！"

霎时队列分开，前头歌女宾客尽数散去，神殿中人正怒目直视着他。

顾疏平被这目光一看，登时从头直冷到脚跟。他慌张四顾，要找述生，却不知述生躲去了哪里。殿上之人又喊了一声他的名字："还不前来领罪！"

他惊讶地望着殿上，却见述生竟藏在皂衣小吏身后，绿豆似的眼睛恶狠狠盯着自己。

顾疏平顿时明白自己被出卖了，寒意沁入骨髓，心道果然还是要死在这儿了。这莽原上魑魅蛇虺甚多，他甚至连逃的心思都没有。天地一色，看不到边缘，就算侥幸躲过蛇虫，这苍茫之地，他也不知道能往哪里去。

顾疏平不自觉走到殿下，闭着眼睛打算赴死。

变故忽生，神殿突然一抖，殿上神君也被晃得跌倒，而述生和皂衣小吏更是直接被从殿上甩了下去。

原来是驮神殿的玄武突然发难了。

顾疏平愕然，只见玄武弄出这么大动静后，竟又慢慢温顺下来，低头趴在那里，似乎面有愧色。

顾疏平一愣，它刚才，是打了个喷嚏？

还没细想，一阵风从他身边掠过，抓住他的手就往来处跑。

顾疏平低头一看，原来是刚才那个少女。

身后百怪均现了真容，一下子朝他们涌来。少女却是莞尔一笑："太好了，把它们都惹怒了！"她朝顾疏平吐吐舌头："这鬼地方我早就不想待了，你带我出去吧？"

顾疏平被她拉着跑，冷汗直下，他自己也不知道如何出去。少女却很悠闲，仿佛身后不是追兵。"那只老鼠的话你信了？以为自己真是它恩人？你把它从油灯上拎下来是不假，可转手就扔给你家狸猫吃了。"少女歪着头看他，"他不害你才怪呢！"

两人不知跑了多久，身后追兵也不见松懈。少女突然停下了。"哎呀，差点忘了！"她从怀中掏出一样东西，"我说怎么跑了半天还找不着路。"

原来是顾疏平掉的犀角灯。

少女把灯交给他，又撕下一片带血的指甲拿到灯里燃了："你拿好这灯，一直往前跑，待跑不动的时候，自然就回去了。"

少女说完又是一笑："虽说你不是什么善人，但我在此间待了许久，只有你一个人进来呢。所以，便顺带救你一命吧！"

顾疏平不明白她说什么，只觉得自己被她轻轻一推，一下推出十丈远。在他身后，那些魑魅魍魉追上来，将刚刚还在微笑的少女抓住开始撕扯。

顾疏平大骇，刚要回去救那少女，犀角灯突然燃起，眼前景物如雨丝风片从他指间穿过。

火光摇曳间，那些幽冥之物通通不见了踪影，唯有女子的声音附在他耳边，如珠玉一般清脆："我居幽冥甚久，替巫山神君司亡灵之事。皇祐五年，将军与交趾一战后死伤甚多，那些将士我都收敛不过来。将军勇猛过人，却只贪战功，不知将士多因此而枉死。而今给你个赎罪的机会，你去那停云岭盖一间宅子，将他们的征衣带回去祭奠。如此，他们得以安抚，你也能善终。"

顾疏平听罢，愧怍难当。灯烛渐渐恍惚，他记下少女的话，收拾情绪，回身往来路走。突然述生不知从哪里蹿出来，顾疏平躲闪不及，硬生生被他咬去了三寸。

12

顾疏平又从噩梦中惊醒，浑身冷汗，坐在床沿上回神。

管家送药进来，见他脸色稍稍正常，便试探着问："老爷，孟先生又在外面求见，要领他进来吗？"

顾疏平愣了一会儿，好半天才明白管家的话："园子都烧了，他来干什么？"

管家嗫嚅道："说是听说老爷病了，他有治病的良方。"

顾疏平心中嫌恶，摆摆手就要赶人，忽然又想起梦中少女的笑靥："罢了，让他进来吧。"

长河进来后倒也不避讳，施过礼便道："大人您这病，只怕在心不在身。"

顾疏平呆了片刻，觉得面前人故弄玄虚，语气便有几分不快："那依先生看，我这心病要如何医治？"

长河看他一眼："大人最近做梦吗？"

顾疏平一怔："做梦吗……"

长河观察他的神色，见他无意坦白，便道："景祐五年，你找人去停云岭看的是墓地吧？"

顾疏平闻言惊恐地看着长河，药碗险些跌落，他攥紧了几分，力道大得似要把它捏碎。

长河神色自若，缓缓道："我从你找的阳谷子那里听说了一些事。"

两个时辰前，江菽跟长河到城北黎家巷子找人。

江菽道："阳谷子此人早不干堪舆那行了，年纪也大了，你现在去问他，那么久远的事，他未必记得。"

长河道："总归要碰碰运气，顾老将军年轻时也算名满京华，阳谷子对他也许有点印象呢。"

两人七拐八拐走了一炷香时间，江菽伸手敲响一道门，一只茶壶从门缝飞了出来。

江菽扭头躲过，对长河道："没吓着吧？我听暗卫说了，这老头儿脾气不好。"

两人耐心等了一阵，终于看见主人出来，一身道袍打扮，上头脏兮兮缀满补丁。他出来却是为了掩门："哪里来的无赖子，就会欺负老人家！"

江菽忙闪身上前，脸上堆出一个微笑："不知阁下可是阳谷子老先生？"

老头儿觑他一眼："算命是吧？走错门了，那老头儿早死了！"

江菽一愣，又换回笑脸，嘻嘻哈哈道："死了更好，死之前可有给自己看墓地啊？不知落在何处，我回头也去那地儿修一个！"

老头儿火气一下蹿上来，举起拐杖就要打人，长河赶紧把江菽拉住，作揖道："老先生，我们的确有事请教。"

来黎家巷子前长河跟江菽先去了趟停云岭，在顾家荒园里转了一圈后，两人又攀藤附葛爬到山顶上。

江蓠四下看了看:"你拉我来这儿干吗?"

长河眼睛盯着半山腰上的顾园,对江蓠道:"从这里看,你觉得像什么?"

江蓠看了一眼,好好的山岭,被大火烧去一块,他老老实实答道:"像只秃尾巴的公鸡。"

长河见他神色不像是开玩笑,无奈道:"算了,我指给你看。"他回身撅了根树枝在地上比画,将那园子大致的轮廓描给江蓠看。"看出来了吗?"

江蓠盯着图案看了半晌,又去看长河:"跟寻常宅第有何不同?"

长河便又添几笔,将停云岭附近的山谷河川地形指给他看。

江蓠终于恍然大悟,眼前这宅院藏风纳水,呈玉椅香炉之势,分明是墓地布局。

长河道:"明白了吧?"

"怪不得顾疏平从来不到这儿住……看来他这处园子,上头的建筑都是遮掩,底下其实私建了墓地,"江蓠摸摸下巴,"盖个墓地都这么神神秘秘的,看来,这墓主人的身份见不得光啊!"

长河点头:"那日顾府管家领我看这园子时,我就觉得蹊跷,可又说不出眉目。"任子期解释说那里是昆仑轴,寻常人住了只怕折寿。但顾疏平是不知道的,那么他不住的理由便只有一个,那座宅子不是建给生人的。

江蓠道:"这好办,园子反正都已经烧了,我找人来挖挖,看地下有什么东西。"

长河摇头:"园子烧了就已让顾疏平疯了,你再挖下去,万一猜错了,里头并无墓室,老将军那边怎么交代?"

江菽道:"那你的意思……"

长河想了想:"不管他修这园子作何用途,左右不会跟堪舆先生隐瞒,否则这堪舆就没有意义了。"

江菽点头。他打了声呼哨,林中闪出两道黑影,皇城司暗卫出现在他眼前。"去查查当年替顾老将军相宅的是哪位神仙。"

江菽扒开长河,对阳谷子道:"别遮掩了,老头儿!我们什么都知道了,到你这儿来只想确认下实情。说吧,顾老将军当初请你相那宅子到底是干什么用的?"

阳谷子仍是犯倔,就要关门:"我凭什么告诉你?!"

江菽轻轻哼了声,硬的不行只好怀柔,他从怀里掏出十几张纸:"老头儿你瞅瞅这是什么?"

长河闻言也偏过头:"酒债我都替你偿清了,这点儿忙都不帮,不太好吧?"

阳谷子眼睛倏地一亮,将那些欠条一把抢过来,放在烛火里烧了,烧完才转过身。他脸上终于露出些和善的神色:"罢了,都过去这么久了,告诉你们也无妨。那座园子,是顾将军为死去的将士盖的衣冠冢。"

13

长河看着顾疏平:"那日我在停云岭便察觉您那园子方位不

对,找阳谷子确认后方才知道,那园子根本不是用来休养的,它其实是座衣冠冢。"

长河边说边观察顾疏平的神色:"只是我不明白,大人修了衣冠冢,却从不往其中祭奠,这又是何缘故?"

顾疏平脸色发白,像是没有听到长河的话。长河缓缓道:"园子被烧那天就听闻大人身体抱恙,外人传是疯病,我猜,只是夜夜噩梦缠身,心神不宁吧?"

顾疏平终于抬头看他,不知是愤怒还是惊惧:"你……你究竟是什么人?"

长河道:"我不过区区凡人。"他跟顾疏平坦白:"先前说能医大人的心病,自然也是妄言。能医大人心病的,只能是大人自己。"他仍怕刺激到顾疏平,宽声安慰:"大人还记得,那衣冠冢是为谁修的吗?"

顾疏平看着他的眼睛,未几又狠命摇头:"我……我不知道!我只记得有人叫我修衣冠冢,别的都不知道……我不知道……"

他语调渐渐不成音,未察觉长河的双指已经搭上他手腕。寻常人看不见,几丝银线自长河指尖向上攀缘。长河忽然一惊,他已经窥见了,顾疏平竟不知被谁咬去了三寸。

"原来是这样,"长河收回手,喃喃道,"怪不得记不全当年事。"

他还在盘思,却见床上人陡然发难,一下子惊叫起来:"啊,他们来了!来找我索命了!"

"他们?"长河疑惑,"你说的是谁?"

顾疏平惊恐地往床柱后方躲，长河身后突然出现了几个穿甲胄的士兵，残败的肢体上还有新渗出的血迹，拖拉着身体慢慢走向床边。顾疏平吓得尖叫，突然什么东西滴在了脸上，他伸手一抹，红殷殷的，全是血。

顾疏平此时手脚已经瘫软，又听长河喊他："大人！"他一回头，那年轻人竟变成了巫山神君的模样，脸色狰狞可怖，开口声如洪钟："信阳顾疏平，你可知罪？！"

14

顾疏平昏厥一场，睁开眼见长河还在他床前，"扑通"一声滚了下来，直直跪在长河面前："仙君，救命！"

长河料想他又梦魇了，赶紧同闻声而来的管家一起将人扶起："我不是什么仙君，大人将实话跟我说了，我才能救您的命。"

顾疏平呆愣半晌，终于是长长叹了一声："我这一生，也实属罪有应得。"

他刚刚晕过去，前尘旧事都翻入梦里，此时慢慢自省："我一生征战，只图功名，仔细想来，害去的性命不在少数。虽说战争总有伤亡，可若不是我刚愎自用、桀骜贪功，那些年轻的生命兴许能回乡同家人团聚。"

长河闻言，心下了然："您方才，是看到了战死的将士吗？"

顾疏平脸上恍恍惚惚："记起来了，我什么都记起来了！"他的目光透过长河不知看向何处："我杀伐无数，连累众多将士跟着我惨死,这是我应得的,我命该如此,命该如此!"

长河看着他,至此已明白大半。顾疏平被咬伤,那些旧事都记不全,前几日怕是初次梦见往事,这才想起来重修园子——或者说墓冢。只是,他修了园子,仍不知作何用途。园子一烧,他清楚那地方重要,夜夜梦见将士向他索命,心头惊惧占了上风,终于被逼疯了。

只是不知以顾疏平年轻时的心性,何以有了修衣冠冢慰藉亡灵的念头,若有人指点,那人又是谁呢?

长河待要问,却见顾疏平两眼空洞,竟是又失了神志。

长河无奈,便去问管家:"听人讲,停云岭那宅院是皇祐年间修的,那年府上可是发生了什么大事?"

管家忙答:"大事倒是没有。"他想了一会儿又道:"不过老爷那时手里整日攥着个烛台,先生要看,我便去给你取来。"

管家说着便出去取烛台了,去不多时,回来时不知想到了什么,懊恼地道:"说来也怪我,这烛台好不容易哄老爷放下了,一直存在后院佛堂里。底下人收拾东西时看见了,重新擦拭后摆在香案上——他新来的也不知道——老爷那天盯着它看了半晌,隔天就说要找人修园子。要是园子不修,也没后面那么多事了!"

长河接过,捻了点灰烬一看,轻轻吸了口气:"灯里燃的是犀角,看来,老将军是用它去过幽冥了。"

管家不解何意,只听长河叹道:"可惜这灯烛已经燃尽……"他还没说完,灯上忽然有一缕青烟飘出,浮在室中,渐渐幻化成女子的身形。

那少女不过桃李之年，一副言笑晏晏的模样，也不管这副身形是否会吓到人，欢快地对长河道："我原想指点顾疏平赎罪之法，竟不得成功，想来天道如此。不过他这一生亲戚皆叛，无子无嗣，罪孽也算赎清了。而今还请先生帮忙，安抚那些亡灵，让他安稳度过余生吧。"

少女说罢便随青烟散去，犀角灯重新闪了一瞬，长河敛目，在那灯火中，看到了二十多年前巫山神君祝寿一景。

15

长河又来到停云岭，过了这些时日，顾园仍是满目焦痕。大约要来年一场春雨，这里的草木才会新生吧。长河想着进了园子，径直走向湖心揖月阁。

长栈已毁，江荻让人填了几块巨石铺路。长河走到阁下，围着几根柱础仔细看了看，终于找到一个隐秘的地宫入口。

他掀开地宫石板逐级而下。石阶比他想象的要长，走了许久，脚才踩到平地。他引燃了长明灯，待灯火通明，才发现密室里竟然建了座一丈高的佛塔。

长河绕着佛塔看过，果如灯中少女所言，佛龛里一间间供奉的，均是将士的衣冠。

长河知道，每件衣冠上均附有枉死将士的残念。他便跏趺而坐，一遍遍替他们念往生咒，直到再感受不到地宫中的怨气留存。

长河出了地宫，望了眼月光，又抬脚上了阁楼。揖月阁上，任子期白子黑子均在手,自己跟自己下棋。

长河坐到另一边,替他摆下一子:"你早知道顾疏平命中会有此劫吧?"

任子期笑笑,并不答话。

长河道:"当年他被老鼠咬去了三寸,你替他补好便是。他虽生性专横,幽冥一游,也算大彻大悟,何苦让他多受罪二十年?"

任子期问:"你穷困潦倒时跟人借了银子,待富贵显达时,可是要还他的?"

长河落下一子:"当然。"

任子期道:"若是债主不肯收呢?"

长河手一顿,抬眼看他。

任子期道:"他诚心悔改,可那将士的怨气未消,也是徒劳。我向来不插手人间事,一来职责所限,二来他只有将一身余孽还清了,死后方能清白入幽冥。总好过今生罪愆需要将来入畜生道偿还。"

"可你还是帮他了,"长河嘴角弯了弯,又落下一子,"若没有那场火,怕是至死他都不知自己负了什么罪。"

"顺手而已,"任子期不置可否,朝棋盘看了一眼,轻轻哼了一声,"金井劫?"

"你棋艺倒是精进很多,"长河心情忽然很好,他将手中白子放入棋筒,望着任子期,"这局咱们平手了。"

第十章

鹤归

定林寺后有石溪,溪石错落,从石头罅隙里伸出来的虬根,盘桓如老龙。长河见老人坐在虬根上,手里翻着书页,须发皆白,望之如独鹤孤松。

01

"孟先生可算回江宁了！方才在巷子口，我差点没认出您！"阮小山从裤腰带上摸出把铜钥匙，"这一走得有八年了吧？"

"八年了。"长河应着，他替小山扶住锁身，注意到这锁不是自己原先那把。

阮小山推开门，将长河的行李拿去里屋。长河兀自在院中站着，没有跟进去。久不住人，院里倒没有荒草蔓生，庭中梨树甚至还结了几颗青果。

旧景不移，长河有些唱叹，忽然瞥到墙根下摆着几只大水缸。正疑惑间，阮小山出来，见长河望向那边，脸上便多了几分局促："先生莫怪，这是我阿婆腌酱菜的缸子，您这儿宽敞，我们就擅自借了下宝地。"说着他就往墙根走："我给您挪挪，这样就占不了许多地方了。阿婆说月底便腌好了，到时不消您说，我一早便过来搬走。"

阮小山说着捋起袖了，两手将水缸一抱，将要起身时，忽然一个趔趄，差点摔一跤。

长河忙扶住他："当心！"

阮小山险险扶住缸沿，心道这缸里几时空了？大约觉得跌了面子，他脸色讪讪："让先生见笑了，我当心些便是。"

长河摇头："罢了，堆在那里也不碍事。"

"那怎么行？"阮小山道，"再两日就是望日，先生夜里出来看月亮，被酱菜缸子绊倒了怎么办？您大老远从汴京回来，一路舟车劳顿，还是进屋歇着，一晌我就搬完了。"

长河见劝他不住，只得作罢。

阮小山干着活，嘴里却没闲着："孟先生，不是我邀功，您这院子我可看得紧。就是大荒那年，我也没让人进院里一步。"他下巴尖儿冲着院门，道："那大锁不知被砸烂了几回，我回回又给您换上新的了。"

长河自是感激，道了声谢。

"嗨！您跟我客气什么？"小山直起腰，"我阿婆说了，阿姐出嫁那年您帮我们打箱奁，没要一分工钱，临走只抱了一壶酒。您的情分，我们全家都记着呢！"

长河闻言只笑笑不说话，等小山吭哧吭哧地把酱菜缸子挪完，他摸出十两一锭的银子递过去。

阮小山头摆得像拨浪鼓："这钱我要收了，阿婆知道得打断我的腿！"

"收着吧，"长河道，"你不收，这酱菜缸子我便不让你放了。"

阮小山吐吐舌头，赶紧接过来塞进腰里。

02

长河洗浴后换好衣衫，重新出了门。他沿长白街没走多远，停在巷口一户人家门前。开门的是个老婆子，头发半白，手脚却还算利索。她打量了一下眼前人:"是……孟先生?"

长河点头道是。

老婆子将人迎进来,朝里屋喊:"老爷,孟先生来了。"

钱英的声音从屋里传来:"什么老爷?叫着叫着简直要折了我的寿!"他走出来迎接长河:"你信里不是说十五才到吗?我方才还跟娘子商量,后天一早要上燕子矶接你呢。"

长河笑道:"是我归乡心切,故而连江水都流急了些。"

钱英笑着往他胸上擂了一拳。两人进了屋,长河问道:"去年年底你寄信给我,说在来燕桥头开了家面馆。转眼半年了,生意如何?"

去年年初,钱英还在汴京。熙宁九年立春刚过,他便娶了对面绸缎庄的三小姐为妻,婚后带着娘子回了江宁。

钱英脸上喜色未收:"生意自然不错!我可是从樊楼出来的大厨,江宁城里,谁不慕名来吃上一碗?"

长河见状也很开心:"如此说来,明日我定要上你那儿讨碗面吃了。"

他话刚说完,钱英却收了笑容。"明日可不行,"他眉头皱了一下,"你刚回来,不好说这个让你败兴,明日我要去给崔恒益崔官人扶灵。"

"崔恒益?"长河想了一下,"是住巷子东头的那个画师?"

钱英点头:"还能有谁?可怜门庭冷落,死了连个抬棺的都没有。"

长河叹了一声:"需要我帮忙吗?"

钱英摆手:"这倒不用,人已经凑齐了。你要是有心,明日去烧炷香也行。"

钱家娘子此时收拾好妆发出来,钱英领他见了长河。长河回礼:"嫂夫人叨扰了。"

钱家娘子笑道:"孟先生说哪里话,子华常跟我提起你,知道你回江宁,他可高兴坏了。"

钱英扭过脸:"尽瞎说!"

他娘子便又笑了,摇摇头去搬了坛酒来,又往桌上添几样小菜。钱英替长河倒酒:"你那屋子收拾好了?"

长河点头:"小山隔三岔五替我看看,并无多少积尘。"

钱英啧了一声:"你不会还给他赏钱了吧?"

长河疑惑:"怎么?"

钱英灌了口酒:"你是不知,去年我刚回来时那屋子是什么样子,坏瓦颓墙,院里荒草都快有一人高了。修葺屋顶的事我做了,里里外外忙着收拾你屋子的,可是我娘子!"他拉着夫人坐下:"知道你回来,她要了钥匙前日又去收拾了一番,哪有他阮小山的事!"

长河一听,先是对钱娘子郑重作揖:"辛苦嫂夫人了。"又想到阮小山,问:"我记得他小时候敦厚老实,如今怎么变得滑头了?"

钱英道:"那都多少年了?他现在鬼灵精得很,连府尹大人的儿子都勾搭上了,时不时还替他跑腿呢!"他摆摆手:"我帮你收拾屋子是应该的,只是苦了我娘子。"

长河闻言,便再拜:"如此,谢过嫂夫人了。"

钱家娘子嗔怪地瞪了钱英一眼:"孟先生莫要见外。"

钱英佯装告饶，哄好了娘子，又对长河道："那明日一早我便去崔宅，不陪你转悠了。"

长河点头："无碍，毕竟是江宁，我倒不至于迷了路。"

03

长河次日倒未急着出门，只专心在院中侍弄花木。他将碗莲的水换了新的，刚要转身，耳听得院墙外起了一阵喧嚣。

长河走出院门，循声望去，见是一大团人围在崔宅门口，不知所为何事。

钱英此刻应在那里。念及此，长河便决心过去一看。待走近了，听邻居议论才明白，原来是江宁知府叶大人的公子派人来崔宅找东西，撞上钱英，跟他吵了起来。

不大的院子挤满了人，长河连院门都没能进去。他没看见钱英，只听身边人讲，崔恒益生前收了叶衙内的银子，答应替他画画。画还没画完，人就死了。叶衙内便追来崔宅，要把他家里所有值钱的东西拿去抵账。

偏偏这事被钱英撞见了，他自然拦着。

崔家孤儿寡母哭得岔了气，钱英愤愤不平，道崔恒益尸骨未寒，叶衙内再有理也不能当着灵位干这种事。他责问叶衙内可有凭据，叶衙内竟也拿不出，惮于钱英气势，只说口头讲好的，是求一幅老人星图给爹爹拜寿。而今寿辰将至，这图交不出来，他就不能安心，搜不出图也得搜出点别的才行。

长河听旁人你一言我一语，未闻其实，也不好评判。忽然里头不知发生了什么，喧嚣声倏地停了，钱英的声音明明白白从屋里传出来："似你这般无视律法，肆意妄为，难道就不怕上天降罪，让知府大人白发人送黑发人吗？"

院外众人闻言一惊，果不其然，钱英话音落下的当口，里头乒乒乓乓一阵骚动，看来是真打起来了。

长河心里顿时着急，那帮人人多势众，钱英怕是讨不到什么好处。他刚想使个法子，突然更大的骚动从身后传来，只见一帮衙役过来清道，江宁知府叶均叶大人，竟然亲自过来了。

百姓识相，如潮水般层层散开，长河便也随人流退到矮墙下。他脚下才站定，忽在散开的人群中看到一个熟悉的人。

皇城司指挥使江蘅。

长河有些惊讶，此地可是江宁。江蘅身担要职，轻易不会离开汴京。而今他一身便服混迹在人群中，难道江宁最近出了什么大事？

江蘅似乎早就发现了他，虽然依旧一副看热闹的脸，身子却不动声色退出了人群。

长河倒是没有立即跟他走，仍在崔宅外等着。

叶大人进去后不久，叶衡内便灰头土脸被撵了出来。长河这才舒了口气，去旁边巷子里找江蘅。

巷子里却不见人。长河正在踌躇，忽然一个小孩儿钻出来，往他手里塞了样东西。

长河摊开手，掌心是一片桃叶。他便抬脚往秦淮河边桃叶渡而去。

04

长河走到桃叶渡口,见临水的廊庑下,只有江蘅一人坐在那里喝茶。茶点未动半分,看样子是专程在等他。

长河坐下端起一杯茶,茶水还是热的,他啜了一口:"清芜兄怎么来了江宁?"

江蘅答非所问:"你离开汴京还是暗卫告诉我的,走就走吧,怎么不打声招呼?"

长河笑道:"兄长莫怪,真打了招呼,银筝若跟我走了怎么办?"

江蘅抬眼看他,长河笑着摇头:"她一直拿我当大哥敬着,我不能让她为难。再者,回江宁只是临时起意,我也不知这次能待多久,索性就不跟你们辞行了。"

江蘅似是接受了这番说辞,又问他:"你那个朋友钱英,是去年娶的妻?"

长河道是,江蘅道:"衍之也定亲了,骆尚书家的千金。她还在褓褓的时候,衍之闹着要抱,小孩走路不稳,骆小姐眉角的疤便是那时磕的。官家知道这事,笑他们姻缘天定。"

长河闻言也笑,他有意问江蘅:"清芜兄呢?为何还不娶妻?"

江蘅摇头:"我不能负了银筝。不能娶她,自然也不会娶别人。"

长河敛目叹了口气:"有你这句话,银筝也值了。"他又问江蘅:"你此次来江宁是为何事?"

江蘅晃了晃茶杯,答得漫不经心:"相爷寿辰快到了,替官家来送贺礼。"

长河心里暗笑:"若我没记错,王相寿辰是在冬日吧?再说,清芜兄来给相爷送贺礼,取道长白街是不是有点绕远了?"

江蘅也笑:"你把话藏在心里不行,何苦要拆穿我?"又道:"凭相爷的声望,此事在江宁也应传开了,你竟没有耳闻?"

长河摇头:"我脚程慢,昨日才回。是相爷府上出事了?"

江蘅招了招手,烧茶的老头走了过来,他摸出一角银子放在桌上:"老丈,你同这位公子说说近日江宁城发生的事吧。"

老丈谢了赏,道:"两位贵人,容小老儿禀报,这事啊,得从同天节那天说起。"

熙宁十年四月初十,值当今圣上生辰,普天同庆。

同天节前几日,恰逢王相妻弟吴砚来江宁省亲,就住在钟山卧佛寺行香厅里。

因同天节那日要在卧佛寺建道场,替官家祈福。江宁知府叶均早早派人通知吴砚,要他从行香厅里搬出来。吴砚得了消息不肯搬,叶均倒也由他去。同天节当日,江宁府上下官员齐聚卧佛寺,待祝祷完毕转回行香厅时,几位大人只当没吴砚这个人,照例在厅中谈笑不止。

而彼时吴砚因为回避,只能躲在屏风后头。他听得外面高谈阔论没有穷期,不免抱怨了几句。叶均听到,依旧不在意,在场的转运使毛抗、通判李琮却要收拾他,私下派了人手去拿。

那吴砚见官差真的上前逮人了,竟一路跑去相府躲了起来。

老丈道:"那两个公差也忒胆大,竟然就这么明晃晃执械去相府里抓人!"他摇摇脑袋:"相爷虽然去了职,可依旧是朝廷重臣。这两个公差,却敢在相府喧哗不止,最后还是相爷亲自出面才将他们喝退。"

长河听了蹙眉:"竟有这等事?叶大人呢,居然也不管管?"

江蘅道:"叶均倒是有所表示,听闻此事立马将两个公差杖责了,领着毛抗、李琮亲自去跟王相赔罪。"他摆摆手让老丈走远:"王相度量大,未将此事放在心上,只是刚好那天官家派去问安的中使也在。他替相爷抱不平,回京便将此事原原本本向官家汇报了。"

长河道:"官家知道又要忧心了,相爷身体向来不好,而今被他们冲撞,不知是否又添新病。"

江蘅颔首:"故而此番派了御医随行,我怕阵势太大引人警觉,便倍道兼程只身先到了江宁。中使只目睹相爷宅中之事,未窥全局,对此事也不能妄下判断。御医五日后到,五日内我要将事情查清楚,看这吴砚究竟犯了多大的罪,让他们敢直接闯进相府里拿人。"

他言语间隐隐有怒气,长河细思:"故而方才你在崔宅便是想借衙内私闯民宅一事,看清叶均的为人?"

江蘅端起茶默认。

长河轻叩桌子:"幸好,我来的时候,叶均已经把他儿子撵回去了。"

江蘅道:"看你来时的表情我就猜到了。"他倚栏望着秦淮河:"江宁倒真是个好地方,连风都吹得温软,怪不得王相诗云'三十六陂春水,白头想见江南'。"

长河一笑,余光瞥到廊外走过来一个人,一身皂衣,官差打扮。长河差点以为此人要来找麻烦,不想他一上前便朝江蘅拱手:"见过江大人。"

长河立即明白他是江蘅的眼线,刚要确认,岂料这人又对他作揖:"孟先生,久不相见,别来无恙?"

05

长河一愣,一时没认出他是谁。

官差只好自报家门:"孟先生不记得我了?我叫沈季,以前给李秋潭李大人当差的时候,替他给您传过话。"

长河眼里这才现出一个十六七岁的少年形象,他有些高兴:"你都长这么大了?"

沈季咧嘴:"那是当然,先生离开江宁也有好些年了。"

长河便又看江蘅:"你们什么时候找上他的?"

江蘅道:"熙宁三年,李秋潭调去汴京,虽是陈审力荐,但直接跳过考课院,从通判擢为工部侍郎也属罕见。其中缘由,便是官家派皇城司暗访他的政绩,觉得此人大有可为,才让他干了实职。"

沈季跟着点头:"卑职就是那一年沾李大人的光,被皇城司相中的。"

江蘅道:"不是沾光,你做得很好。"

沈季恭谨地道:"大人谬赞。"他左右看了看,从袖中掏出一份东西给江蘅。江蘅没有立即打开,问:"里头是什么?"

沈季道:"宅契。"

江蘅眉头挑了一下。

沈季道:"不光是宅契,还有庄契、园契。城北宋员外把大部分家产都卖给吴砚了,合计纹银八百两。"

长河惊诧:"八百两?"

沈季点头:"孟先生没有听错,我好不容易才从录事参军那儿弄到。这是公差闯了相府,几日后叶衙内亲自送到衙门的。那天叶大人跟儿子吵得凶,衙内交上来这份宅契,说他拿人是光明正大,就算吴砚躲进了相府,白纸黑字画了押,不怕上面来查。"

江蘅琢磨他的话:"公差都上门抓人了,宅契几日后才送呈衙门?"

沈季道:"是这个理,可抓人是得了转运使毛大人、通判李大人之命,那帮衙役也不好拦呀!"

江蘅看着那张薄纸:"此事依你之见呢?"

沈季小心道:"卑职愚钝,凭所见所闻,斗胆猜测吴砚仗着是王相妻弟,贱价买了宋员外的田产。但叶衙内此人我是清楚的,慢下谄上,不学无术,断不可能专为打抱不平去相府拿人。所以,此事必有蹊跷。"

江蘅点头:"这就够了。"他将宅契还给沈季:"其他的我去查,你速回衙门,免得惹人疑心。"

沈季点头，临走又道："对了，江大人，今日叶衙内去崔宅闹事，说是为了找祝寿图，但我看他翻箱倒柜那架势，分明是在找别的东西，那么大一幅图，他却专往犄角旮旯里找。卑职猜测，这崔恒益家里恐怕也有什么猫腻吧？"

江蘅点头："辛苦了，去吧。"

沈季走后，长河问江蘅："要去崔宅看看吗？"

江蘅道："当然要去，但不是现在。"他走出桃叶渡，望着长白街方向："叶均倒是识大体，直接把他那个惹祸的儿子拎回去了。只是他不知道，天大的麻烦还在后头。养不教，父之过，他此次，恐怕要被他儿子连累了。"

长河不解："此话何意？"

江蘅问他："寻常人会签那份宅契不？"

长河道："若真是八百两，自然不会签。"

江蘅道："宋员外一方望族，寻常人都不签的东西他凭什么签？莫说王相现在在家颐养天年，就是当年他一人之下万人之上的时候，也没人敢打他的名号来干这种事。现在他老了，居然有人敢往他身上泼脏水。"

长河瞬间明了："你怀疑叶衙内交上来的宅契是假的？"他立马知道江蘅下一步的打算了："所以眼下最要紧的，是去找宋员外，唯有他能证明这份宅契的真伪。"

江蘅点头，轻叹了一口气："因此我才着急来江宁。我猜到他们抓人有底气，只没料到会是宅契。一旦宅契是真的，就算签字的是吴砚，王相的清誉也毁了。"

"行罢,"长河跟他道别,"那便辛苦江大人跑一趟了,你们皇城司门路广,去宋氏庄园不用我指路吧?"

江蘅斜眼看他:"你去哪儿?"

长河道:"钱英跟叶衙内争斗不知受伤了没,我去看看他。"

06

钱英不但没有受伤,反而被知府大人嘉奖,说他和睦邻里,为人仗义,衙门里最近一月的伙食都让他送了,算是替儿子给他赔罪。

长河好奇:"那你答应了没?"

"我怎么能答应?"钱英道,"教出那般儿子,可见父亲当得失职。一个失职的父亲,怎能当好父母官?"钱英喝了口水:"我看哪,要不了多久,上面就会来人把他换了……"

"别瞎说!"钱家娘子忙捂住他的嘴,"外人听到传出去,你就该吃牢饭了。"

钱英忙拍拍她手背:"让娘子担心了。"他抬头看天:"今晚这月色好,娘子你陪长河说说话,我去灶下收拾几样小菜,咱们就当为他接风吧。"

长河笑笑,跟着抬头望月,也不推辞:"那便有劳了。"

长河在钱英处喝完酒一个人走回院子,他眼神清明,脚步稳健,看不出是个醉酒之人,只在院子口推门,半天没推开,才醒悟自家院门是往外拉的。

长河自嘲:"竟然真的醉了。"

他回到院里,脚下一滑,险些跌倒,还好攀住了一口大缸。

长河攀在缸沿,花了许久才想明白这缸是从哪里来的。他伸手叩了几下水缸,三四口声音都闷沉沉的,唯有一口清脆。长河记得,小山昨日搬它时还差点摔跤。

他坐在缸边醒酒,忽然一个人影从梨树上飞下来落在缸沿上,轻飘飘的没有一点声响。

长河吹了风,头有些疼,面前人说的话他全没听清。待疼劲儿过了,他才意识到这人是江蘅。

江蘅道:"……吴砚说那宅契是假的,被人篡改了,原先的宅契只写了租田十亩,以辟宅院。"他语气里有踌躇:"我拿他往年书稿比对过,字迹无差。"

"至于宋员外那边,"江蘅明显顿了下,"他死了,同天节后没几天就死了。反倒因为他死了,庄园佃户私下都在议论那份宅契,传得一个比一个荒诞。这风头再不遏制,早晚会牵扯到王相。"

长河揉揉额角,他听明白了:"那你接下来如何打算?"

江蘅没有明说,而是问他:"你还未给崔恒益上香吧?"

长河一愣:"原本今日要去,忙中给忘了。"

江蘅点头:"明日你去上香,可否帮我一个忙?"不等长河回答,他已取出一样东西,是张一尺见方的信笺。

长河接过来,起身进屋掌灯一看,信笺上并无一字,只是这纸光滑细致,看着价值不菲。他又摩挲了下,问:"潘谷所制,仿五代澄心堂纸？哪里来的？"

"还算识货，"江蘅坐下来，"我两头奔走，倒也不是一无所获。吴砚一问三不知，宋员外死得也突然，可白天我便注意到，他们签宅契用的纸，居然是仿五代澄心堂的。"

江蘅道："这种纸笺昂贵，吴砚自然用不起，而宋员外一介土财主，家里笔墨纸砚都落了尘，大约连'澄心堂'三个字都没听过。那么，他们签宅契的那张纸，是从哪里来的？"

长河挑灯的手一顿。

江蘅道："起先我猜测宅契是伪造。可一来，画押字迹与本人别无二致。二来，就算是翰林院修纂典籍，勘误也须用雌黄，而白天那张纸，上头并无雌黄痕迹。"

长河道："这我倒听过，况且就算笔迹和花押可以模仿，手印可模仿不来。"他想了片刻："所以你觉得，那份宅契，他们是在有心人引导下被逼签署的？"

"眼下只能这么看，"江蘅望着长河，"虽然据吴砚口供，契约确确实实被人篡改了。"

长河看着纸笺，突然笑了一下："所以这纸，你是从叶衙内处得来的？"

江蘅挑眉："怎么猜到的？"

长河道："对你我还算了解。白日里沈季说叶衙内在崔宅四处翻找，好像在找什么东西。虽说叶衙内跟此事未必有关联，但当初那宅契毕竟是他呈上的。所以，在两头落空的情况下，你便去了一趟叶府？"

"确实是叶府，"江蘅一笑，"你白天还问我，为何不上崔宅看看？不知道他在找什么，我去了也无用。就如同这信笺，落在旁人眼里，不过一张废纸而已。不过既然他没找到，必然还会再去崔宅，明日你便替我试他一试。"

长河将纸笺收进袖中："你已经有了方向？"

江蘅道："如果宅契里真有猫腻，看到相同的纸张，你说他会不会草木皆兵？"

07

长河次日一早便去崔恒益宅子上香。他祭完逝者，朝香案拱了拱手，趁没人注意，说声"得罪"，就将带的纸笺卷成了一卷，塞进木雕童子的嘴里。

待他离开，那木雕童子眼珠转了转，"呸"的一声，将嘴里的东西吐了出来，纸笺晃晃悠悠钻进了壁柜底下。

吊唁的人零星来了又走，看样子都是昨日被官府轰散祭拜未成的。一直到晌午，都没人注意到壁柜下面的纸条。

崔宅对面便是秦淮河，隔岸茶楼里，长河陪着江蘅下了一天棋。他有些倦怠，叶衙内今日似乎并未安排人前来。直到暮色将合，长河看到一个人进了崔宅，方才打起一点精神。

是阮小山，手里提着些香烛纸钱。

江蘅眼睛没离开棋盘："看到熟人了？"

长河应了一声，捡起一颗黑子："第二十三局了，茶水也添了五轮,我们什么时候下楼?"

江蘅没答话。长河正要落子,忽然手指一动,棋子掉落在棋盘上,江蘅终于抬起头:"有人捡了?"

长河指上缠的金线慢慢绷直,江蘅看不见,忽而金线又松开了,长河对他点头:"看样子要出来了。"

两人便继续下棋,余光落在崔恒益宅子里。没等多久,金线那端的人出来了,让长河有点意外,居然是先前进去的阮小山。

长河眉头一蹙,忽然又明白了,对江蘅道:"钱英说他游手好闲,不务正业,此次大约也是替叶衙内跑腿了。"

江蘅站在窗前,望着阮小山去的方向:"那条路尽头是琵琶巷,听说江宁城有名的秦楼楚馆都在那儿?"

长河点头,跟着站在窗前:"昨日叶衙内被他父亲一通训,估计负气不回家了。"

阮小山没走多远便停了下来,从怀中掏出纸笺,不知嘟囔句什么,将纸撕了。长河心中一紧,却见阮小山撕了一半收了手,又把它塞回怀里。

长河松了口气:"看来你猜对了,叶衙内要找的东西,未必写在澄心堂纸上。但宅契他肯定有掺和,否则阮小山不会这么警醒,连张废纸都要捡走。"

江蘅点头:"我去趟崔宅。"

长河依旧坐在茶楼上,他让茶博士将棋盘撤了,沏了新茶,边喝茶边估摸着时间。阮小山此去肯定是要找叶衙内,他见到叶衙内时,说的第一句话尤为重要,十之八九跟那白纸有关联。

江蘅可要尽快搜出点东西,追出去赶上他才好。

08

江蘅率先搜的是崔恒益的书房。内藏府和应奉局里稀奇古玩不少,机关奇巧的东西他见得多,可前后看了一圈,却并未找到什么暗格密室。

他轻轻蹙了下眉,将要离开,忽然瞟到书房墙上挂着幅《山林秋居图》。

江蘅看了半晌,走过去"揣骨听声"了一番。此本是鉴赏书画之法,"谓色不隐指者为佳画"。而江蘅这一番摩挲,竟真的发现其中蹊跷,山林中的楼阁门扉居然可以推开。

江蘅屏息,小心翼翼挪动手指,窗牖随着他的指尖缓缓移动,待门扉全启,画里终于露出了仿澄心堂纸一角。

待江蘅取出夹层中的纸笺,看到上头写的内容后,心里疑窦又生了一层。这张纸并不是他料想的,叶蘅内勾结或要挟崔恒益诱导宋员外签宅契的凭证,而是一张血符。

上书:"熙宁丁巳四月十二,弟子叶春盂衔真致诚,以血为饲,盼东来毗罗大仙来归,全我心事。尚飨。"

背后是一张符咒,人血画的,看不出是什么来历。

江蘅从崔宅里出来,长河正在旁边巷子里等他。他将血符递过去问:"东来毗罗大仙是什么?你们江宁还有这种习俗?"

长河接过来看了一眼,轻轻摇头:"东来毗罗大仙没听过,不过这符我倒认识。这是请灵符，人以自身所求祷告甚诚，妖物便出来替人杀人。"他看了背后的文字，眸色一冷："国朝自仁庙起便严禁此事，抓到直接凌迟。叶衙内身为官宦子弟，居然还敢带头请妖物？"

"此事先按下不表，有这张纸在，叶衙内是难逃一死，"江蘅道，"我有别的要同你说。我大约可以断定吴砚说的是真话，那宅契的确被人篡改了。"

长河奇道："你在崔宅里还发现了什么？"

江蘅道："他家书房画筒里，有一卷崔白崔老先生的《芦雁图》。崔恒益好雅，也未必不是自己买来收藏的。巧的是，那张《芦雁图》原画，我在京城某位大人府上见过。"

"他竟有这般本事？"长河惊讶，转而一想，"既然他连图卷都能伪造，未必不能伪造字迹了？"

江蘅点头："我也是才记起，尝听秦五娘讲，鬼樊楼有人卖一种鱼，乌黑如墨，若用它的汁液掺入墨水写字，立等不见。叶衙内骗吴砚签宅契时，用的大约就是这种墨。等两方画押完毕，再让崔恒益按他的意思一改，吴砚便成了豪取强夺的恶徒。传出去，污的是相爷的名声。"

长河点头，顿觉事态严重，又提醒江蘅："恐怕你得赶紧去琵琶巷，算时辰，阮小山也快跟叶衙内碰头了，此事无论如何须得他亲自承认才行。"

09

岂料事不如人愿,江蘅刚尾随阮小山进了琵琶巷,就得知叶衙内居然也死了。

叶衙内一死,官府第一个捉拿的人是钱英,原因是他前日跟死者有争斗,明明白白说了,要让叶均"白发人送黑发人"。

叶府里里外外添了几重白,沈季探头朝灵堂瞅了一眼:"老夫人还在堂上不?"

两个衙役答:"方才哭晕过去,丫鬟们扶她歇着了。"

沈季点头:"这里有我看着,你们回衙门当差吧。"

两个小衙役求之不得,将要走时看到沈季身边的人,问:"沈大哥,这位是?"

沈季答道:"平安巷的仵作病了,差他侄子来看看。"

两个衙役互望一眼,吞了口唾沫:"大哥这是要查衙内的尸体?"

沈季眉毛一拧:"暴病身亡,一点征兆都没有,难道不该找仵作看看?"

衙役忙道:"可这事儿也该知会下叶大人。万一查半天,结果仍是病死,冲撞了逝者,老夫人那边怎么交代?"

沈季一副恨铁不成钢的眼神:"你们不说,不就没人知道了?"他拍拍两个衙役的肩:"放心,真要查出蹊跷,我跟叶大人邀功时少不了你们的份儿。万一确实如常,大人又不巧发现了……"

衙役连连摆手："我们绝不出卖沈大哥！"

"什么话？世上没有不透风的墙，"沈季道，"要是不巧真被大人发现，我也一肩担了，绝不连累你们。"

他将两人一推："去吧。"

打发了衙役，沈季走回灵堂，江蘅佝偻的身段这才重新直起来，走到棺材面前。

沈季凑过去："大人要查验什么，让卑职来就是了。这种粗差使，不烦大人动手。"

江蘅摇头，伸手掀开尸体上的白布，一张骇人的脸便露了出来。

叶衙内在棺材里躺了一宿，尸体开始发青，眼眶也凹陷，早没了生前形容。沈季看了一眼，强忍着没挪开。江蘅问他："衙门里说他是怎么死的？"

沈季回道："衙内自小有肺疾，老夫人隔三岔五派人去衙门送汤药。这回因去崔宅闹事，他被老爷训斥落不下脸，便索性躲去了醉红楼。听说夜里肺疾复发，又气血攻心，没了老夫人熬的汤药，他一口气提不上来，就这样死了。"

江蘅问："有人亲眼看到他死的吗？"

沈季道："醉红楼的小红，已经被收监。她说出去换盏烛的工夫，回来衙内就死了。无论问什么，颠来倒去就是这两句。"

"那便是没有人证。"江蘅又翻动了一下尸体，不知是在查验什么。他将尸体细致看了一遍，沈季见他似是看完了，忙上前将死者的衣服重新收拾齐整。

他取来帕子给江蘅擦手："大人可有发现什么？"

江蘅接过来,似乎无心解释:"那些衙役可以唤回来了,我要去趟牢房。"

沈季应下:"我这就安排。"他问道:"大人是要去牢里审钱英?"

江蘅终于疑惑地看他一眼:"我审他做什么?"

沈季立马了然:"我立马安排大人跟小红见面。"

10

院外忽然有人敲门,长河此时正将酒浇在面前的水缸里,缸里不时发出清脆的断裂声,像初春冰河开凌。

长河听见敲门声,恍惚了一会儿才过去开门。

门外是阮小山:"孟先生原来在家呢?我敲了好一会儿,差点都放弃了。"

长河抱以歉意:"天气晴好,小憩了一会儿。"他侧身将人让进来,走进里屋要去给客人沏茶。

阮小山急忙摆手:"不麻烦了,我立等就走。"他朝长河背影道:"阿婆说算时日酱菜该熟了,让我今日过来将东西搬走,推车都还在外面等着呢。"

长河脚步却没有停,仍是进屋取水煮茶。

阮小山见他没有回应,只好杵在院中等着。直待长河端了茶盏出来,邀小山在院中同坐。"上回你不是说酱菜要月底才熟?你们那院子东西冗杂,这么多只水缸怕也放不下。"他吹吹茶上的浮沫,"月底没几天了,待酱菜一熟取出来卖了,空水缸摆着也不占地方。"

阮小山闻言讪笑了两下:"这不是怕麻烦孟先生吗?"

长河喝了口茶,神色如常:"不麻烦。"他将茶盏推到小山面前:"渴了吧?"

小山不敢接:"孟先生,您看这……阿婆还在家里等我呢!"

长河道:"先喝了吧,喝完这盏茶我与你同去。回江宁后还未登门拜访,是晚辈失礼了,今日刚好去跟老人家赔罪。"

小山连连摆手:"不敢当,不敢当!"

长河笑了,话里有些揶揄:"怎么?你们阮家的门槛,叶衙内踏得,我一个寒碜木匠就踏不得了?"

阮小山红了脸,慌忙告罪:"先生哪里话!先生要去,我领你去便是了!"

阮小山领着长河往自家院里走,边走边道:"孟先生,我不知您从别人那儿听过什么,我虽时常替叶衙内跑腿,也只为了图生计。而今他死这事,跟我可没有半分干系……"

长河轻拍他肩膀:"别紧张,我又不是衙门当差的,况且衙门不是已经抓到人了吗?"

阮小山声音打颤:"钱大哥那是冤枉的!他仗义,爱替人抱不平,这回只是看崔恒益家孤儿寡母可怜,激了衙内两句。这些我们大家都知道,相信叶大人心里也清明,待衙门查清楚了,肯定会放他出来的!"

长河点头。"官府的事我们就不谈了,"他在一处摊子前停下,"我记得老人家爱吃栗子,这么多年,口味没变吧?"

栗子的香味在风里散开,阮小山抽抽鼻子,不自觉吞了口唾沫:"没……没变。"

11

江蘅问:"你的意思是,叶衙内死前屋里还有别人?"

小红有点不耐烦:"是,是,该说的我都说了,衙门里到底还要换几波人问?"

江蘅颇有耐心:"那你先前为何说他是肺疾发作而死?"

小红瑟缩了下:"官差大哥,您是没看到老夫人上来就咬人的气势。我要不这么说,让她知道屋里真有别人,铁定认为我伙同奸夫谋财害命呢!"

江蘅站起来,看了她一眼:"你还是没说真话。"

小红一怔,不自觉往后挪了半寸。

江蘅走近她:"不会等烛光熄了,你才想起添蜡烛吧?醉红楼我去过,你们住的那间,烛台摆在前厅,若是有人,影子也会投在后窗。而你从前门出去添蜡烛,如何能看到后窗上的影子?只有一种解释,你看到的不是影子,叶衙内遇害那一刻你刚好推门,你看到的,是凶手本人。"

小红突然发出一声尖叫:"我没有!我什么都没有看到!"她几乎是吼出来的:"别再问了!"

江蘅却不放过她:"我查过叶衙内的尸体,他身上没有伤口,死状的确像肺疾。可他的指甲却狠狠嵌进了肉里，指缝里还有几丝棉絮。"

小红肩膀一抖。

江蘅道："你知道这意味着什么吗？"他模仿死者生前的手势。"死之前他的手并不是在拊膺，他是在遏制恐惧，"江蘅道，"他是被活活吓死的。"

江蘅蹲下身，轻声问小红："而你，你不害怕吗？"

"我……"小红终于仰起脸，脸色惨白如裹尸布。终于，她惨叫着哭了出来："我看到了！我看到那个人了，那个……那个东西不像人……"

江蘅劝慰她，等她说下去。

"漆黑的……有爪子，它有爪子……"小红哽咽着，泣不成声。

江蘅出了牢房，沈季候在外面，见到他问："大人问明白了？"

江蘅走到天光处，把叶衙内那符拿出来看了眼又塞回去，没说什么，只取出一锭银子交给沈季："把转运使毛抗、通判李琮给我请来。"

沈季忙摆手："大人有什么吩咐，我照办就是了。"

江蘅摇头："不是为这个，方才你打点牢头怕也花了不少钱，拿着。"又交代他："钱英无罪，让他们多照看点儿。"

沈季恭谨接下了，待要走时又问："那两位大人，用什么理由请？"

江蘅道："叶衙内死了，他们作为叶均同谊，竟然都没表示？"

沈季道:"他们家里派人来问候过了。"

江蘅眉头一蹙:"就跟他们说,叶均痛失爱子,哭坏了身子,让他们过来劝劝。"

12

长河封好栗子,提着去见阮阿婆。

阿婆催小山进屋给人倒茶,长河还来不及问安,老人就先跟他赔罪:"叨扰孟先生了,先生院里的酱菜缸子,我说让小山搬回来,"她往院外望了望:"那孩子怕是给忘了?"

长河道:"不碍事,放着也无妨。"顿了一下又道:"这回该我向您赔罪了。昨日有朋友来,我新回江宁也没什么可以招待的,就从缸里取了点酱菜来下酒,您不介意吧?"

老人面色倏地一僵,盯了长河半晌,缓缓又换上微笑:"不……这倒不,孟先生下回想吃,直接跟老身说,我让小山给你送去。那缸里的东西,还没腌好……"

长河笑:"酱菜倒是都入了味。只是您上了年纪,看东西大约不清明,缸里的酱菜都还没洗净呢。昨夜我吃了,差点硌到牙。"

老人的声音一滞:"孟先生,你……"

长河打断她的话:"阿婆,听我祖母说幼时您抱过我,说我眼睛生得奇怪,留着不祥,怕是亲眷也要跟着遭殃。您还记得吧?"

老人慌忙起身告罪:"那是老身有眼无珠,看错了人,孟先生别往心里去!"

长河扶她坐下:"您别着急,我此番来是想告诉您,您当年说的话,一个字也不差。我的眼睛,的确异于常人,寻常人看不到的东西,我这双眼睛都能看到。"他朝老人身后看去:"比如现在,悬在您周身的那些丝线。"

阮家阿婆惊得一抖,桌上的油灯被她扫到了地上,发出一阵声响。

阮小山闻声而来,身上还挂着几块栗子壳。他一看眼前的情况,突然就露了凶相,眼见就要朝长河扑过来。

长河将手扶在老人肩上:"当心,这里丝线太多,我怕一不留神就给碰断了。"

阮小山一下子蹿起挂到梁上,伸长脖子诘问道:"你来这究竟要干什么?"

长河道:"来问你们想干什么。"

阮小山龇牙:"你不是自诩神通吗?"

长河道:"这样挂着不累吗,还是现原形吧。"

他话音刚落,阮小山突然现了原形,尾巴圈在房梁上,利爪直向长河扑来。长河一侧身,那爪子兀地被刺穿,阮小山连着长剑一起被钉在壁上。他痛得哇哇大叫,江蘅走过来抽出长剑,小山滚落在地,居然是只秃尾巴猴子。

江蘅将它一把拎起:"这副形容,居然也能吓到人?"

长河见到他有些惊奇:"你怎么找到这儿来了?"

江蘅道:"我跟你说过吧?去相府赔罪的,除了叶均,还有毛抗和李琮。"

长河点头。

江蘅道:"叶均是替他儿子赔罪的,剩下那两个,是指使公差闯进相府拿人的主谋。"

13

沈季一路将两位大人骗进了牢房。

李琮看着江蘅眼生,回身问沈季:"他是何人?"沈季不答,只默默退开去。李琮警觉:"你们是一伙的?青天白日,你们想干什么?!"

"通判大人先不要着急,"江蘅从袖中抖出一份卷轴,"奉圣上手诏,来江宁办点儿案子。"

毛抗一惊,扯着李琮扑通跪下:"恕卑职眼拙,没认出大人,不知大人在哪处衙门高就?"

"我是谁,日后你们自然知道,"江蘅道,"我问你们,同天节那天,是谁指使你们去相府逮人的?"

江蘅对长河道:"我把两人提到一处,起初那两人事先串了口供,怎么都审不出来。我便避开了一会儿,让狱卒好酒好肉招待李琮,而那个毛抗,则让人带到隔壁牢房里杖责了几下。不多时便有人招了。"

"不患寡而患不均,圣人所言极是,"长河称赞,"同罪不同罚,他们口供串得再好也无用。"

"这你便错了,"江蘅道,"打的是毛抗,先招的却是李琮。"

长河惊讶:"这是为何?"

江蘅道:"官员未认罪,便不可屈打成招。我打毛抗用的罪名是狎妓,因沈季是从窑子里找到他的。此事李琮不知,他只听得那边毛抗叫得惨烈,便一股脑全招了。"

长河哭笑不得。

李琮听得那边惨叫连连,嘴里的肉哪敢咽下去,汗涔涔地伏在地上跟江蘅告罪。

江蘅问他:"指使叶衙内的人是你,你们上头又是谁?"

李琮唯唯:"卑职虽然知罪,但此事跟卑职也没多大干系。"他瞥了眼江蘅的脸色,斟酌着用词:"我便实话说了吧,是上头那些人担心王相重返朝廷,所以……所以便命卑职使些绊子。"

"上头?"江蘅心里冷笑一声,明知故问,"你说的是谁?"

李琮喁喁不敢答。

江蘅道:"你不说我也知道,你上头的那些人,无非是刘素、魏奢、齐晟秌……"

李琮见他一个个念出朝中大员的名字,吓得直磕头:"大人,求求您别说了!此事您比我明白!王相因为新法在朝中树敌太多,人人都担心圣上哪天又再用他。他们位高权重,让卑职给王相找些恶名,也容不得卑职拒绝啊!"

"真是苦了你了,"江蘅冷哼一声,让人去把毛抗带过来,"那叶春盉呢?他跟王相有何仇?我看此事他比你们还要积极。"

李琮忙道:"大人有所不知,叶大人五十多了,还只是区区知府。衙内自小在汴京长大,若此事得成,京中那些人念他有功,把他父亲提拔上去也不无可能。故而此事他最卖力，我等只是搭了把手而已！"

江蘅扬扬手里的东西："那这张鬼符是怎么回事？"

李琮愣了一下："这是什么？大人，这我真不认识。"

"我认识……"毛抗有气无力地道，他刚刚被打了二十大板，身体还是虚的，"叶春盉敢闯相府，就是因为他从寺僧处弄到了吴砚跟宋员外签的宅契。他闯相府之时，便动了在宅契上做手脚的心思。"

他缓缓道："长白街巷子东头有个姓崔的，前不久死的那个。他会伪造字画，叶春盉胁迫他改了宅契，崔恒益照办了。这符大约是叶春盉不放心，怕崔恒益泄密，故而请妖物杀了他。"

江蘅蹙眉："大约？他要杀的人是谁，连你也不知道？"

毛抗摇头："大人若是不信，就去丰乐街去问吧，那里住了个姓阮的阿婆，这符咒她比谁都清楚。"

14

长河听完摇头："不对，叶衙内请妖物杀的不是崔恒益，否则这符不会出现在崔宅。反倒像崔恒益无意间在他书房里找到这张符，藏了起来，以便日后要挟他。"

江蘅点头："所以我才想来此处问清楚。"

长河又问他："那叶衙内是怎么死的，你查明白了？"

江蘅将醉红楼之事告诉了他，又将吱吱乱叫的猴子拎到跟前。

长河轻轻摇了摇头:"吓死叶衙内的应该不是这只猴子。"

他让江蘅把符给他,又细细看了一遍。"这上面的东来毗罗大仙应是谬传,'毗罗'应为'笸箩'音误,"他朝屋子四周看了看,"东来毗罗大仙,说的是挂在东墙上的一只笸箩。"

屋子东墙上倒真留了一圈笸箩的痕迹。

江蘅朝墙上看去:"可依小红说,那东西通体漆黑,还有爪子。"

长河道:"这便是养妖物之法了。器物养久了,虽则有灵,却未必个个通了神识,能有人性。"他看着面前的老婆子:"若我没猜错,这猴精便是她豢养的,替她去山里掘些死人回来,养在缸里。待骨肉化尽,浸在器物身上,器物便化作人形,为她驱使。"

猴子又吱吱叫了两声。

长河让江蘅放它下来:"你不是她养出来的,那你这身皮囊是怎么回事?从哪里得来的?"

猴子还在吱吱乱叫,一通比画,江蘅听不懂,长河眉头却渐渐蹙起,听罢一声叹息。

江蘅问道:"它说什么?"

长河道:"熙宁七年,天久不雨。阮小七没了生计,去鹤归山刨墓,想扒点死人衣裳换东西,却不慎掉进山崖摔死,这山中猴子就化成他的样子回来了。"

猴子吱吱又叫了几声,翻出墙垣不见了。

江蘅要追,长河拦住他:"让它去吧,你方才那一剑斩断了它身上的丝线,它不会再被人驱使了。"

江蘅在阮阿婆对面坐下来:"那她也是精怪?"

长河点头,坐在另一边:"阮阿婆确实不寻常,她能靠织机的花纹给人算命。我记得幼年时常有人以米钱为酬,请她算命。阿婆彻夜织机不废,织线成纹。那些纹路晦涩难识,阿婆一一为人解之,多有灵验。"

江蘅听明白了:"你的意思是,她是织机成的精?"

长河道:"之前的阮阿婆自然不是。许是后来小山久出未归,阿婆饿死在屋里,织机通了灵,替她生活在这里。"

长河说着拿出刻刀割断一根丝线,东墙便露出了原貌。

"这座园子早就荒败,你眼前所见,都是织机织出来的假象。"长河一根根地割,面前景物便一寸寸衰败。

江蘅有些惊讶:"一个木头做出的死物,法术竟也如此厉害。"

"没人信奉,它自然只是普通织机。"长河道,"可就跟庙里的神佛一样,一截木头,纵使镀了金身也只是木头;让它变成神佛的,不是那层金粉,是千千万万信徒的执念。这织机也是,大荒之年向它求祷的人多了,它的灵气也就愈强,直至变成今天这种操纵旁人生死的妖物。"

江蘅站起身来:"丝线在哪儿?我一剑替你全斩了。"

长河摇头:"看不见便斩不断,我指给你也无用。你斩断小山身上那根只是凑巧。"

"可这丝线千千万,你得割到何时?"江蘅蹲在老婆子跟前,"叶春盂请符杀的是何人?告诉我,我便让你死得痛快点。"

老婆子缄口不答。

长河却好奇:"你如何让她死?"

江蘅继续问老婆子："你愿意痛快去死，还是愿意这样被他凌迟？"

长河拿刀的手僵了僵，对江蘅道："你这般问也是徒劳，不过也不难猜，请符是折阳寿的。叶春盂宁肯折阳寿也要杀的，必然是他杀不了的人。"

岂料江蘅闻言浑身一僵，脸色霎时冷了下来。长河正奇怪，只听江蘅沉声道："我知道他想杀谁了，他想杀的人，是王相。"

长河一惊。

江蘅道："宋员外的死我还没细查，而崔恒益，据他家里人说，他是在门前洗砚不慎掉入河里淹死的。我让沈季查访了邻里，崔恒益死的那天，薄暮时，一个人正好从下游的河里爬出来。沈季根据那人形容，猜测十有八九是衙门里的衙役。"

长河恍然："你是说，叶衙内想杀宋员外或崔恒益，随随便便可以杀。唯独王相，他轻易不敢下手，就算他斗胆下手，王相一死，朝廷也会层层稽查。所以，他才动了请符的心思！"

江蘅脚尖一转："我得尽快去王相那里！"

长河拉住人："莫急！凡请符杀人，一旦不成，妖物便会反噬自身。"他安抚江蘅："而今叶衙内已被杀死，这便说明，王相无碍。"

江蘅盯了长河半晌，终于平静下来。

"何况这妖物不除，日后也是大患，"长河又问他，"你方才说，让她死得快点的法子是什么？"

江蘅道："火。"

长河顿了一下,许是因为他前身是云梦泽畔一株苍梧,天生畏火,故而没想到这上头来。

江蘅摇摇头:"我也就说说罢了,这里院落参差,一把火烧过去得牵连一片人。"

长河舒了口气:"那还是我来吧。"他想了一会儿,划开指尖,将血涂在门楣上。

血渗入木头的刹那,整座房子似是瞬间得了生气,吱吱呀呀地响着,又像是户枢少了合页,摇摇欲坠。长河继续用血在门上涂抹着,血渗得越来越快,屋里动静也越来越大,仿佛有什么庞然大物在里面争斗。

眼见争斗越来越激烈,江蘅一把拉住长河:"别再涂了!它是地缚灵,让叶均封禁这里就是了。再画下去,你的血都要流尽了!"

长河岿然不动,他的手臂似有千钧重,着魔一般还在门上画着。

忽然,门里轰然一声响,所有声音霎时全消失了。江蘅被这突然的寂静吓了一跳。

再看长河,他的唇色已经发白,体力不支差点栽下去。江蘅眼疾手快,一把将人捞住,听他喃喃说了一句:"多谢。"

15

长河醒来,发现躺在自己的床榻上。江蘅在屋外,不知在跟谁说话。

不多时他走进来,手里端着一碗面:"钱家娘子送来的。"

长河支起身子,接过面碗:"钱英还在狱里?"

"已经回家了,"江蘅道,"我让狱卒照应着,没受什么苦。"

长河睡了许久,腹中饿得慌,三两下便将面吃完了。

江蘅道:"案子已经结了。我亮了身份,让叶均自己去审谋害崔恒益的衙役。据他交代,叶春盉请那张符,确实是冲着王相去的。"

叶春盉从寺僧处得到吴砚的宅契,便伙同毛抗、李琮想借题发挥一番。同天节那日天时地利,他们闯进相府拿人却没拿着。叶春盉不死心,一边继续安排人伪造宅契,一边请了符,以作二手准备。

而崔恒益伪造宅契时,在他书房发现了符咒。他本不知叶衙内要害谁,但请妖物一事本就是死罪,崔恒益以为自己得了张护身符,不料自己却因这符先被叶衙内害死。

长河摇头:"神鬼难测,终不如人心难料。"他看向江蘅:"你让叶均亲自审这案子,不怕他藏私?"

江蘅道:"他是个明白人,大事不糊涂。他也清楚,这将是他为官生涯审的最后一件案子了。"

末了江蘅道:"明日御医也该到了,到时你同我一起去钟山拜访王相吧。"

外人口中的"相府",不过是钟山脚下几间悬山顶的房屋。茅草覆顶,白垩漆壁,跟寻常人家无异。

江蘅领着御医到王相寓所的时候,适逢相爷外出。他跟夫人见过礼，唤侍从将一件东西奉上："这是前朝白居易手抄的《金刚般若经》，官家知道相爷喜欢，特命我送来。"

"他近来确实爱钻研佛法，"夫人笑道，"江大人回了汴京，烦请替我老夫妇谢官家恩赏。"

"夫人说笑了，应该的。"江蘅又对长河说，"去把佛经送到书房吧。"

江蘅陪夫人说着话："不知相爷去了哪里？"

夫人道："在定林寺跟和尚谈经呢。"

那边长河进了书房，取出刻刀在窗棂上雕了只燕子，刀笔落下，燕子扑棱下来飞到他手里。长河看着掌中的飞鸟："告诉我，前几日这里发生了何事……"

长河放置好佛经，见江蘅已跟夫人叙完了家常："定林寺怎么走，烦请夫人指个路？"

夫人道："不难，上山只有一条路，直走见到棵梧桐，绕过旁边的石潭便是了。"

江蘅朝长河望了一眼，辞别夫人，撇了御医和侍从，两人便上山了。

进入山林，江蘅方才询问："那晚相府发生了何事？"

长河道："也是万幸，妖物来的那晚，相爷正挑灯写《金刚经》。那妖物徘徊欲近时，《金刚经》最后一笔恰好完成，两大金刚左右护法，怒目而视，那妖物一见便遁逃了。"

江蘅脚步一顿："相爷可受到惊吓？"

长河摇头："金刚现身时，只烛光一闪。相爷或许有所察觉，但应该未受惊扰。"

江蘅舒了一口气:"早闻相爷幼年随父宦游,过蜀道梓潼神祠时,风雨一路相送,看来相爷也非等闲身哪。"

两人到了定林寺,经寺僧指引找到了王相。

定林寺后有石溪,溪石错落,从石头罅隙里伸出来的虬根,盘桓如老龙。长河见老人坐在虬根上,手里翻着书页,须发皆白,望之如独鹤孤松。

江蘅上前作揖:"相爷。"

老人回头见是他:"清芜来了。"

江蘅点头:"闻说相爷受惊,官家命我带了御医来,正在府里候着。"

长河躬身行了礼。

老人起身,江蘅过去将人扶住:"府上的事我已经查清楚了,回去就向官家禀告。相爷也得赶紧养好身子,官家差我问您何日回朝?"

老人轻轻一笑:"罢了。"他拍拍江蘅的手臂:"昔者嵇叔夜挑灯夜读,一三寸妖物跑来相伴。嵇叔夜当即就把灯烛灭了,他当时说了句什么,清芜可还记得?"

江蘅一怔,跟长河对望一眼,轻声道:"耻与魑魅争光。"

老人道:"朝中那些人,只是与我政见不合,心仍系着天下百姓。而今时和岁稔,四海波静,便放我一人终老钟山吧。"他站在岭上,望着眼前风物,钟山翠峰如簇,脚下澄江似练:"唯愿陛下福寿绵长,如此,便是苍生之幸了。"

16

两月后,中书省下了急递。

江宁知府叶均、通判李琮、转运使毛抗均被撤了职,交与大理寺待罪。

"听说新上任的江宁知府吕嘉问,是相爷的学生,江南东路提点刑狱司王安上,是相爷亲弟,"长河道,"官家这般安排,真是煞费苦心了。"

任子期点头。

长河忽然想起件事:"那日在阮宅多谢了。"

任子期浑不在意:"你的尸骨我收了太多回,救你一次,便是替自己省事一次。"

长河笑着摇头。

秦淮河畔有官人做寿,歌女声音清越和畅。他倾耳听着,是一曲《声声慢》:"……鬓绿颜酡。对花醉、把花歌。熙宁安乐好行窝。佳辰虽异,翁此兴、不输他。更如何、欢喜也呵……"

"熙宁安乐好行窝,"长河咀嚼了一会儿,忽然伸了伸懒腰,斜倚在栏杆上,"连相爷都决心归隐钟山,我也该回去了。"

任子期抬眼问他:"回去哪儿?"

长河笑了,看着烟水来处:"大约是,云梦泽。"

番外一

长风引

韩琦转头,重新审视面前这个年轻人。

他才十六岁,意气风发,锐不可当,不同于他爹爹的敦厚和爷爷的温和,他身上,有着太祖太宗时的血性。

01

治平元年，东宫。

噔噔的脚步声由近及远，颖王赵顼从书案前抬头，见一人突然蹿出来挡在门口，头戴鬼脸面具，披发瞪眼，甚是可怖。

研墨宫女吓了一跳，赵顼只瞥一眼，便继续看书去了。

门口那人似是不甘心，将面具正了正，凑到他跟前问："如何，看我像不像狄大将军？"

赵顼便又看他一眼，颇为无奈："快别闹了，待会儿夫子见到，又要责骂了。"

江荻这才把面具摘下来，露出稚气.未脱的一张脸："方才我问了内侍，他说韩夫子被官家召去了，一时半会回不来呢。"

他话音未落，却见侍讲韩大人已经站在他身后了。韩维打量江荻一眼，叱了声："顽劣！"直接绕过他走向赵顼："殿下书本看完了？"

赵顼起身，恭谨地道："请夫子指教。"

韩维满意地点头，伸手去拿赵顼面前的书本。

赵顼霎时记起什么，脸色忽然一变，眼前这本《孟子》底下可是藏了一本《孤愤》。夫子身为儒学大师，素来憎恶法家，被他抓到看韩非子的书，可又要一通说教了。

岂料韩维抓起《孟子》后，桌案上便别无他物。他翻了几页，看了上头批注,啧啧称道:"殿下天资聪颖,着实让臣省心。"

他边说边揉额角:"要是宰执大臣也如殿下这般便好了。方才迩英殿里听韩相公和富枢相两人吵架,直叫我脑仁疼。"

赵顼听了疑惑:"韩相公持稳,富枢相端方,为何会在殿上吵架?"

韩维道:"无非是些东西两府职务分配之事罢了。"

赵顼轻轻"哦"了一声,便不再问了。

说起东西府,历来东府中书省管民生,西府枢密院理军事。仁庙时期,因与西夏交战,情况特殊,便将两府事务均交中书省兼管。而今四海升平,西府枢密使富大人想重新分理职务,东府宰相韩大人却一直推辞,按下不表。

"韩相公早晨刚跟陛下递了折子,意在河北等地籍边民为兵,抵御西夏。这本是枢密院的事,富大人闻言坐不住了,央陛下给个说法。"

这是前朝积压的旧问题,哪是一上午就能给出的?韩维被召了去,说是翻查前朝先例,实则是陪官家听了一上午唾沫星子。

夫子抱怨了半天。赵顼如今区区皇子身份,离庙堂之事还远,便只倾耳听着,不作他言。

韩维唠叨完,又查了赵顼功课,这才起身离开。

韩维一走,赵顼轻轻松了口气,朝身边人道:"幸好兄长帮我把书收了。"

江蘅从袖底抽出《孤愤》给他:"下回可要当心了。"

赵顼一笑:"我平常都藏得小心,这回要不是衍之突然跑进来，我也不会忘了……"

说到江菽，赵顼道："我让他买王楼的梅花包子和乳酪，说好了一会儿出宫看乳母。他只顾着玩，怕不是忘了？"

江蘅好笑："忘倒是没忘，大约将事情让淄王府的人做了。"

赵顼细思也是："早上没见令铄，想是玩双陆输给了衍之，替他办去了。"

方才被韩夫子一叱，江菽早就借坡下驴跑了。这会儿进来，头发已规规矩矩束起，手里还提着一只食盒，上头印着淄王府的标志。

赵顼和江蘅相视而笑。

江菽不懂他们为何笑，催赵顼道："殿下，走吧！"三人便骑马出了东华门，往开圣寺而去。

02

赵顼此番去开圣寺，是为探望养病的乳母。

国朝旧制，宫人年迈或是生病，一律出宫住进开圣、广福等尼院休养。乳母出宫已有些时日，赵顼这几日功课忙，今日方才动身前往。

七月流火，暑气渐退。

朱雀街上三位少年轻衣广袖，扬鞭策马，不多时便到了开圣寺。开门的小尼见面前几位小公子锦衣玉簪，知是贵人，忙不迭将人迎进去。

住持闻风出来，江蘅朝她作了揖，又从怀里掏出香火钱，问道:"寺里可有一位荀氏夫人,不知住哪间院子?"

住持看了香火钱一眼,回道:"老身年纪大了,记不清楚,要差弟子们一间间问去,烦几位小公子久等。"

江蘅跟赵顼对视一眼,又从腰间摸出十两一锭的银子。

住持这才不情不愿伸手接了,吩咐身边人:"静慧,带几位小公子去找找吧。"

江菽悄悄拉赵顼袖子:"这尼姑可真傲气。"

赵顼点头,寻常市民一日收入也不过三百文,一锭银子还换来她这副嘴脸。看来这寺庙里的香客,出手都颇为大方啊。

静慧带人去了后院厢房,站在院前跟人询问几声,忽然退回来道:"真是不巧,荀夫人这两日旧疾未愈又染了风寒,不便见客,小公子要不改日再来?"

赵顼看了屋子一眼。"无妨,"他抬手咳了两声,"我这两日身体也刚好抱恙,不怕被传染。"说着抬脚往院里去了。

静慧要拦,被江蘅阻住了,只好跟着一起进去。

赵顼进了厢房第二间,甫一进门就见乳母愁容惨淡躺在床上,登时悲从中来。从来都是乳母照顾他最多,而今她年迈生病,却要一个人来这尼寺里休养。

静慧在一旁安慰:"荀夫人病了几日了,我们连日给她擦身去热,今日才算好转,刚刚进了些流食,再两日便好了,公子莫要伤心。"

赵顼默然,他伏在旁边轻声同乳母说话,静慧又道:"她这一时半会儿也醒不了,公子明日再来吧?"

话音刚落，床上人哼了一声。赵顼一喜，紧紧抓住乳母的手。床上人慢慢转醒，看到赵顼时眼睛亮了亮，却只张了张嘴，没发出声音。

静慧扶她起身，又端了杯茶吹凉了喂她喝下，对赵顼道："昨夜咳得狠，嗓子一时坏了。"

赵顼见乳母慢慢把茶水喝完，轻轻点了点头。

江荻带来的食盒还放在桌上，赵顼看了一眼："这些吃食你们分了吧，改日我再来探望。"

静慧道："多谢小公子。"

赵顼罕见地没有回礼，出了院门跟住持作别。方一出寺门，他就跟江蘅使了个眼色，江蘅点点头，回身往开圣寺后门而去。

03

赵顼跟江荻骑马慢慢走着，他心事重重，对乳母的病情放心不下。走了不出半里，身后江蘅的声音传来："我看过了，荀夫人身上并无淤痕，除了嗓子沙哑无法说话外，身体倒是无恙。"他顿了一下："奇怪的是，我探了一下额头，她这样子，也不像高热……"

赵顼颔首："我也发现了，往常乳母染风寒时，手脚冰凉，掌心却是热的，还会沁出薄汗。今日我抓过她的手，并未发汗。"

江荻道："会不会不是风寒？庙里尼姑没见识，以为一生病就是染风寒，也许是别的病呢？"

江蘅道："我也是这么想的。殿下，我倒是知道一间药局，掌柜的看病很有一套，不如请他来给看看？"

此法当为上策，一个宫人，自然不好请御医专程来治，赵顼当即答应了。

三人回到朱雀大街，江蘅在一处衙门前勒了马。江菽跟着下马，瞧了眼四周："大哥，你是不是带错路了？这儿是开封府啊！"

江蘅将马拴住，往旁边巷子里头走："医馆在这里面。"

三人走进巷子，又走了约莫一刻钟，终于看到一块"药"字招幡在风里飘。江蘅先进门跟人问了句什么，出来跟赵顼道："掌柜出诊去了，要下午才回来。"

赵顼道："那便在这儿等着吧。"

江菽道："殿下还是先回宫吧，有事我们通知你。"

赵顼摇头："无碍。"

他心底悬着事，自然不想回去干等。江菽无奈，陪他走回巷子口，找间茶棚坐下，跟店家要了壶茶。

江蘅却又进了那间药铺，再出来时嘱咐江菽："看好殿下，我去找掌柜。"

江菽点头，斟了杯茶端到赵顼面前："殿下将就喝一口，解解暑气。"

他还顾虑茶水太次，入不得口，赵顼已经端起来饮了，看来是渴极了。

江菽突然一笑："殿下，您这仪态在外可得改改，喝杯粗茶都双手执杯，怕人认不出您呢？"

他还未取笑完，身旁一短衣人坐下，劈头盖脸对赵顼说："这位公子，我见你面容惨淡，印堂发黑……"

一把长刀架上他的脖子，江菽一改嬉闹的神色，声音凛冽："有血光之灾的是你吧？"

来人忙打哈哈："这位小公子气性别那么大嘛！"他小心把长刀拨开。"我话还没说完呢，这位公子，"他又转向赵顼，"家里可是有什么人遭了难呀？"

两人一怔，他这话问得对也不对。

赵顼有意弄清来人路子，便让江菽收起长刀，顺着他的话接下去："我们家……还真有一两件麻烦事。"

"我懂我懂，"来人一脸诚恳，"到开封府门前喝茶的，可不就是为那么一两件事嘛！"说着他搓了搓手。

江菽取出一枚铜板放在桌上。

"这……这也太……"

江菽瞪他一眼，他乖乖将铜板收进怀里："实不相瞒啊，小兄弟，鄙人朱阿四，干的是拿人钱财替人消灾的事，只是你说，你们这么大一件事，就这么个铜板，是不是少了点儿？"他来来回回将面前两人的衣服瞧了个仔细："咱府上也不差这点钱不是？"

江菽不给面子："你怎么就知道我们愁的是大事？"

赵顼仍是好奇，拦住江菽道："若想解决这件大事，要花多少银子呢？"

朱阿四一只脚踩上凳子。"这可就问对人了，"他伸出三根手指晃了晃，"价格公道，童叟无欺。小兄弟考虑考虑？"

江菽试探着问："三两银子？"

朱阿四当即甩手要走，被江菽拿刀背压下："说清楚。"

朱阿四说："三百两，一个子儿都不能少。"

"开玩笑！"江菽并不知道解决什么事，单觉得数目荒唐，"你抢钱呢？"

"我这已经是最低价了！"朱阿四喊道，"不信你上别处问问，看他们'白板'卖多少钱？"

赵顼一顿，刚要问何谓"白板"，又生生改了口："你这价钱确实不低，那要是寻常人家，买不起'白板'呢？"

朱阿四两手一摊："那便只有挨'红板子'的份啰！"他表情夸张："一板子下去，立马见红，二十板子打完，直接去阎王府报到了。到时候别说三百两，你家大人把宅子当了都救不回人！"

赵顼顿时听明白了，暗自心惊。他握杯的手紧了紧："国朝对于杖刑作了考量，刑具宽窄、行刑部位自有其规定，何况中间不得换执刑人，如此来讲，怎么会打死人？"

朱阿四笑道："小公子还是太年轻，要真是这样，还分什么红板、白板？"他凑近了些小声道："其中蹊跷，我同你细说。"他指指不远处的开封府："里头的衙吏，没事儿就拿麻袋练杖刑。不过这麻袋里头，有的塞的是棉花，有的是砖头。他们棍法练两种：一种把麻袋打烂，里面棉花不散，这就是白板，看着吓人，实则只是皮外伤；一种把砖头打碎，外面麻袋不烂，这就是红板，看着是个全乎人，其实啊，"他捂住肚子呻吟："五脏六腑全给你打碎啦！"

他说得唾沫横飞，正待伸手要钱，却见对面锦衣公子骤然起身，牵马往大道上去了。

江菽也猝不及防，扔了几枚茶钱，连忙翻身上马追去。

04

赵顼赶往的地方是开圣寺。

先前在寺里，他就觉得乳母情况不对劲。朱阿四方才一番话，阴差阳错点醒了他。乳母看着没有外伤，指不定在尼姑庵里受了多少折磨。

赵顼赶到开圣寺，连马都忘了拴，直接闯入那间小院找人。他脸色不善，那些尼姑也不敢拦，可当赵顼找到先前那间屋子时，里头衾枕俱收，已经不见人了。

静慧搀着住持追过来，差点绊一跤："小公子可是落了东西？你那食盒上淄王府的标志我们瞧见了，待会儿就给府上送去。"

赵顼盯着床铺不作声。

住持一见明了："还担心荀夫人呢？你们前脚刚走，她家里就有人来接了。"

赵顼闻言回身看着住持，沉声道："她入宫以前就没有亲人，哪里来的家人接她？"

住持一怔，缄口不答。

此刻江菽也弄明白了情况，抽出长剑指着老尼："人呢？交出来！"

住持见此阵仗反倒笑了:"毛都没长齐的孩子,在我这儿横什么?"

她上前一步,将脖子抵在剑锋上:"您要是胆大,就照这儿划下去。不过划之前可要想清楚,我这开圣寺可是奉命敕造的。章献太后上仙那日,仁庙还亲来此处斋戒超度。我死了不打紧,朝廷那儿怎么交代,你们想好了吗?"

江荻冷笑:"呵,你知道我们是谁吗?我身边这位……"他住了口,不知道此时暴露赵顼身份是否合宜。

住持却替他说了出来:"您身边这位是皇长子,颖王赵顼,对吧?"江荻一愣,住持笑道:"颖王自己也说了,荀夫人家人都不在了,那么除了一手带大的颖王,还会有谁来找她呢?"

赵顼让江荻把剑放下,道:"你既知道我的身份,仍是不放人吗?"

住持朝他行礼。"荀夫人确实是给人带走了,不在寺里。大王要是不放心,可亲自带人来寻。不过嘛,"她假意提醒一句,"前任枢密使夏大人只是调了禁军去修私宅,就被革了职。大王这才当皇子多久?可不要学他以身犯险啊!"

这话激得江荻一怒。

赵顼生父赵曙原非仁宗子嗣,仁庙无后,故而在宗室中选其优者继承大统。赵顼去岁才随爹爹入主禁中,江荻不料老尼竟敢拿此事挖苦:"什么态度!在你面前的可是将来的皇上!"

老尼姑皮笑肉不笑:"这不是还没当上吗?再说了,将来的事,谁说得清楚呢?"

江荻被她一番话气得发抖，他少年心性，拿剑就要刺过去。赵顼喝了一声，那剑势已经收不住了。

眼看就要见红，斜刺里突然插出另一柄剑，将那剑锋挡下。

江蘅拦下剑，冷眼看着老尼。

老尼没想到江荻真会刺过来，一下子吓到腿软。她颤颤巍巍还想跟人道谢，不料江蘅揪过她衣襟一把摔在地上，回头示意江荻把人绑起来。

静慧早被这番动静吓得躲在一边，江荻也为方才的冲动后悔，他四处找绳子，却听赵顼对江蘅道："兄长，算了。"说罢便走出了院子。

江荻看着他的背影，有些摸不着头脑，只是江蘅也跟着出去了，他便放弃了找绳子，出门时不忘踹地上人一脚。

江蘅出来才问："殿下可是有别的打算？"

赵顼道："兄长是想抓她报官吧？而今开封府的人只认钱，这尼姑庵的人手眼通天，到时候把衙役一收买，非但她遭不了罪，我们也讨不着什么好处。"

"原来如此，"江荻后知后觉，"还是殿下周到。"说着便将在茶棚里听到的红白板了之事告诉江蘅。

江蘅听了惭愧："我赶得急，只跟茶棚里的人探得你们的去处就来了，没打听太多。"

赵顼道："还好你没耽搁，衍之性子太急，差点酿成大错，"他扭头看江荻："你若有清芜哥一半沉稳就好了。"

江荻吐吐舌头，决意岔开话题："殿下，那咱们现在上哪儿找荀夫人啊？"

赵顼道："回去就有办法了。"

05

司徒家两位公子没想到，颖王殿下一回宫，立即让人升火盆，将他佩戴多年的观音像给烧了。

江蘅一怔，下意识伸手去捞，又生生收了回来："殿下这是何意？这玉观音佑你十多年了。"

赵顼看着火苗："我幼年身子弱，这观音像是乳母替我求的。现在，就看它能不能救乳母了。"

他唤来内侍："替我传消息下去，就说宫人荀氏，出宫前偷了颖王随身玉观音，通知各司衙门，若抓到此人，立即收监，等我亲自发落。"

内侍应下。

赵顼又补上一句："记住，务必要人赃俱获。"

江蘅顿时明了。

赵顼若大费周章找荀夫人，开圣寺那些人畏罪，说不定直接将人害了，尸首都让他们找不着。而今避重就轻，只为寻偷玉佩的贼，但凡有一两个想邀功的，片刻间就能帮他们找到人了。

果不其然，两日后开封府便有人来报，犯人已收监至大牢了。

赵顼内心欣喜，面上确是不显，仍是不慌不忙将手中经义抄好，这才吩咐内侍给人赏钱。

那日消息散布之前，赵顼就让江蕺去开封府候着了，怕的就是开封府找不到"赃物"，将人屈打成招。

赵顼到了开封府，府尹贾学义便拱手将颖王迎至堂上，自己则侍立一侧，让人把犯妇带上来。

荀夫人被带上来时依旧昏睡不醒，两个狱卒抬着担架，几乎没使力气。她已经瘦脱了人形，前天躺在床上看不出来，而今没了被褥遮掩，形容更显枯槁。

赵顼看着心疼得不行，几乎要从堂上下来。江蕺见状，轻轻咳了一声。赵顼身子又慢慢坐了回去，对身旁府尹道："辛苦贾大人了。"

贾学义拱手："哪里哪里，能为大王效劳，是本官的福分。"

江蕺在堂下插嘴："大人这话可不对，难不成咱们殿下换了别的身份，大人这案子便不办了吗？"

他此番心直口快，是为出红白板子的气。赵顼知道，也就任由他说去，装没看见贾学义红了又白的脸。

赵顼踱步下堂："既然大人替我找回了犯人，那怎么处置，该由我决定吧？"

贾学义忙道："这是自然，全凭大王吩咐。"

赵顼点头，示意江蕺将人带走。

江蕺帮忙将荀夫人扶到兄长背上，三人将要出门，赵顼又被人喊住，贾学义让府吏递过来一只木匣。

赵顼起初不解何意，见那匣子打开，里头东西一露，这才了然。

贾学义道："大王说了要人赃俱获，这玉佩果真是从那犯妇床底搜出来的，而今物归原主。"

赵顼看了玉观音半晌，嘴角轻轻弯了弯，示意江荍收下，然后跟贾学义道谢："如此，谢过大人了。"

贾学义仍是拱手："哪里哪里。"

赵顼拿了东西，又说："大人一番忙碌辛苦了，今日匆忙，明日我派人亲自登门答谢。"

贾学义又忙摆手，江荍看不下去了："行了，有赏钱就拿着，摆这么清高给谁看呢！"

赵顼无奈轻叱了声，回身跟贾学义道了别。

待几人走远，贾学义收起脸上的媚笑，朝地上唾了一口："什么玩意儿？皇子身边待久了，真把自己当公子了？"

身边衙役急忙上前："大人消消气，他就是想当，也得司徒大人认才行啊？"

汴京城谁都知道，江蕙兄弟俩的生母不过是惊鸿阁一介歌女，一朝傍上了司徒大人，本以为就此春风得意，没想到还没过门就香消玉殒了。

"也就司徒大人仁慈，换作别人，早扔大街上跟野狗抢食了，"衙役安慰两句，忽然又道，"我们今日为了颖王得罪了开圣寺那帮老尼，明日她们告状，上头的人怪罪怎么办？"

"怎么办？"贾学义甩手，"本官身为开封府尹，典治京师，秉法办事，我怕个甚？""再说了，"他摸摸胡子，"赵顼虽然年少，到底是个皇长子。官家身体抱恙，病情反复，大约要不了几年,这皇位就是他的了。"

他哼哼笑了,语气甚是得意:"底下人无能,没在犯妇身上找到他要的玉佩。我到处采买消息,花大价钱让匠人连夜赶制,终于磨出块一模一样的来,连珠串都让人在后苑造作所里找了串旧形制的。你当我费心尽力,真是为了讨他那点儿赏?"

衙役茫然:"不然呢?"

贾学义敲了一下他脑袋,甩着袖子回府:"奇货可居,懂吗?"

衙役恍然大悟,追上去:"既然这样,我们要不要提醒颖王,开圣寺里……"

贾学义回身打断:"不用,让他慢慢摸索吧,我且看看这小子有几分本事!"

06

赵顼三人出了开封府,直接往旁边巷子里去了。

巷子里有间客栈,江蘅找的药房掌柜早在里头候着,见人进来,忙整好床铺,让江蘅把病人放下。

苟大人体力衰竭,掌柜将人查探一番,先是摇摇头:"几位小公子,还是料理后事吧。"

赵顼心中一寒,又见掌柜一笑:"换作别的大夫,铁定无从下手。你看看,皮肉没伤着,伤的都是内脏。"他卖完关子又道,"不过有我这妙法回春手在,还是能跟十殿阎王讨一下人的。"

赵顼听完掌柜的话,眼眶忽然就红了。他忍着怒气,靠近乳母身边轻声唤她:"开圣寺到底谁欺负了你,阿顼给你报仇。"

床上人手指动了动。

掌柜把药箱打开:"没用了,她虽然清醒,听得见你的声音,但是说不了话。想必是被人喂了胡蔓散,食之喑哑不能言。"

赵顼猛地站起:"那帮老尼竟然如此狠心!"

"嘘!"掌柜朝他比手势,"少年人气性这么大做什么?"他把人往外赶:"外面候着,我这儿治病呢。"

赵顼不情不愿被江蘅拖走,出门没两步,忽然定住脚步,终究是忍不了这口气。他解下头上玉簪给江蘅,沉声道:"去找殿前都虞候叶大人,让他将开圣寺那帮贼人拿下!"

赵顼还在濮王府时,叶道清叶大人就是他的武学教授,自然会帮这个忙。只是,江蘅犹疑了下:"私调禁军,官家知道了怕是要怪罪。"

赵顼怒火未收:"所有罪责我一力承担,只求兄长替我跑一趟。"

江蘅深深看了他一眼,知道他还在负气,仍是拿了玉簪去了。

江蘅走后,赵顼便独自在外面走廊候着。忽然一阵长风过境,檐角风铃叮当作响。

赵顼鬓发被风吹起,他此刻已经冷静了些,抬眼看了看天,又望着眼前汴京的繁荣景象,心底不知怎么升起一阵悲凉。

不知站了多久,身后的门"吱呀"一声响,江菽拿着药箱送掌柜出门。经过他身边时,他躬身跟掌柜行了礼。

江菽送人出门,又噔噔跑上楼梯道:"殿下别太伤心了,掌柜开了药方,回头咱们煎了,每日喂荀夫人喝下就行了。"

"但是嘛,"他也不好隐瞒,"这胡蔓散的毒,掌柜说他也解不了。"

赵顼沉默半晌,抬眼问江菽:"衍之,你平日交友甚广,可知哪里有解胡蔓散的法子?"

江菽挠头想了一会儿:"这药我也是第一次听,不过嘛,我大概知道谁有办法。"

他脑子里出现了一个人,可惜那人身份卑微,不好给赵顼引荐。

江菽圆脸皱着,赵顼看了半天,猜到原因:"不管是谁,能解这胡蔓散的毒就行。"

江菽舒展了眉头,看了看客栈四周,对赵顼道:"此地毗邻御街,车马喧嚣,也不是养病之所,令铄那小子昨天是不是被他爹关了禁闭?"

赵顼点头:"他把淄王养了两年的鹦鹉炖了吃了。"

江菽咧嘴笑了:"正好,咱们上他那儿给他解闷呗。"

07

一顶轿子便往淄王府去了,赵顼坐在里头照顾乳母,江菽骑着马在前面开路。

淄王府江菽来得勤,他清楚离赵令铄的院子最近的是哪个门,便让轿夫在西门边停了。江菽学了两声布谷鸟叫,不一会儿院内传来两声黄鹂的叫声,赵令铄探头探脑出来开了门。

一见外面人是江蓠,赵令铄立马就要将门掩上。

江蓠拿剑柄挡了一下,指指身后轿子:"看看谁来了?"

赵顼走出轿子,赵令铄立即欣喜地迎上去:"阿顼!"

赵顼方才在轿子里看到这边的动静,道:"既然开了门,为何又要关上?那声布谷鸟不是你们的暗号吗?"

江蓠笑:"我可没那么大福分,那是他跟王将军的千金约定的鸟语。"

"什么鸟语?"赵令铄白他一眼,"那叫'嘤其鸣也,求其友声'。"

"管你什么声,"江蓠不屑,"怎么见到殿下就开心,对我就甩脸色?"

赵令铄道:"那能一样吗?我跟阿顼可是同年同月同日生,你这种小屁孩没法比。"

江蓠就比他们小了月份,他刚要发作,赵顼拉住他袖子:"衍之,去把荀娘娘接下来吧。"

江蓠便回轿里把荀夫人背出来,赵令铄不知何意,却也帮忙一起将人抬进了院子。

进了内室赵令铄才问:"荀夫人这是怎么了?"

江蓠道:"被人下毒了。"

赵令铄惊讶地叫了一声,被江蓠捂住嘴,赵令铄把他的手掰开:"怕什么,这院里的仆人都被我爹遣走了,没别人。"

江蓠想起他这是被关禁闭,忽然一乐:"院门又没锁,你怎么不逃?"

"我怎么逃?"赵令铄道,"你没发现?从西门出去铁定会经过南门,门口护卫眼睛贼着呢,会瞧不见我这么个活人?"

江菽又笑了,这倒也是。

赵顼打断他们说话,问江菽:"先前你说能解毒的人在哪里?"

江菽说:"别着急,就快到了。"他回头看赵令铄,有些愧色:"哥哥,这回真的叨扰了。"

赵令铄得他这句"哥哥",有点受宠若惊,突然明白过来,狐疑道:"你这肚子又在冒什么坏水?"

他话还没说完,院外就传来叩门的声音。

08

赵令铄去看江菽,江菽不敢看他,翻身下楼开门去了。

赵顼和赵令铄趴在窗户上看。院门轻启,江菽领了一位老婆子进来,后面跟着位绰约多姿的娘子。

赵令铄傻了眼,恰在此时起了阵南风,美人风帽被掀开,露出尘绝世的半张脸。楼上偷窥的两个人,顿时红了耳朵尖。

待江菽领了娘子上楼,赵令铄指着他鼻子小声骂:"你这是嫌我死得不够快!要让我爹爹知道……"

江菽打断他,指着自己跟赵顼:"你爹爹知道总好过我俩爹爹知道吧?"

他将人领至苟夫人床前。

美人取下风帽,回身对他们一笑:"几位小公子,外头候着吧。"

赵令铄又看傻了，赵顼恭谨道了声："有劳。"便跟江荻一起将人拖了出去。

三人在外堂等着，里面听不出什么动静。

等了一个时辰，江荻耐不住四处走动，忽然窗前天光一暗，江蘅从窗外翻了进来。

赵顼见状赶紧迎上去，却见江蘅朝他轻轻摇了摇头。

江蘅拿了赵顼的玉簪找到叶道清时，他正在校场演练禁军。江蘅没有亮出玉簪，只将叶大人请至一旁，仔细将事情言明，问他可否以私人身份帮忙。

江蘅一身武艺都是跟叶道清学的，和赵顼这些宗室子弟只学些防身之术不同，叶道清的功夫他学了个十成十。

叶道清自然不推辞，他跟江蘅有武艺傍身，当即召了几个休沐的兵士，换了便装就往开圣寺去了。可没料到，那帮人提前得了风声，整座开圣寺里的女尼都换了一批，半个熟脸都没见着。

叶道清威逼利诱问了几个人，她们像是提前串好了口供，都说这里没有什么住持，也没有一个叫静慧的女尼。

"唯一的收获，就是在寺里发现一间暗室，苟夫人当时大约就被他们藏在那里。"江蘅道，暗室里放满了刑具，江蘅怕说了又惹赵顼伤心，索性不提。

赵顼听了，沉默良久："想必开封府接走乳母之际，她们担心事情败露，便连夜逃了。"他眉头轻蹙："她们为何虐待乳母，难道就为图财吗？"

赵令铄晃晃脑袋："图财？一个宫人，身上能有多少钱？"

"小公子锦衣玉食，说话真是大气，"美人已替荀娘娘解了毒，听到他们谈话走出来，"宫里随便一身衣裳就值两三两银子，更别说你们这些小贵人穿的了。"美人朝赵令铄一笑："小公子，你知道二两银子能换多少东西吗？"

赵令铄不知是被问着了，还是看美人傻了眼，嘴巴张着忘了答话。

赵琐又道："除了宫女随身辎重，宫女死后，朝廷还会补给丧葬费和赙赠，恐怕都已为她们所图。"他攥紧手指："怪我现在才明白，乳母出宫为的是养病，结果落到那群人手里，病情反而越来越重！"

他对江蘅道："烦请兄长再帮我跑一趟，查查开圣寺的香客名单，我就不信，没人在后面撑腰，她们敢如此胆大妄为！"

江蘅道："此事我已经想到了。"他取出本簿子递给赵琐："可惜她们准备得翔实，看这簿子分明是连夜赶造的。"

赵琐一看，果真如江蘅所言，纸张字迹处处是破绽。他想到什么，又道："也许是新簿子誊旧名册，蛊惑我们，若能查到这些香客的行迹就好了，某年某月干了何事，对得上就是真的。"

江蘅道："可我们就这么几个人，怎么查啊？"

赵琐眼睛一亮，似是有了法子，倏忽又暗了下来。

江蘅注意到了："殿下想到什么了？"

赵琐道："这种事皇城司轻轻松松就能办到，不出半日就能验明这簿子真伪。只可惜，皇城司不受两府管制，只听命于圣上，我们没法找他们帮忙。"

江蘅低头思索片刻:"也许有别的法子?"

赵令铄咋舌:"不是吧,清芜哥哥?皇城司你都有熟人?"

江蘅摇头:"我们可以上棺材铺子问问。"

"对啊!"江菽一拍手,"开圣寺死的人那么多,棺材肯定也订得勤,我们直接上棺材铺子打听打听。"

江蘅点头,朝对面美人拱手:"寺里都是女尼,我们不便行事,此事劳烦五娘了。汴京城棺材铺子好几家,可得一间间去找。"

"无碍,"美人笑道,"先从开圣寺附近问起,说不定一问便知。"

"你们认识?"赵令铄跳起来。"好哇!"他拽着江菽压低声音,"你俩去喝花酒不带上我?!"

江菽把他手打下:"想什么呢?秦五娘轿子被醉汉拦了,我们顺手赶跑了而已。"

秦五娘朝他们笑笑,对赵顼道:"那位夫人我已经看过了,吃了药暂时无碍,可惜身子太弱,要她转醒,还需耐心等些时日。"她宽慰道:"不过性命无虞了。"

赵顼跟她道谢。

秦五娘笑着受了:"既然如此,奴家便先告辞了,去棺材铺子,穿这身衣裳可不行。"

江蘅将人送到楼下,跟她耳语了几句。

赵令铄看了嫉妒:"怎么所有人都只看到清芜哥哥,分明我也不差嘛!"他趴在窗户上,看见江蘅朝这边招手,不由欣喜若狂,以为美人想和他搭话,江菽将他身子一按:"喊我呢。"说着轻轻一跃，落在江蘅面前。

直到江菽跟着美人一起走了，赵令铄还怏怏不乐。

赵顼轻轻笑了："你妒什么？衍之这是被派去扮尼姑呢。"

赵令铄来了精神："真的？"

江蘅这时候也走了上来："他年纪最小，身量没长开，扮作女尼也不会太显眼，再说，他会武功，也能保护五娘。"

09

秦五娘换了素衣尼帽，那张艳丽的脸才算是收敛了些。她一开始问了两家棺材铺，出师不利，没甚收获。

江菽跟在后头没精打采，早知道是扮作女尼，他就不那么兴冲冲飞下来了。

不觉间秦五娘又停在一家棺材铺门口。她不着急进去，仍是在附近茶棚买了盏茶，问了几句店主人的消息。

两人喝完茶，秦五娘才走进铺子，熟稔地问道："刘大官人在店里吗？"

一个瘦高老丈走出来问："老夫便是，您是？"

秦五娘笑道："我从开圣寺下来，静慧师姐差我来此订棺材。"

老丈打量她一眼："新来的吧？"

秦五娘苦笑："这倒不是，只是师姐身体抱恙，卧床不起。不然，我也不会被打发来此晦气地。"她像是恍然惊觉失了言，捂嘴道："失礼了。"

老丈神色如常:"晦气那是死人的晦气,你我,不都得从此中捞利嘛!"

　　秦五娘假意附和:"说得是。"她又换上愁容:"可这利也捞不了多久了!新住进寺里的一个娘子,眼见要安稳见如来了,不知怎么,硬是让开封府带走了。"

　　老丈熟练写下棺材制式、漆面,抬头道:"走了一个算什么,反正到你们寺里的,哪有熬过半年的?慢慢等就是了。"

　　秦五娘闻言,着急地拿帕子捂住老丈的嘴:"大官人,这话可不能瞎说!"她作势往左右瞧,却是偷偷跟江菽交换了一个眼神:"外人听到了,指不定怎么想呢。"

　　老丈倒也配合:"是是,你我心知肚明就行。"

　　秦五娘顿了半晌,又似无意间问了一句:"张家老夫人每月初一、十五都去我们那儿进香火,这月不知怎么没来了?"

　　"没去吗?"老丈疑惑,"前几日她家下人还来领香油呢。"

　　眼见要穿帮,江菽适时接话,憋着嗓子道:"老夫人来过了,师姐你忙着给佛堂供香,没瞧见吧?"

　　秦五娘自哂:"怕是了。"心想果真让颖王说着了,那簿子名单是真的。

　　她仍不放心,想求个稳妥,说了个簿子上没有的名字:"不过沈员外家娘子倒是来得勤,香火钱也随得厚。"

　　老丈抬眼看她:"你说的可是沈秀沈大官人?这你恐怕看岔眼了,沈家娘子信佛,可回回都去广宁寺,没听过上你们那儿啊?"

　　江菽又把话接过来:"来过的!咱们殿里新请了送子观音像,

灵验得很呢！沈娘子大约从香客那儿听说了，近几日来得可勤呢！"

"也是，"老丈摇摇头，"人生在世，也不过生老病死几桩事，有人订棺材，自然就有人求子。"

他记好货单问秦五娘："棺材做好，是我找人抬上去，还是你们下山来取？"

秦五娘付了银钱："一切如故。"

10

赵令铄蹲在石阶上抓锦鲤，旁边的石榴花落了一池，鲤鱼在水中扑腾，一时分不清花和鲤鱼。他自己玩了半晌，终于不得劲，刚想上楼，忽然水面动了一下，一朵石榴花掉在他手边，赵顼在二楼窗户上看他。

赵令铄几步跑上楼，问赵顼："找我何事？"

江蘅在内室用内力为荀夫人催汗，秦五娘说这样更有利于排出胡蔓散的毒。

赵顼手里握着两样东西，一样是头上的玉簪，另一样，是开封府尹贾学义替他寻来的玉观音。

赵顼将玉观音拿在赵令铄眼前晃："认得不？"

赵令铄一把抓住："这不是你小时候生病，荀夫人替你求的那块嘛。"

赵顼没有点头，也没有摇头："刚刚清芜兄把玉簪还我，我接过来就意识到有点不对劲。"

赵令铄又抓起那支玉簪瞧："哪里不对劲？清芜哥哥把玉簪给你调包了？"

赵顼觑他一眼："调包的不是这个，是那个玉观音。"

赵令铄一惊，又仔细瞧了瞧："这个被调包了？不会吧？连绳上珠子都一模一样。"

赵顼叹了一口气，便将自己烧玉佩救乳母的事告诉了他。

赵令铄明白了，他感慨一番："贾学义别的不会，奉承人倒真有一套！回头我跟他学学，好去哄爹爹。"

赵顼无视他这番话，将簪子插好，又把玉佩塞进怀里："你说，他如何得知我原先那块玉佩什么样子的？"

"对啊！"赵令铄后知后觉，"你那玉佩一直贴身戴着，也没几人知道，除了我们，也就替你更衣的宫女了。"赵令铄道："那宫女该不会是他亲戚吧？"

赵顼沉默了一会儿："你这么说也有可能，或许是我多虑了。"

两人说着话，忽然窗外石榴花又扑簌簌往下落，江蓠出现在窗边。

赵令铄就等着他回来取笑他呢，还没开口，忽见江蓠正了脸色，对赵顼道："殿下，你说对了，那簿子是真的。"

他把从棺材铺里打听到的事情说了一番："开圣寺最大的香客，是资政殿大学士、参知政事张大人。"

"我们去哪里告他呢？"他心中忧虑，"开封府是不可能了，贾学义这人太容易被收买。"

"为什么要舍近求远跑去开封府？"赵令铄说，"知谏院的司马大人，不就住这附近吗？"

江蘅听到谈话，走出来道："不能去他府上，去了人家也不会接见。他是台谏官，私见我们，就是犯了谒禁。"

"那能怎么办？"江菽苦恼，"总不能去敲登闻鼓，把开封府、大理寺、刑部都引来吧？"

赵令铄闻言立马跳到一边："要去你去！我可不干！"他从案上捡了本《尚书》，书页翻得卷了边儿，看样子早记熟了，仍是装模作样地在那儿看。

赵顼这时候异常沉着，对他们的提议均不表态。他走到内室去看了乳母，见她呼吸平缓，大约毒素已经解得差不多了。

赵顼问赵令铄："荀娘娘寄寓此处，可还方便？"

赵令铄脑袋探出来："放心吧，我把爹爹气着了，他最近都不会到这院里来，倒是娘娘会来。"他自言自语："娘娘来了更好，她见到荀夫人这副样子，也会心疼的。"

赵顼点点头："那我明日再过来看她。"

三人出了淄王府，江菽着急："殿下，开圣寺的事咱们就这么放着？"

赵顼摇头："开封府靠不住，还是得等乳母醒了，我们把事情问清楚。到时候有了人证，便能直接去大理寺让周大人替乳母主持公道了。"

11

次日五更鼓过，赵顼例行起床念书。他低头看给自己更衣的宫女,忽然问了一句:"海棠姐姐是哪里人氏?"

宫女莞尔一笑:"殿下忘了?奴是临安人,上次回乡探亲,还给您带了荷花酥呢!"

赵顼又问:"那姐姐可有亲眷住在庐陵?"

宫女笑他:"殿下可是又嘴馋了?我可不认识庐陵人,殿下想吃什么,我让人给您买吧。"

赵顼笑笑,当是默认。

海棠替他整好衣袍,又有两名束发的宫女进来。赵顼在镜中默默看她们的动作,脸上没什么表情。

发簪刚簪好,内侍来报,司徒家江公子求见。赵顼没有宣他进来,而是让内侍把人带去承辉榭。

太阳初升,承辉榭里的水晶帘在晨光中有些炫目,赵顼微微眯起双眼,才能看清里面的人。江蘅面色有些凝重,赵顼见状便屏退了宫女。江蘅附在他耳边道:"开圣寺的事,怕不只是尼姑图财这么简单。"

赵顼听了面色如常,回身让内侍去跟韩夫子告假,说今日有事不去了,课业回头补上。

内侍走后,江蘅仍有些小心,他声音放得低:"昨夜我去了趟张府。"

张大人的府邸位于丰乐街,临街开宝寺里有座高塔,为京城第一高。江蘅带了壶酒,孤身坐在塔檐上盯着张府内院。

"我本想着,开圣寺那老尼有无可能藏在他家里,却不料在那里看到了西夏人。"

此言方出赵顼一惊："兄长可看清楚了？"说完又自省，江蘅目力极佳，断不会看错。何况西夏自元昊一朝改冠易发，形容迥异于中原人，分辨起来极为容易。

江蘅道："西夏使者入京，理应待在惠宁坊的都亭西驿。何况按两国礼节，停留不得超过十日。上月官家病愈，西夏派人进京问候，居然这时候还没走。只是不知他为何出现在张府，究竟又图谋什么？"

赵顼蹙眉将几日所见回想了一下，一个念头慢慢浮起："若是这样，便说得通了。"他问江蘅："兄长还记得我那块玉观音吗？"

赵顼道："那玉佩我常年贴身佩戴，知道它的，除了你们，也就只有身边宫女。替我更衣的宫女原本有三人，我嫌繁冗，只留了海棠一个。早上我试了试她，她跟贾学义并不是同乡，想来也非亲眷。那么贾学义，如何结识宫墙中的海棠，探听我玉佩的形状？"他又对江蘅道："你说在张府看到西夏人，倒是让我记起一件旧事。"

仁庙时期，遣散一百多名宫女回乡，那些宫女后来大部分都失了踪迹，根本没回乡里，而是被当时西夏首领李元昊收拢，成了探听大宋宫闱秘闻的线人。

赵顼道："开圣、广源等尼寺，因时有宫人出宫养病，故而宫女多有走动。贾学义大约就是通过开圣寺这条线，辗转拉拢了海棠。他拉拢海棠不要紧，最多窥探我的喜好。可而今，兄长又在开圣寺最大的香客张大人府上看到了西夏人。那他们是想拉拢谁，又想刺探谁的消息呢?"

江蘅蓦然心惊,恍觉事态严重,他跟赵顼告辞:"我再去一趟张府,他若真跟西夏人来往,必有字据留下。"

赵顼叹了口气:"兄长是司徒家的公子,怎好做这种翻墙探屋之事?这事还是让该办的人去办吧。"

12

江蘅离开后,赵顼便去了趟中书省。

宰相韩琦正在批示公文,赵顼跟他行礼,相爷头也不抬:"怎么,大王这时候不在东宫念书,跑来政事堂做什么?"

赵顼有些犹疑:"闻说相爷曾向爹爹进言,籍西北边民为兵,不知可有成效?"

韩琦终于停了笔:"韩维这张嘴,倒是兜不住消息。大王问这事何意?"

赵顼认真地道:"若我军现在与西夏交战,相爷认为,胜算有几成?"

韩琦闻言似是惊讶了一下,他走下厅堂,端详赵顼一眼:"大王何出此言?"

赵顼沉声道:"近日,汴京城有西夏人的踪迹。"

韩琦神色一凛:"西夏使节往来京城,停留不得超过十日,按道理已经走了。大王身居宫闱,从哪里知道的消息?"

此事说来话长,赵顼有求于人,自然将开圣寺之事前前后后跟韩琦说了:"张大人身为参知政事,他夫人与开圣寺往来过密不说,府上还容留西夏人,此事万不可掉以轻心。"

韩琦眉头轻蹙:"大王是担心,皇祐年间宫女倒卖消息之事重演?"

赵顼点头。

韩琦沉默半晌:"大王先回东宫念书吧,此事我让人去查。"

赵顼深吸口气,对他拱手:"有劳相爷了。"

赵顼出了中书省,没有听相爷的话回东宫,而是让宫人牵了马,朝淄王府去了。

他敲了院门,开门的是江荻,赵顼刚想问乳母的情况,却见江荻朝后方努努嘴。

赵顼心中明白大半,待上了楼,果不其然看到赵令铄面壁站着,淄王妃正领着丫鬟给乳母喂粥食。

许是听见动静,淄王妃放下粥碗,看见赵顼便道:"大王好不晓事!"

赵顼自小在濮王府养大,两家比邻,早当一家人处着,淄王妃对他自然还改不了长辈威仪:"茼娘病成这个样子,你放心交给阿铄?他什么德行你不清楚?万一照顾不来,茼娘这病可不知几日才好!"

赵顼低头应着。

淄王妃念叨几句,忽然话锋一转:"大王,你同我说实话,你们是不是还有别的事瞒着?"

她盯紧赵顼,见他别开目光,打定主意三缄其口,便叹了口气:"罢了,随你们折腾,不过荀娘我可要带走了,让你们照应,我可不放心……"

赵顼见状急忙开口:"夫人可否安排两个人来院里伺候?荀娘娘在这里的事,还是少些人知道的好。"他说完又补了一句:"王爷那里,也请替我瞒着。"

淄王妃闻言重新看他一眼,赵顼这次认真看过去,没有回避她的目光。她看了一会儿,知道这孩子从小稳重,自有主张,便只好叹口气做了让步:"既如此,那好吧。"

几个孩子互望一眼,终于松了口气。

13

赵顼看了乳母,这才安心回宫去,耐心等韩相爷那边的消息。

韩琦早年自好水川一役就与西夏人结下了梁子,仇隙颇深。赵顼笃信,参知政事张大人联合开圣寺勾结西夏人一事,韩琦一定不会轻饶。

他天天派内侍去中书省那边探消息。

五日后,韩相爷那边终于给了回复。

内侍来报,开圣寺住持畏罪自杀,静慧等女尼通通步了后尘,在庵房找根绳子挂了。只拿得余下三两女尼,通通没收了度牒,下狱核查。

参知政事张大人与西夏勾结,证据确凿,判流放春州,削职为民——春州多瘴气,去者活不过一月,此次判决倒也合理。

还有开封府尹贾大人，兹事体大，他倒是拎得清楚，不敢受贿，不料被女尼倒打一耙，滥用私刑之事败露，已被知谏院弹劾，下放柳州了。

赵顼听完惊诧："涉事女尼全死了？"内侍点头。他再三问了几遍，内侍一一确认了。赵顼觉得此事蹊跷，可又说不出眉目，顿了一下又问："那西夏那边呢？汴京城里的西夏人去了哪里？"

内侍沉默，给不了他回答。

赵顼警觉："是不是相爷吩咐了你什么？"他心中疑虑愈深，想起方才没想明白的："那些女尼在开封府第一次上门时，分明就去别处藏身了，而今怎么会缢死在禅房？"

内侍战战兢兢，不敢作声，赵顼顿时醒悟："她们不是自杀，是西夏人将人灭了口，对吗？"

内侍"扑通"一声跪在地上。

赵顼气愤，甩开人直接跑去中书省。

"相爷怎么可以就这么算了？！"赵顼鲜有动怒，此时怒火上来，声音也高了几分，"西夏屡屡犯边，我们还得岁岁赐币！而今他们都在汴京杀人了，相爷还是甩手不管吗？"

韩琦心知内侍拦不住他，见他冲进来，倒也神念如常，端起宰相威仪："不在其位，不谋其政，这句话，不用我教大王吧？"

赵顼强压怒火："那我可否跟相爷，讨要那些西夏人？"

韩琦道："他们已经上路返程了。"

赵顼道："他们返程，相爷可有交给他们一样东西？"

韩琦问："大王想给他们什么？"

赵顼平复情绪，深吸了一口气："战书。"

韩琦转头，重新审视面前这个年轻人。他才十六岁，意气风发，锐不可当，不同于他爹爹的敦厚和爷爷的温和，他身上，有着太祖太宗时的血性。

韩琦看他半晌，缓缓道："一场战争要死多少边民，伤多少财物，大王可清楚？"他忆起好水川兵败时，亡卒父兄妻子号于马首、故衣纸钱招魂而哭之景。

赵顼一愣。

"大军一动，万命所悬，你没到过边关所以不懂。"院墙外，文德殿钟鼓声传来，韩琦脑中响着李长吉的诗："从君翠发芦花色，独共南山守中国。"他叹息一声，望着拱辰殿方向："官家病情反复，身为人子你自当清楚。而我鬓发斑白，半截身子也入了土。我所求的，就是把这大宋江山，完完整整交到你手里。"

他侧身聆听钟鼓："杀戮，非吾所愿。"

赵顼回到东宫，一连几天闷闷不乐。

乳母已经病愈，不过已无事需她做证了，颖王夫人将人留在了府中。赵顼想着她回宫难免再出意外，便答应了。

只是西夏一事，像根刺扎在心口，连提笔写文章的时候都疼。

开圣寺一事，侍讲韩大人听说了，知道他心事，便试着安慰："相爷执政多年，如此处置自是有他的道理。况且边防一事正逐步巩固，殿下还是不要忧心了。"

赵顼看着夫子，又轻轻叹了口气。

他坐回桌案，余光落到博古架上，看到一张鬼脸面具。他愣了会儿方才想起来,那是江蕤上次来时落在这里的。

赵顼走过去,摩挲着鬼脸面具上的獠牙,慢慢将它戴在脸上。

倏尔风起,面具两边的绦带随风招展。他的思绪被长风牵引,透过面具,想起那位以鬼脸遮面、与西夏交锋二十五次未有败绩的武襄公。

赵顼敛目轻叹:"普天之下,难道再没有一位狄大将军了吗?"

韩维注视这位学生良久。"你心里还在埋怨相爷,"他劝道,"相爷此番举动,以大局为重,合情合理。所遭之变、所遇之势不同,其施设之方亦殊。"

这句话耳熟,赵顼惊讶转身:"夫子也读过介甫先生的万言书?"

韩维一笑:"我倒不是读过,你说的王介甫,跟我是至交。"

"为政在人,取人在身。"韩维走过来,摘下赵顼的面具。"殿下现在要做的,就是明一察道,耐心去等。待他年你端坐垂拱殿上,自然都会有的,"他看着面前这位学生,语气郑重似是承诺,"无论是社稷之托,还是封疆之守。"

汴京城上空萧萧风起,高秋已至,长风送过雁群。

番外二

沧海冥

忽然周身的重量就变了,他们像被一团云笼在怀里,又像乘着一阵风飞行。这样飘飘忽忽过了几天,再睁开眼时,几人已经躺在海边的礁石上。

01

立冬刚过，待漏院早早生了炉火。

周谌安倚在门首，听见身后有人喊："周大人，昨夜下了头场雪，外面风凉，何不进来避避？"是三司使杜廉。

周谌安侧过半边身子。天光未明，厅院里头等候早朝的官员，一个个捧了碗猪肝粉肠粥在吃。他状似无意掩了掩鼻子："还是算了。"

杜廉跟着瞅了一眼，笑笑："忘了你是南人，吃不惯这东西。"

周谌安笑道："杜大人，别绕弯子了，有话就直说吧？"

杜廉咳了一声，索性不遮掩了："昨日下殿后官家单独留了你，想是另外派了差遣。不知周大人可否要老夫帮忙啊？"

周谌安觑他一眼："帮忙？"他假意咦了一声："我还以为大人要为这事给我赔罪呢？"

杜廉面色讪讪，不去看周谌安："我哪有什么罪可赔？"

周谌安哼哼两声："官家昨日说明州通判强愎傲诞，恶声都传到京城了，临时给了我一个察访使的职，要我前去查探。"他倚向杜廉："想来要不是您杜大人力荐，此等好事怎能落到我头上？"

杜廉倒也没否认，他面容不改："眼下官家身体抱恙，你我身为臣子，替他排忧解难是应当的。何况明州你早年去过，此行只当是故地重游罢了。"

周谌安不置可否,回想昨日迩英殿上官家原话:"明州通判,恶迹斑斑。"他自顾自笑道:"这恶迹究竟是强抢民女还是草菅人命了?两浙路的长官都没动静,几千里外,单凭明州进奉蔬果的小吏风传,此事,未足信哪。"

他说罢换上一副遭了大罪的神色:"我这趟,怕是要徒劳无功啰。"

杜廉拍他肩背:"宁信其有,不信其无。无功而返最好,不正说明咱们大宋政通人和,圣主英明嘛!"

他还要劝导,文德殿钟声敲响,百官群集,是要准备朝拜了。

两人瞬间收了声,走回各自班次。周谌安忽然想起什么:"还没问你,明州那个通判叫什么名字?"

杜廉道:"李秋潭。"

02

李秋潭站在慈化寺门口。

寺旁有一条小路,荒废无人行。九月秋霜初下,仆役阿吉笼着手,劝他道:"官人,天色晚了,咱们明日再来吧?"

他劝人离开自有道理,此处偏远,古寺破败只余一位老僧,想借宿一宿都无可能。

李秋潭摇摇头:"我从知州那里领了这份差事,自然要尽快办好。户籍脱落甚多,再不抓紧,年前都未必能编造在册。"

说话间风起,阿吉打了个喷嚏,知道劝不住他,叹了声老大的气,不情不愿再次挪进寺里,跟寺僧讨了支火把。

两人便经这小路进了山林。

秋林晦暗,沼气氤氲。阿吉在前边走,李秋潭一路跟着攀荆附棘,行了半里才看到寺僧说的"化骨池"。

浙右风俗,人死不葬,积于古寺外化骨池中。待骸骨装满枯池,方才盖上木板,由寺僧封泥超度。

李秋潭看着化骨池,池上木板已生满杂草,同周围草木连片,难得分辨。守寺的老僧前些年跛了足,这条路已很久没有人来。新死之鬼早不往这边运了,化骨池边草木也已盖过祭奠焦痕。

李秋潭将火把夹在树上,动手去掀泥封的木板。阿吉害怕,逡巡不敢上前:"大人,这底下的尸体少说也有百具,咱们这样万一惊扰了鬼神怎么办?"

李秋潭道:"人死如灯灭,哪有什么鬼神?"他使了把劲,泥木板往上松了一寸。阿吉见状,只好上前来搭把手。两人把木板掀开,化骨池终于露出了原貌。经年累月,池底的尸体皮肉早已化去,冷月之下,森森白骨闪着磷光。

阿吉后退了一步,李秋潭也往回走,却是回身拿松树上的火把。

阿吉这下不敢跟了,眼睛紧盯着通判大人,看他一个人上前,就着火光,一块块翻看池中的白骨。

阿吉在一边瑟瑟发抖,让他感到冷的,或许不单单是九月底的天气,还有李秋潭面色如常、仔细勘察枯骨的身影。

火把上的松油快要燃尽的时候,李秋潭起了身,他回到第一次查验的枯骨旁,拿起一块东西,轻声道:"找到了。"

阿吉远远看不清他手里拿着什么,勉强走近几步才发觉那也是一块人骨,不过好像不太寻常,骨头中间有一个圆形孔洞。

03

两人星夜赶回衙门。

阿吉路上喋喋不休:"大人,霍大人让您查户籍之事,您随便派些衙役四下走访,录个名簿也就行了,何必亲自翻山越岭,跑这野寺来受罪?"阿吉不解:"这骨头上没刻字,咱们也不知道他姓甚名谁啊?"

李秋潭不答,而是问他:"你是明州本地人?"

阿吉点头:"世居此地。"

李秋潭问:"自你记事以来,住番的人多吗?"

明州近海,住番,意指久居海外,经年不归。阿吉道:"这个倒是不知,不过邻居确有三两间宅子,常年空着,应该都是去海外经商未还吧。"

李秋潭点点头。

阿吉等了半天,不知通判大人问这些是什么意思。他兀自琢磨着,忽然福至心灵,猛地跺了下脚:"大人,我知道你的意思了!你来这里,是为魏家那个寡妇吧?!"此话有歧义,阿吉忙改口:"是为魏寡妇家的事?"

阿吉说的魏寡妇是明州城商人魏呈诲的妻子,按说魏呈诲未死,她也不能称为寡妇。只是魏呈诲住番多年,音信全无,邻里左右早当没了这号人,阿吉幼年时就听人喊她"寡妇"。

至于她家里的事,开始并不为人所觉,魏寡妇不管丈夫是生是死,这么多年一直照常过活。

李秋潭四下查访户籍,问到魏寡妇家时,她犹疑了下,说家中只一人。李秋潭不知道她家里情况,记下便走了。

可到了附近米粮店,掌柜看了簿子却奇怪:"咦,怎么只写了一人?魏老大不是从海上回来了吗?"

魏老大就是魏呈诲,李秋潭这才了解寡妇家中的情况。他问明了缘由,疑惑道:"老丈住处与魏宅隔了两条街,您怎么知道魏老大回来了?"

"有些事情不一定凭耳朵、眼睛才知道,"掌柜道,他掏出一本账簿,"魏寡妇平常两月才吃一袋米,十几年来皆是如此。最近几月,你猜我家长工往她家送了多少米?"他伸出一只手:"五袋!"

04

李秋潭提到住番,阿吉便猜到是这桩事:"官人,我还是不明白,虽说魏寡妇性情贞洁,克己复礼,断不会做出藏汉子的事,可是,就算魏呈诲真回来了,又关这野寺后院的骸骨什么事呢?"

李秋潭又缄口不答了,只让他去赁马,两人赶回城里。

李秋潭回到衙门,见霍大人书房的灯还亮着。他走过去,霍大人在闭目养神,听到脚步声便睁开眼,看样子竟然是在等他。

果然霍黎开口便问:"听闻你去慈化寺外化骨池了?"

李秋潭道是。

霍黎赞赏:"治本于民,户籍查清楚了才好对症下药。虽则如此,你也不用事事躬亲,明州这么大,照你这般查下去,怕是三年也查不完。"

李秋潭拱手:"回大人,我查化骨池,不单是为了核对户籍。"

霍黎抬眼,李秋潭道:"我查化骨池,是为魏月娥家中一事。"

魏月娥自然就是那魏寡妇,霍黎一愣,继而似有些欣慰:"难得你如此上心。"

衙门里头早就摸清了魏月娥整日掩门的原因,魏呈诲确实回来了,不过他回来的时候,带了一个东西——那才是魏月娥躲躲藏藏不敢跟人明说的症结。因为魏呈诲带回的东西,在他肚子里。

霍黎轻叩桌子:"外人无知,传他怀了孕,我们衙门中人断不能轻信。世上哪有什么妖邪,不过是其中内情不为人知罢了。"

这话同李秋潭想的一样,他道:"我前些日翻了卷宗,像他这般情况,在明州不止一例。这些人有一个共同点,他们都出过海,甚至住过番。"

霍大人点头:"既然你有心,那便趁机将此事查个明白吧。"他想起化骨池的事,又问李秋潭:"你今日出门,有何收获?"

李秋潭将从化骨池中拾到的骨头拿出来:"我走访民间,发现住番之人有三五年就回来的,也有像魏呈诲十几年不归的。我留意了魏呈诲的旧交,那些人居然多半都没有回来,跟乡人也失了消息。而今回来的除了魏呈诲,只有一个叫刘成的人。"

他将骨头摆在案上。"这是刘成的髌骨，他三年前回来，没两月就突发恶疾死了，家人把他送到了慈化寺后面的化骨池。"李秋潭道，"我去化骨池找寻线索，不料到那儿一看，刘成的骸骨竟然比底下的旧骨还干净。"

霍黎举起髌骨打量："你如何判断，这骨头是刘成的？"

李秋潭道："那处本就荒僻，寺里老僧说了，三年前这里抬入一具尸首后，再无新尸。再者……"他指着骨头上的孔洞："寻常人的髌骨上，怕也不会出现这个。"

那圆孔边缘平整，其曲中规。

霍黎点头，又问他："此案你打算如何着手？"

李秋潭正了颜色："魏呈海对此趟际遇讳莫如深，明日我拿了这段白骨找他对质，凭他再怎么遮掩，也该透给我们一点实情。"

霍黎闻言却蹙眉想了会儿，提醒他道："断不可操之过急，明州人靠海为生，魏呈海不肯说，自是怕海神怪罪。你我是孔孟门生，鬼神之事可以不信，但是，不可不敬。"他站起身来："夜深了，你先回去歇息。户籍之事暂且放下，衙役中人任你差遣，务必将此事调查清楚。"

李秋潭朝他拱手："谢过大人。"

05

次日李秋潭起身，阿吉已如常备好了马。他刚要导路往平乐街走，就听李秋潭道："今日不去衙门，先去趟市舶司。"

国朝在沿海各州设市舶司,管海上贸易之事。魏呈海既然是商人,李秋潭自然得先去市舶司打听点事情。

到了市舶司,发现门口竟然有人在等。衙役李福远远看见李秋潭便迎上来:"还真让霍大人猜中了,说您要打探魏呈海的消息,铁定会来此处。思虑大人您跟市舶司没打过什么交道,故而派了我来。"

李秋潭佩服霍大人周到:"有劳了。"

霍大人派的这名衙役很有几分眼色,沿途跟人拱手作揖甚是熟络。李秋潭经他领着,一路不是去往公事厅,而是往库房那边去了。

这倒奇怪,李秋潭心里想,脚下仍是跟着李福。

到了库房,李福才偷偷对李秋潭道:"市舶司惯例,从明州至青溟岛,途中五处海岛设巡检司,青溟岛外便是大洋。巡检司一来护卫商船,二来也检视商船所载货物。"

这些李秋潭自是知道,不光如此,商船回到内海,巡检司验货时照例抽解几分,这自然也成了惯例。

库房小吏带他们看早年魏呈海船上抽解的货物。李福道:"咱们借了东西,去海市上一问,自然能知道魏呈海去了哪里。"

只是最后李福也没想到,小吏能给他们的东西,竟然只有一份簿子。

小吏道:"你们问的这个人,每回出洋带回来的东西均是上乘,自然早被送去京师应奉局了。我们这里留的,只有当初登记货物的册子。"

李秋潭接过册子看了看，里头尽是些珍珠龙脑、玳瑁苏木、珍奇乳香之物。他想了会儿问："不知随行的报关单可否一并借来一看？"

两人出了市舶司回到衙门，李秋潭将册子和报关单交给霍黎，道："市舶司已经在梳理航线了，魏呈海这事得亲自出海一趟才行。"

他这般先斩后奏，霍黎并不十分意外，只道："商船出海，乘东北风去，顺西南风归，来往最少得半年。"他交代李秋潭："你到了海上巡检司，可同他们一起跟归航渔船问讯。只是你官职在身，年前务必归航。"

如此来算，时间只余三个多月，从巡检司往返就得月余，余下时间，根本连外洋都到不了。霍大人的意思，莫非真让他在巡检司守两个月？

估计真的只够碰上一两个归航的，打探些消息了。李秋潭眉头皱了下，却只道："我知道了。"

霍黎点头，"那你先回去准备吧。"

李秋潭在家一准备就是十几日。

市舶司送来航海图编，李秋潭又去海市一一问明簿子上的物件，好将魏呈海出海的地点在图中比对出来。他惊讶地发现，魏呈海每回出行，仿佛是乘风而去，驭浪而归。比如某年冬月最远到达真腊，次年三月就回来了，往返居然不用半年。

他眉头轻蹙，难不成真有海神相助？与之相反，魏呈海最后一次到达之地——云丘，从图编上看三月往返绰绰有余，而魏呈海竟然用了十几年?

这天刚用过午饭,阿吉来报:"大人,外面有人报信,海船已经提出来了,就等晚上涨潮。大人现在就过去吗?"

李秋潭的行装早已收拾好,他点点头:"走吧。"

06

到了距海几里的小渔村,李秋潭遥见渔民正合力清洗一艘大木船,船身藏污纳垢,好像才从淤泥里打捞出来。

阿吉奇怪:"大人,他们这是在干什么?"

李秋潭道:"你没出过海吧?这是村里祖传的法子,海船不用时,便把它埋入淤泥里,隔绝空气,以保不朽。"

两个时辰后,木船被清洗得干干净净,一艘四丈三尺长的巨大木船露出了原貌,矗立在李秋潭面前。

木船上有不少磕碰痕迹,看样子久经风雨,所幸桅杆和龙骨丝毫无恙,换了风帆装上去,俨然一艘簇新的商船。

不知何时,海边的风忽然就静了,忙碌的人们纷纷停下来,人群陷入一种奇异的宁静状态。所有人在巨船面前静默无声,渔民们忙完事情就回家了,桅杆上一个舟师远远眺望着海面。

李秋潭看着他们,知道他们在等什么。

他们在等海潮。

四丈高的海船,自然不可能靠人力推下水,他们得依赖天地的力量,让海船自己去往向往的大海。

舟师精通潮汐变化，而这，才是李秋潭耐心等待十几天的原因。

李秋潭在渔村里歇脚小憩，月上中天的时候被人喊醒："大人，醒醒！涨潮了！"

月光亮白如昼，海潮汹涌，巨大的海船行在水中，像蓬莱仙岛的楼阁。

李秋潭上了船，除行李外，只带了随从阿吉。

衙门那边，除李福外，霍大人另派了六名衙役。船上还有一个叫红鸾的女子，一身短打，作少年人打扮，貌似跟李福相识。李秋潭往船里走，舟师们见到他一一打招呼，他予以回礼，走到厅堂中间，见桌子西北脚锁了一个昆仑奴。

李秋潭蹙了下眉。

李福见状忙道："大人别嫌晦气，这鬼奴水性好，万一真遇上什么事，咱们还得仰仗他呢！"

李秋潭却摆摆手："把链子解开，给他点食物。"

李福跟阿吉互望了一眼，有点错愕。那个姑娘动身去厨房拿面饼，阿吉忙去跟舟师拿钥匙开锁链。

待海船行使平稳，渐渐迈入航程了，船上的纲首才得空出现在李秋潭面前，自报姓名孙立，跟他介绍船上事宜。

李秋潭边听边颔首，忽然瞥到甲板上有一个白色身影，便问道："那位公子是？"

纲首闻言面有愧色："大人见笑，那是我家外甥，读了两三斤书读傻了，整日嚷着要当神仙。大人您不用管他。"

外面的年轻人确实是跏趺而坐,陷入冥想。李秋潭只点点头,便不多问了。

07

船每行百里便到一处望舶巡检司,兵士们留他们一程,请人歇下喝酒,说些吉祥话。如此行了十来日,到达一座小岛,李秋潭知道,这便是青溟岛了,这也意味着,再往前他们就到外洋了。

岛上规矩甚多,连李秋潭的行动也不自由,不可肆意走动。

这天晚上吃饭时,李秋潭听到有人落水,心中一凛,放下碗箸冲出去,果不其然看见昆仑奴在水里,甲板上几个舟师朝他扔东西。李秋潭忙让衙役放下绳索将人捞上来,责问缘由时,几个舟师都说此人偷了东西。

李秋潭面有愠色:"可有凭据?"

一个舟师道:"底舱存放的都是货物,平白无事谁会去那?"

昆仑奴缩着脑袋不说话。

李秋潭侧身问他:"你去底舱做什么?"

昆仑奴支支吾吾,舟师阿六道:"鬼奴哪会说话?底舱舱板都掀起条缝,说他没偷东西谁信?"

李秋潭睥他一眼,仍是温和问话:"你有没有偷东西?"

昆仑奴没有点头也没有摇头,嗫嚅道:"他们带了一个人上来,在船底。"

阿六惊了:"鬼……鬼奴会说话?!"

李秋潭也惊了一下，当即让人搜船。果然如昆仑奴所言，底舱塞了一个人，那人不是别人，竟然是魏呈诲。

当初上船之前，李秋潭便有带魏呈诲出海的意思，他左右不配合，李秋潭不惯强人所难只得作罢。而今他居然在船上，是谁带他上来的？

商船很大，底舱下还有十三个水密隔舱，魏呈诲被人塞进其中一个隔舱里，塞好后用"续弦胶"封上。续弦胶，顾名思义，连弓弦都能续上，封好隔舱后自然一点痕迹都看不出来。要不是昆仑奴嗅觉灵敏，此人还不知要藏到何时。

一个活人在隔舱待了十来天，其间吃喝拉撒都在里面，一打开便恶臭难闻。李秋潭顾不得这些，站在舱边问魏呈诲："说吧，谁领你上船的？"

魏呈诲眼睛还没适应光，他朝声音相反的地方躲："我……我……我不知道！我一醒来，就在这黑屋子里了。"

李秋潭回身问众人："是谁把他带上来的？"

无人回应。

忽然，船舱上头有人道："是我！"一个白衣年轻人站在楼梯口，也不往下走："鄙人祁慎微，这位老兄，海船刚开的时候一直在附近徘徊，我见他很想上来的样子，想是付不起银子，便顺手帮他忙了！"

李秋潭道："那你为何要把他藏起来？"

祁慎微轻轻一笑："在舅父眼里，连我都是个吃白食的，更何况再多一人？"

纲首闻言，白他一眼。

这时候李福打圆场道："既然这样便不用再藏了，魏呈诲出海经验丰富，我们大人刚好想带他上船呢！"

08

如此又安稳行了几日，进入外洋后，衙役水土不服，死了两个，舟师拿席子将人一卷，扔进了海里。李秋潭心里愧疚，却也无力阻拦，船上死人，不及时处理的话，很容易引发疫病。

只是没过两天，负责指路的师长突发暴疾也死了，这样一来，船上就没有人引航了。李秋潭忧心忡忡，在海上他只能凭星象辨别方向，可天气总有晦暝，而且夜航触礁风险未免太大。

魏呈诲自脱离底舱后，一直闭口不言海事。李秋潭理解海上人忌讳，倒也不逼他。而今紧要关头，魏呈诲终于肯出面了，他对李秋潭说："大人不必忧虑，我往来海上多年，嗅一把淤泥便知此地是何处，绝不会迷了方向。"

李秋潭对他还算信任，魏呈诲腹部越来越大，行走不便，李秋潭便让两个衙役将他抬到甲板上。

纲首看魏呈诲认真嗅着海泥，长长啧了一声："这本事，我十五年没见人用过了！"

白天魏呈诲靠船锚带上来的淤泥引路，夜晚李秋潭对着航海图编画图，这样不知又行了些时日，李秋潭计算着，大概五日后就可以到云丘了。

可他到底太过乐观。这天傍晚风平浪静，云霞垂坠入海，海面可对影自照，只偶尔荡两圈商船带起的弧纹。舟师抛锚下水，过了半晌提起来，钩子居然洁净，没有淤泥。

几个舟师面面相觑，又试了一次，这次好像触到了什么东西，提不上来。阿六喊道："鬼奴，下水看看！"

昆仑奴扑通下水，潜进水底一看，底下居然完完整整沉了十几艘大船！

更为惊奇的是，船上水密隔舱都完好无损。这只能说明，几乎是霎时，大船就被风浪打下去了。

纲首震惊，急得上下直吼："快走！快走！咱们到海神地盘了！"

说话间巨浪滔天，李秋潭听到喧闹声披着轻裘刚走出来，还没明白发生了什么，商船晃动了一下，眼前平静的海面似乎整个飞升入天，巨大的水墙就伫在李秋潭面前。

他仿佛一下子失聪了，突然所有声音又涌上来，阿吉、李福还有很多人，焦急地喊他的名字。李秋潭似乎什么都顾不得了，水墙已朝他压过来。他朝水里看了一眼，原来刘成骨头上的孔洞，是这个东西咬的。

❾

一船人跟巨浪搏斗，终于还是逃不过樯倾楫摧的命运。

纲首十分有眼力见儿，几乎是立即弃了大船逃跑。他跟两个衙役，还有那个姑娘，缩在小船上漂流，也不知过了多久，搁浅到一座小岛上。

劫后余生的人，谁都没有力气动。又过了两天，李福、阿吉还有几个舟师也漂到这座岛上来了。

阿吉把岛上人点了个遍，七个舟师、两个衙役、自己、李福和纲首，连魏呈诲都被昆仑奴拖上来了，却怎么都找不到李秋潭。

阿吉眼见就要大哭，纲首倒是镇定，安慰道："现在给你家大人哭丧还早了点儿，我那便宜外甥不也没影儿嘛。"

李秋潭醒来，发现海船不见了，周围空无一人。

漫天海水正在头顶，一圈圈荡开波纹，他试着动了一下，泠泠一声响，身下是星辰汇成的河。

李秋潭撑起身子，揉揉额角。"旧闻天河与海通，"他自语道，"难不成我到了天河？"

身后有人说话："要说大人也真是运气好，我在海上十几年，头一次摸到这地方，大人方才出海，便侥幸到这儿了。"祁慎微坐到他对面，施施然道："这里不是天河，是轩辕国，住在这里不死不伤，修习个千百年，便能上昆仑做神仙了。"

李秋潭惊讶。

祁慎微往后一仰，枕在星河里："怎样？大人同我待在这里，辞了人间富贵，上九天做神仙如何？"

李秋潭看他一眼，忽然起身抖抖袍袖："你还是一个人等吧，说不定要不了百年，天上神仙一死，你就能补缺了。"

祁慎微蹙眉："乱说！神仙怎么会死？"

李秋潭不看他:"李长吉诗云,'几回天上葬神仙,漏声相将无断绝',神仙如何不会死?"

祁慎微一愣,忽然就笑了,然后笑得越发大声:"你这人,倒是有点意思!"

李秋潭并不看他。

"算了,不耍你了,"祁慎微递过来一样东西,"你被海蛇咬了,看到的都是幻觉,这是悬肠草的果实,吃下便好了。"

李秋潭未加思索,接过东西便吃了下去,还不忘跟人道谢。待他再睁开眼,身边的人已变成阿吉了。

10

"大人你可算醒了!"阿吉脸上泪痕未干,"祁公子背你回来的,他说你中了毒,我还怕你醒不过来呢。"

祁慎微闻言笑笑,手里拿着不知道什么肉在嚼。

李秋潭知道八成是海蛇,它只有犬齿有毒,头部坚硬,直冲过来能刺穿人的身体。李秋潭暗叹自己还算幸运,只被它咬了一口,否则下场恐怕连刘成都不如。

李秋潭左右看了一圈,发现这趟下来,又死了十来个舟师、两个衙役。他没看到魏呈诲,方才阿吉说人没死,便吩咐道:"快把他找出来。"

他们遍地搜寻,终于在岛上海神祠里找到了魏呈诲。李福先发现的他,他正跪在神像前喃喃自语,一边从怀里一直掏什么东西。

李秋潭也找了过来，走近后见他一节一节往外掏的，居然全是自己的肠子！

饶是审案多年，李秋潭还是被吓得退了一步，待回过神他扑上去紧紧困住魏呈海的双手。魏呈海此时心性大变，力气激增，发狂似的推搡李秋潭，嘴里一直朝神像念："还给你，通通还给你！"

李秋潭高声喊人帮忙，门外进来几个舟师，却是上前拉住他。纲首对李秋潭说："没用了，他这是吃了筛草，忘记还了。"

李秋潭一愣。

纲首道："筛草，我们也叫它自然谷，不知何人所植，在海中一片片地长。渔民来往可以吃它，但是吃完了，一定要去岛上的海神庙焚香拜谢，否则，就会被海神索命。"

此时魏呈海已经不挣扎了，李秋潭仍紧紧箍着他，过了许久才卸了力气，知道他已经死了。

李秋潭望着魏呈海的尸体，心里既悲愤又愧怍："我此次出海，本就是为调查海事。而今，明明云丘近在咫尺，他却生生死在我眼前……"

阿吉上前劝他："大人，此事不怪你，咱们把他埋了吧，早点让人入土为安。"

李秋潭没有回他话，而是问纲首："你从开始便知魏呈海腹中鼓胀，是吃筛草所致？"

纲首怔了下："大人，我也是刚刚才知道。筛草只是传闻中有，我通行海上十几年都没见过，要不是亲眼见到魏呈海死，我也不信那是真的。"

李秋潭似乎冷静了些："那你之前也从未见过魏呈澥，是吗？"

纲首一惊："大……大人何出此言？"

李秋潭又问他："你叫孙立，对吧？那你认识一个叫钱德建的人吗？"

纲首出了一身冷汗。

阿吉不解："钱德建？谁呀，大人没跟我说过啊？"

"德建名立，"祁慎微在门口吃吃地笑，"我就说吧，舅父，你这名字总有一天会被人认出来的。"

李秋潭道："钱德建这个名字，我是在魏呈澥十五年前的海船报关单上看到的。海上舟师众多，又过了这么些年，他认不出你很正常。但是，你好像对此非常遗憾。"

李秋潭道："魏呈澥嗅海泥时，你说了一句话——这本事，我十五年没见人用过了！"

纲首咬着牙不说话，李秋潭道："嗅海泥并非人人都会，就算在舟师当中也非常罕见，你还加了十五这个年限。所以我想，你这句话并不是无意中说的，你是想提醒魏呈澥。但是，直到魏呈澥死了我还是不明白，你想提醒他什么？"

"你当然不明白，"纲首终于开口了，他笑着摇摇头，"我是提醒他，举头三尺有神明，他做的事情我都知道，我打算杀他了。"

纲首道："虽然这小子说魏呈澥是他带上来的，但我知道不是。"他看祁慎微一眼，后者依旧笑得轻松。"我并不知道他上船有什么目的，我杀他是因为，他把我船上的师长杀了。"

阿吉惊讶："他不是暴病身亡的吗？"

纲首道："那只是糊弄你们的，他是被人毒死的，我怕引起骚乱，就说他旧疾突发。不是出海多年，不知道湟鱼卵有毒不可食。至于魏呈诲为什么要杀师长，我后来知道了，魏呈诲想代替他成为领航人。"

李秋潭霎时一惊："你的意思？我们现在这个方向，根本不是去云丘的？"

"当然不是，"纲首嗤了一声，"他杀师长便是为了来这座岛，吃了筛草的人，只要每月初八往海神庙焚香礼拜就行。知道他的目的后，杀他就简单了，我早一步比他找到岛上的海神庙，在这蒲团底下埋了鲸鱼油。"

祁慎微闻言哼了两声。

李秋潭心中一寒："听闻鲸鱼油引赤线虫，所以魏呈诲刚刚嚷着要还的，不是海神，是赤线虫在肚子里产的卵。"

"呀！"李福和阿吉赶紧跳到一边，阿吉朝李秋潭喊道："大人快过来，离尸体远点！"

"这倒不用，"祁慎微道，"赤线虫在没吃完尸体之前，是不会换菜的。"

他话还没说完，阿吉还没嫌这比喻恶心，红鸢却突然钻出来，抢过尸体跑远了。

11

李秋潭没想到一个女子竟有如此大的力道。他追出去,见红鸾背着尸体往崖边跑。李秋潭预感不祥,果不其然,红鸾跑到崖边,带着尸体一跃而下,瞬间沉入海中。

尸体甫一入水,海面乍然翻滚起来,白浪滔天。一个巨大的黑影从风雨中来,一口便将红鸾连着尸体一齐吞了。

祁慎微气喘吁吁地赶到:"哟!连这种猛兽都出来了。"

李秋潭定睛一看,吃掉红鸾的是一只巨大的绿毛龟,看身形不知活了几百年。它脖子往上一伸几乎要够上悬崖,张开嘴满口腥臭,呛得众人后退数步。

有舟师喊李秋潭:"大人快走,这老龟是替海神打扫后院呢,它吃完尸体便会走,不会为难我们。"

李秋潭神色焦急:"红鸾还在它肚子里!"

喊声未落,只见昆仑奴跳了下去,一下子落在龟背上,抱着它的脖子就啃。老龟皮厚如铁,昆仑奴的牙齿也是咬惯生腥,几下胶着,终于硬生生撕下老龟一块皮肉。

忽然海水一片猩红,炸裂般四下渲染。李秋潭被迷了眼,过了许久,眼前才分明,竟是红鸾剖开老龟,从它肚子里钻了出来。

她手里紧紧攥着一样东西,碧绿莹翠。

李秋潭没认出那是什么,舟师却都惊呼道:"滴翠珠!"

红鸾上了岸,众人都围着她瞧,纲首也凑上前,啧啧称奇:"我行走海上几十年,还真是头一回见到这东西。"

李秋潭的心思却不在珠子上,他盯着红鸾,问她:"你究竟是何人?"

红鸾道:"谋生之人,讨口饭吃而已。"她摊开手掌,亮出珠子:"有人要这个,开价不错。"

李秋潭沉了脸色,喊道:"李福,此人是你带上来的,一开始你就知道她别有打算,是吗?"

李福唯唯。"这个……"他打哈哈,"红鸾也只是接个私活儿,大人您也看到了,她并没有妨碍我们……"

李秋潭转身看他:"没有妨碍?她是在拿魏呈海的尸体当诱饵,我们此行的目的是什么,你怕不是全忘了?还是说……"李秋潭语似凝冰:"你们的目的一直没有变,打一开始就是这颗珠子?"

李福急忙摆手:"大人这你就误会了,红鸾是衙门里的账房让带上的,跟我真不是一路啊!"

李秋潭冷哼一声:"最好不是。"他把手伸向红鸾:"把珠子交出来。"

话音刚落,李秋潭明显感觉到周身气氛一变,不光是红鸾,连李福和身后的衙役都蓄力看着他。"果然,"他自嘲一声,"你们都是霍大人派遣的,自然只听他的话。这珠子,是霍黎要的吧?"

李福见他连名带姓直呼知州大人名讳,知道事情已经兜不住了,索性挑明:"对不住啊,李大人,霍大人聘一船人出海,总不至于就为找什么真相吧?实不相瞒,大人早有寻珠子的打算,可此行凶险,大人又仁慈,一直下不了决心。这回不是您执意要出海吗？我们只是顺便取个珠子，互不干扰，对吧？"

李秋潭瞬间铁青了脸："人命关天，明州城像魏呈诲这般情况的不知还有多少，霍黎居然只想要这么一颗珠子？"

李福收起平日那份谦恭，笑了两声："大人哪，你还是太天真，魏呈诲那些人哪里是什么商贩，他们全是官府派下去的'采珠人'。"

李秋潭一怔。

李福又笑，他走近了些："既然是采珠人，自然有人蓄养他们。我们每回都找眼光利索的，喂下筛草，他们怕死啊，便只能远去重洋，给我们大人找宝贝。魏呈诲这般眼光，霍大人自然不肯浪费了。"

"只是可惜，"李福道，"他居然也学刘成，私自跑回来。要不是大人你查访户籍，我们还真不知道。"

李秋潭如坠冰窟："知不知道不都一样吗？你喂了他筛草，想必按时给他缓解之药。他而今腹中鼓胀，没了解药，时机一到，自然还是会死。"

"哟，都忘了你看过刘成的枯骨了。"李福夸赞，然后挥挥手，"李大人真是通透，既然都说明白了，红鸾，动手吧。"

12

红鸾站在原地，像没听见一样。

李福喝道："贱婢！听不懂人话吗？快把他杀了！"

红鸾看着他，语气平静："霍黎只给了我找珠子的钱，杀人不是我分内之事。"

　　李福咬着腮帮："行啊，看我回去怎么收拾你！"他喊旁边两个衙役："快把人给我杀了！"

　　突然，那绿毛龟蹿起来，它被红鸾剖了腹，竟然还没死透，狠性大发，一下将站在崖边的两个衙役吞进嘴里吃了。

　　李秋潭也被这突然的变故吓了一跳，电光石火间，不知道谁过来拽住他的手腕，把他拉跑了。

　　孤岛上风雨交加，到处都是急流险滩，李秋潭磕磕碰碰跑了许久，风雨小一些，才看清拉他跑的人是祁慎微。

　　祁慎微跑了好一会儿，突然眼前的青黑色消失，视野变得灰蒙蒙。他到这灰色之前停了下来，不知道摸索什么，突然这灰色巨物被他掀起一道口子，他跟李秋潭两人一下子滚了进去。

　　李秋潭再睁开眼，发现眼前一片雾蒙蒙的光，像是幼年时躲在薄棉絮被子里看外面的烛火。耳边有人唱歌，李秋潭昏昏沉沉，以为看到了母亲。

　　一只手探到他额前，李秋潭听到一个熟悉的声音："还好，没死。"

　　他睁开眼，原来是纲首，唱歌的人是红鸾。周围混混沌沌，李秋潭揉揉额角："这是哪儿？"

　　祁慎微道："逍遥舟。"他戳戳软塌塌的壁："其实就是鲸鱼肺做的皮囊，我们能呼吸，风浪进不来，可就是没法掌舵，任它漂到哪儿算哪儿，故名'逍遥舟'。"

李秋潭望了望四周："阿吉呢？"

祁慎微一指："喏。"

昆仑奴蹲在角落里，看样子是他把人救过来的。

李秋潭头疼得厉害，还是想问祁慎微："带魏呈诲上船的人是红鸢吧？"说完又自嘲道："真要说的话，应该是霍黎。是霍黎让你们带他上船，又告诉他海神庙的位置。"他苦笑一声："魏呈诲为了求生心甘情愿往那边跑，怎么能想到，你们指给他的根本就是一条死路。"

"只是我不明白，"李秋潭转向纲首，"既然魏呈诲早晚会死，你又何必多杀他一次？"

纲首摇头："大人怕是觉得我们跟李福是一伙的，我要知道红鸢拿他喂乌龟，自然能省点心，说到底还是怕他不死。据传，筛草只是能引绿毛龟而已，他不碰上，依旧能捡一条命。"

李秋潭蹙眉："这是何意？"

纲首叹口气："李福那番话，我琢磨半天算是明白了。仔细想来，霍黎用来牵制他们的，不是筛草，反倒是那些所谓解药。我猜不过是些菽豆丸而已，吃了三月不知饥渴。近来舟师出海，还有拿它当食物的。可这东西吃多了便腹大如斗，直至胀裂而死。霍黎他们，刚好可以将其解释为海神的报应。魏呈诲被他们奴役十几年，哪里知道这些？"他瞟到祁慎微，又说道："人确实是红鸢打晕扛上船的，帮她掩饰则是这小子的主意，红鸢于他有恩，他顺手帮个忙。"

这话一出，红鸢也奇怪地嗯了一声。

祁慎微笑笑："我前世尸解，是她帮我敛的尸。"

李秋潭一愣。纲首笑道："别看他这般模样，其实年岁跟我相仿，照常人来看，须发早白了。"

李秋潭轻轻咂了下舌："《博物志》记方士董仲君，因罪被捕，他假死之后，尸体腐烂发臭，几天后又复活了。我只当是传奇。"

"惭愧惭愧，"祁慎微笑道，"你若还想去云丘，我们倒是还能替你指路，不过你我都清楚，真相并不在那里。"祁慎微似是认真替他打算："再之后，等你任期一满就离开明州，忘了霍黎和这里发生的一切吧。"

李秋潭抿唇不语。

祁慎微知道他心有不甘，旁敲侧击："你前任那个通判下场怎么样，想必你有耳闻。"

李秋潭知道，听闻他递了折子上去，却被中书省以"不恭"之罪罢黜，其间隐情却是不知。

祁慎微嘻嘻笑了："那通判跟你一样，也是个好官。可惜啊，折子递上去，送到第一道驿馆就被霍黎的耳目瞧见了。他要是直接压下来，也就罢了，可他却让人把折子换了张纸，再原封不动誊了一遍。只不过，他换的那张纸，是黄色的。"

李秋潭愕然，祖宗法制，州郡不可用黄纸写牒，那份折子到了京城，估计宰执大臣连内容都没看，就以"僭越"将其治罪了。

祁慎微道："霍黎这个老狐狸，你斗不过他的，所以我说，云丘我带你去看，让你了了这份心。至于旁事你还是别插手，安稳度过三年任期，去别处潇洒吧。"

照此来看，上头两浙路早被霍黎打点过了。李秋潭至此已清醒大半，不过，若真能明哲保身、安稳过日，他便也不是李秋潭了。

李秋潭道："像魏呈诲这般被官府派去采珠的人，还有多少？"

祁慎微惊讶："我念叨半天，你还惦记魏呈诲？"

李秋潭道："我此行本就是为了他们而来，既然你说云丘那边没有答案，那我便去别处找。"

纲首插话："不是我质疑你，大人您现在自身都难保，怎么去替别人讨公道？"

李秋潭对祁慎微深鞠一躬："我并非意气用事，明州靠海发家，霍黎敢这么做，自是市舶司也同他勾结。如此一来，那些养珠人平常被他藏在哪里也好猜测了，既能监管又得是在海上的，左右不过那几处望舶巡检司。只是平白要耗费些许时间，所以，还望明示。"

祁慎微笑了："罢了，我此行出海，原本只想找故人叙旧，遇上你这个后生倒也挺有意思。我便直说了吧，那些采珠人，其实在你眼皮底下出现过。"

李秋潭一惊，心中蓦地有了答案：青溟岛。

他在青溟岛时处处受制，多走半步便会被小吏拦下，原来是这个缘故。

祁慎微又看了眼红鸢，问李秋潭："你就不奇怪，那滴翠珠，霍黎是替何人讨的？"

李秋潭摇头："市舶司指挥使若想要这东西，自可派人去取，霍黎断不可能拿这珠子去讨好他。他要讨好的,必是京城中的高官,霍黎明年二月任期将满,他要用这珠子为他的仕途铺路。"

祁慎微笑了:"倒是聪明,可你就算知道真相,又将如何扳倒霍黎呢?"

李秋潭忽然笑了:"不劳费心。"

13

"这就是滴翠珠?"霍黎拿着东西瞧,手中珠子大如鸡卵,莹绿润泽。

"错不了。"账房刘贵闻言接过去。"大人您看?"他将珠子上下转动几番,"珠子是实心的,可无论您怎么摆,里头那一点翠色永远沉在底下。"

霍黎试了试,心满意足:"折了一船人就换回这么颗珠子,就看它值不值了。"

他想起什么:"李秋潭那小子还没找到?"

刘贵回道:"还没,市舶司派人搜岛,李福倒是捡回来一条命,可那李秋潭,尸身都没有一个。"

霍黎道:"没有便好,死了对我们就没用了。"他问刘贵:"京城那边的人还有几天到?"

刘贵道:"就这两日了。"他恭维道:"还是大人英明,李秋潭随船出海之际,您就将他骄横跋扈、耽于游乐之事传到了京师。而今一船人出去几乎全遭了难,朝廷来人一看,更觉得信服。"

霍黎点头:"这小子没眼力见儿,害我食了几个月的素,早该打发走了。"他又笑道:"没想到,这次朝廷来的竟然是周大人,真是天助我也。"

刘贵听到这话疑惑:"大人,卑职有一事想请教,听闻这周谌安是个出了名的纨绔,只会喝酒游幸,官职也不过一区区宣徽使。京城高官众多,大人为何偏偏费心讨好他?"

霍黎笑得高深莫测:"你不知道,他早年来过明州,明州的相士看到他时,个个都说此人天官贵人之命,别说今生了,来世都将位极人臣。此等人物,难道不值得我结交?"

刘贵幡然醒悟:"大人英明!"他见霍黎还在把玩那珠子,又适时提醒一句:"那红鸾?"

霍黎心情甚好:"那丫头倒是命硬,船沉了还能回来。准了,给她脱籍。"他教训刘贵:"也该让你那侄女识点儿字,别下回又被人哄去卖了。"

刘贵忙点头。他推门出去,不忘讨个乖巧:"我这便去通知静宣楼,让他们早早准备,好给周大人接风洗尘。"

红鸾缩在墙角,似要与灰墙融为一体,她冻得僵硬,仍未肯挪动半分。忽然院门"吱呀"一声,刘贵的声音传来:"死丫头躲哪儿去了?"

红鸾噌一下出现在他面前。

账房吓了一跳,从怀里掏出一张薄纸:"拿好了,命丢了这东西都不能丢!"

是官府批的脱籍公文。

红鸾点头，转身要走，刘贵喊住她，往她手里塞了一袋银子："拿着，学学做人，不要总去海上捞尸体了。"

红鸾看他一眼，跑开了。

刘贵目送红鸾离开，回身看静宣楼，高楼暖阁，温煦如春。他不由打了个冷战，还未抬脚，却见楼阁之上霍黎竟然已经起身送人了。

刘贵心中莫名，这酒席散得也忒快了点儿，难不成，周大人名声被恶意传臭，实则刚正不阿，不肯受霍黎那份礼？

周谌安走后，刘贵上楼，看到霍黎对着虚空叹了好几声气。

刘贵忙上前问："大人，可是出了纰漏？"

霍黎摇摇头。"千算万算，不如天算啊！"他还在叹气，"这富贵命格，怎么说变就变了？周谌安啊周谌安，这一辈子最多也就当当宣徽使啰！"

刘贵是个伶俐人，立马将满座宾客看了一圈，发现陪席的宾客中，有一位是明州城鼎鼎大名的相士。

刘贵后知后觉："可惜大人白白讨这滴翠珠了。"

霍黎闻言从袖中取出那颗珠子，轻飘飘地叹了口气。"扔去海市吧，"他施施然下楼，"好歹能换点钱。"

14

周谌安出了静宣楼暗自好笑，他辗转官场多年，像霍黎这样逢迎谄媚的人倒是没少见，只像这般掂量利弊的本事，他还是第一次见识。

想是客席上那位相士，从他身上看出了什么？

他懒得想这许多。自十月中旬消息传入京城，他领了察访使之职，晃晃悠悠来到明州，又过了一月有余。转眼已是腊月，李秋潭既然失踪，没跟人亲自对质，他也懒得管传闻那些虚实。还是在明州城闲逛几日，寻些新奇玩意儿，早早回去哄娘子开心才是。

如此过了两日，周谌安一边怀古，一边不知不觉走到了海市。他神态悠闲，将不长的巷子前前后后转了个遍，终于在一个摊位前停了下来，拈起一颗珠子道："这东西不错，给我包起来。"

摊主年纪不大，看着挺伶俐："官人真有眼力，这是我家掌柜昨日才收的，百年难遇的滴翠珠！"

周谌安笑道："你当我不识？"

小贩见是个识货的，有意要抬高这珠子的价值，脸上挂着笑容道："官人认得这珠子，可是未必知道这珠子的来历。"

周谌安深谙此道，抱着听话本的心态等着，没想到小贩说："就为这么颗珠子，衙门里不知死了多少人，连上任不久的通判都为此蹲了大牢呢！"

"哦？"周谌安挑眉，好像终于有了兴致，"这倒有点意思，怎么回事？"

小贩道："新上任的通判叫李秋潭，打着查户籍的名号搜罗了好多海商，威逼利诱从他们那儿捞宝贝，结果事情败露，被市舶司和知州大人一起发觉了。他恶向胆边生，把那些商人全杀了，自己不知道去哪儿躲了一阵，昨日刚回来，在自家门口被衙役逮个正着。霍大人把他扔进监狱，就等上头提点刑狱司下达消息，给人判死刑呢！"

周谌安恍然，怪不得今早出门衙门口闹哄哄的，原来是这么回事。他虽没见过李秋潭，但霍黎此人确是见识到了，于是笑道："案子未结可不要瞎说啊，万一是霍大人恶人先告状呢？"

小贩顿时变了颜色，紧张地看了眼左右，作势要赶人："大官人，您挑好了没？天晚了，我这儿可收摊了！"

周谌安笑了，他觉得有趣："把你们掌柜找来，我跟他打个赌如何？"

小贩见这人赶也赶不走，只好回去请掌柜。

掌柜出来了，周谌安道："我跟你家小孩打赌，说李秋潭不会死，你信不信？"他悠闲地抛着手中的珠子，似乎这至贵之物跟玻璃珠无异："我若输了，付你双倍钱；若赢了，你把这滴翠珠分文不取给我可好？"

小贩心道："这人怕不是傻的？谁不知道提点刑狱司早就跟霍黎一个鼻孔通气了。"他有些犹疑，却又看不惯面前人神气的模样，回头看自家掌柜。

掌柜也是嗤了一声，痛痛快快应下了。

周谌安笑着摇摇头，跟掌柜立了约。难得他周大人来海市晃悠一遭，一样东西未买，却活像满载而归。

"李秋潭，"周谌安心里默念这个名字，"你好歹是刑部尚书陈审教出来的学生，不至于输给霍黎这种废物点心吧？"

15

明州衙门里，霍黎还在优哉游哉等上头的公文。他倒是发了善心，吩咐衙役对狱中的李秋潭务必要事事顺从，让他安稳度过最后几日。

他还在得意着，没想到比两浙路公文更早到的，是中书省的札子。

霍黎盯着中书省的押字签章看了半晌，一个个辨认上头的文字，像是要确认这份东西的真实性。终于，他长笑一声，仰天叹了一口气："罢了！一着不慎，满盘皆输啊！"

半月前，李秋潭在海上并没有如祁慎微所料，一腔怒气奔去青溟岛解救囚徒，而是问了个不相干的问题："你们要如何回到岸上？"

祁慎微挑眉："我？"他回头看了纲首一眼："我本来就是等闲之人，随这东西漂到哪里都无所谓。老孙的船毁了，自然也只能随我在海上漂一段时间了。"

李秋潭道："那红鸢呢？"

祁慎微笑道："你还担心她？她在海中泡的时间比在陆上还多，自是有办法回去。"

李秋潭点点头："那我就放心了。"

这下祁慎微疑惑了："你放心什么？"

李秋潭道："我的办法虽然不太牢靠，可总归比你们胜出一筹。如此一来，不管结果如何，我对你们都不会有愧疚之心了。"他解释道："我研究航海图编，魏呈诲早年出海不需半年便能往返。若说他所至之地那么远，可他带回来的东西骗不了人。"

祁慎微看他，李秋潭道："我日日翻查海图，对比星象，终于发现他往返迅捷的原因，海底有条河。"

纲首惊讶地看他一眼："你说真的？"

李秋潭点点头："旧闻天河与海通，说的其实不是天上的银河，而是这海水之下藏着一条河。连月以来，我已经摸清了规律，知道那条河什么时候会再出现。既然你们也没有更好的打算，不如陪我一试？"

余下几人面面相觑，过了一会儿，终于顺从了李秋潭。

祁慎微最后知道了，李秋潭说的"河"其实是海底的暗流。他们躲在皮囊里，照李秋潭指示，囊中人全部聚在一头，让皮囊沉到一定深度。越往下胸腔越闷，终于在纲首憋不住要骂人的时候，李秋潭打了个手势，祁慎微和红鸾飞快地朝另一端跳开，忽然周身的重量就变了，他们像被一团云笼在怀里，又像乘着一阵风飞行。这样飘飘忽忽过了几天，再睁开眼时，几人已经躺在海边的礁石上。

李秋潭回到明州，不直接去衙门，也没回自己的府邸，而是躲在客栈干了一件事——写折子。

阿吉拦住他："大人，祁公子都说了，折子一递，你就跟前任通判一般下场了！"

李秋潭摇头："他只是方法不对。"他写完最后一笔，用火漆封把折子封好，又取出另外一只信封套上："寻常折子霍黎敢差人调换，我倒不信，边檄他也敢？"

此时是治平三年，李秋潭被人从死牢里放出来时，他便知道自己赢了,那封伪造成边檄的信件已被六百里加急送进了京城。

被关了几日,出来时连太阳都有些炫目,李秋潭立了半晌,好在衙役并不催他,让他难得有时间脑子放空,什么也不想。

他很清楚自己并未获得自由,霍黎一事,仅凭他一面之词难以定罪,大理寺会派人下来调查。而他自己,就算所述事情为实,因假造边檄一事,依然逃不了被贬黜的命运。

李秋潭晒够了太阳,抬脚往牢房里走。今天是除夕,他不知道的是,八日后,一个全新的境遇在等着他。

治平四年正月初八,圣上驾崩,谥号英宗。三日后,皇长子赵顼即位。

新帝登基,大赦天下,诏书有云:"荡涤瑕秽,纳于自新。"

李秋潭在狱中又待了半月,朝廷下了一纸调令,命他即日起身,平级调动,赴江宁府任通判。

千里外的京师,周谌安在待漏院百无聊赖地等着上朝,手里把玩着一样东西,隐隐有一点翠色。

杜廉看到了,问:"你去明州一趟,倒也不是一无所获。手上那是什么?"

一抹翠色在他眼中流转,周谌安一笑:"赌注。"

(完)